No limite

Marin Ledun

No limite

Tradução
Eric Heneault

TORÐSILHAS

Copyright © 2011 Marin Ledun
Copyright da tradução © 2012 Tordesilhas

Originalmente publicado sob o título *Les visages écrasés*.

Publicado mediante acordo com Pontas Literary & Film Agency.

Todos os direitos reservados. Nenhuma parte desta edição pode ser utilizada ou reproduzida – em qualquer meio ou forma, seja mecânico ou eletrônico –, nem apropriada ou estocada em sistema de banco de dados, sem a expressa autorização da editora.

O texto deste livro foi fixado conforme o acordo ortográfico vigente no Brasil desde 1º de janeiro de 2009.

EDIÇÃO UTILIZADA NESTA TRADUÇÃO Martin Ledun, *Les visages écrasés*, Paris, Éditions du Seuil, 2011.

PREPARAÇÃO José Couto
REVISÃO Otacílio Nunes e Margaret Presser
CAPA Andrea Vilela de Almeida
IMAGEM DE CAPA Africa Studio; filipw / Shutterstock.com

1ª edição, 2013

CIP-BRASIL. CATALOGAÇÃO NA PUBLICAÇÃO
SINDICATO NACIONAL DOS EDITORES DE LIVROS, RJ

L51n

    Ledun, Marin
    CNo limite / Marin Ledun ; [tradução Eric Heneault , Andrea Vilela de Almeida]. - 1. ed. - São Paulo : Tordesilhas, 2013.

    Tradução de: Les visages écrasés

    ISBN 978-85-64406-76-6

    1. Romance francês. I. Heneault, Eric. II. Almeida, Andrea Vilela de. III. Título.

13-05708

CDD: 843
CDU: 821.133.1-3

2013
Tordesilhas é um selo da Alaúde Editorial Ltda.
Rua Hildebrando Thomaz de Carvalho, 60
04012-120 – São Paulo – SP
www.tordesilhaslivros.com.br

No limite

Para Dominique

Ela viu a Fome, a quem procurava, num campo pedregoso, arrancando com unhas e dentes as raras ervas. Tinha os cabelos hirsutos, os olhos cavos, o rosto pálido, os lábios descorados e murchos, a voz rouca e rascante, a pele dura, através da qual se podiam ver as entranhas. Seus ossos descarnados formavam saliências sobre os rins arqueados; como ventre não tinha senão o lugar do ventre; a redondeza dos joelhos era inchaço, e os calcanhares sobressaíam em desmesurada protuberância. *

Ovídio, *Metamorfoses*

---

* Tradução baseada em Tassilo Orpheu Spalding, *Dicionário da mitologia greco-latina*, Belo Horizonte: Itatiaia, 1965. (N. do T.)

Prólogo

Vincent Fournier ergue em minha direção um rosto cadavérico. Traços cansados, bolsas escuras debaixo dos olhos e barba de três dias. O suéter cinza-escuro desbotado, um ou dois números acima de seu tamanho, acentua sua assombrosa magreza. Ele se reclina na cadeira, cruza os braços e permanece calado.

Pego uma caneta no porta-lápis, tendo o cuidado de não fazer barulho, e puxo uma folha branca que coloco sobre o tampo de plástico.

Escrevo: insônia crônica, tratamento ineficiente.

Meu olhar se dirige para o relógio do consultório acima de Vincent. Dezenove e trinta e quatro. Primeiro plano das agulhas, plano em *contra-plongée* da parede; um fio elétrico corre pelo rodapé antes de desaparecer debaixo do carpete do escritório.

Pego de novo a caneta e anoto: diarreia, apatia, fadiga crônica, perda de peso – dezesseis quilos em dois meses.

Circulo o número *dezesseis* com um gesto resignado.

Diante de mim, Vincent Fournier se encolhe um pouco mais.

Acrescento: ideias suicidas, possível recidiva, alta probabilidade de passar da tentativa ao ato, inaptidão para o cargo. Licença médica indispensável e urgente.

Grifo três vezes *urgente* e coloco a caneta no lugar. Então, ponho a folha na pasta, que fecho e guardo. A gaveta metálica bate contra o fundo da mesa fazendo um ruído surdo.

Vincent Fournier está chorando.

A consulta está quase no fim.

Sou a primeira a romper o silêncio.

– O que vamos fazer?

Vincent fica calado.

Repito:

– O que vamos fazer, *agora*?

Ele resmunga uma resposta inaudível.

Insisto, com voz calorosa:

– Há um ano que estamos tentando de tudo. Os tratamentos não funcionam de modo satisfatório. Três licenças médicas, três fracassos. Sempre que você volta, tem uma recaída. A cada retomada do serviço seu estado piora. Você sofre de problemas gástricos e de insônia há quase dois anos. Não come mais, não dorme mais, não se relaciona com mais ninguém. Quando foi a última vez que fez amor com sua mulher?

Não há resposta. Dou um soco na mesa para fazê-lo reagir.

– Vincent! Quando?

– Não sei.

– Faz uma semana? Um ano? Dois anos?

– Eu não sei, porra!

Ele quase berrou.

Decido insistir.

– Sim, você sabe! Mas se recusa a encarar a realidade. Responda a minha pergunta!

Ele meneia a cabeça. Manchas vermelhas de raiva aparecem em suas bochechas.

Debruçando-me em sua direção, murmuro:

– Vincent, diga-me.

– No Natal de 2007.

Dois anos e três meses.

– Os meninos tinham acabado de ir para a cama. Eu estava bem. Ela também.

Não escuto o resto, já que isso não me diz respeito. Limito-me a acenar com a cabeça.

Dois anos e três meses sem transar.

Penso: como eu.

Dois anos e três longos fodidos meses sem prazer: uma eternidade.

Lágrimas grandes como um punho correm por suas bochechas. Vincent repete incansavelmente:

— Estávamos bem, estávamos bem.

Eu o interrompo para dizer o que ele teme ouvir:

— Você precisa sair da empresa.

— Não.

— É a única solução.

— Não posso.

— Você não tem escolha. Não vai aguentar por muito tempo.

Ele parece refletir sobre minha última frase, então meneia a cabeça e solta, em tom patético:

— Eles não vão me pegar.

Penso: já pegaram você. Não lhe deixaram chance nenhuma, já haviam minado o terreno, mas mesmo assim você agiu de forma precipitada, e agora eles o pegaram.

Digo:

— A escolha é sua.

— Já decidi. Vou ficar.

Suspiro e deixo minha cadeira correr para trás. Minúsculos tremores percorrem seus braços.

— Tem certeza?

Ele confirma com a cabeça.

Instintivamente, minhas mãos procuram refúgio nos bolsos do jaleco. Meus dedos encontram o frasco de secobarbital. Propriedades anestésicas, anticonvulsivantes e sedativas. Fabricado e comercializado pelo gigante farmacêutico americano Eli Lilly, que se tornou famoso graças ao Prozac. Receitado no tratamento contra epilepsia e insônia, como remédio pré-operatório para induzir a anestesia e como ansiolítico antes das cirurgias. Judy Garland, 1969, *overdose* por tê-lo misturado com álcool. Jimi Hendrix, um ano depois, a mesma coisa, incapaz de acordar.

Dou outra olhada para o relógio, dezenove e cinquenta.

Digo:

— Não posso deixá-lo ir embora desse jeito, esta noite. Você precisa de algo para dormir bem.

Tiro o frasco do bolso e o coloco diante dele, então levanto da cadeira e contorno a mesa de trabalho em direção ao armário de remédios. Pego um elástico, algodão, desinfetante, embalagens de plástico que rasgo e das quais retiro uma seringa esterilizada e uma agulha hipodérmica de 40 mm 12/10. Devagar, eu as encaixo.

Amorfo, Vincent me observa.

— Com isso, você vai relaxar.

Ele concorda com a cabeça.

Volto à mesa de trabalho, quebro a parte superior da ampola, na qual enfio a agulha. A seringa aspira 25 mililitros de secobarbital. Com cuidado, ponho-a numa bandeja e coloco diante de Vincent.

— Que braço você prefere?

— O esquerdo.

— Muito bem. Arregace a manga.

Ele obedece.

Fixo o elástico na base de seu bíceps e derramo umas gotas de desinfetante em um pedaço de algodão, com o qual esfrego a parte côncava de seu antebraço.

— Cuidado, vou espetar.

Por uma fração de segundo a pele se estica sob a pressão antes de ceder. A agulha penetra. Injeto o sedativo. Suas pupilas se dilatam. Ele está reagindo à medicação.

Vou até a porta, abro-a e volto para ajudar Vincent a se levantar e subir as escadas. Quando chegamos a seu posto de trabalho, ele já está meio inconsciente. Conduzo-o até sua cadeira, na qual ele se joga, gemendo.

Passo a mão sobre sua cabeça calva, num gesto maternal.

– Espere-me aqui.

*

Volto para minha sala.

Meu ritmo cardíaco se acelera. E me seguro para não correr.

O *call center* está deserto, mas os gritos e o barulho das ligações ainda ecoam na minha cabeça.

De dia, o lugar parece uma colmeia cheia de abelhas zumbindo nos microfones, com antenas na cabeça. Cerca de sessenta empregados conectados a clientes sempre descontentes, dezesseis horas por dia. Um pouco como essas salas de centros de lançamento da NASA que vemos em filmes americanos de grande orçamento, em que dezenas de homens de terno e gravata ou jaleco branco, com fones presos na cabeça e separados por finas divisórias, seguram o futuro do planeta com a ponta dos dedos. Sem as telas gigantes, as televisões e os mapas-múndi. Aqui, vendem-se planos de celular e resolvem-se os mais complexos problemas de conexão de internet em menos de trinta minutos.

Respiro profundamente antes de atravessar o espaço e chegar a minha sala.

Ficar calma.

Desligo o computador, junto o material médico utilizado em uma sacolinha, que enfio na bolsa. Também pego minha pasta, o casaco, e, como sempre, saio pela porta da Torre B. O velho Audi está em seu lugar, a guarita do vigia está vazia. Jogo meus pertences no porta-malas e ligo o motor.

Entro na Rue Ampère e engato a segunda.

No primeiro semáforo viro à esquerda, sigo em frente por trezentos metros e estaciono dois quarteirões adiante.

A rua está deserta. Bato a porta e tranco o carro antes de voltar ao trabalho a pé.

O vigia ainda não apareceu.

Sigo em direção à Torre B. Nenhum ruído. Nenhum movimento. Meu coração se acelera. Entro no prédio e vou a minha sala, seguindo as luzes de segurança, as minuterias e os cartazes com os dizeres "Saída de emergência".

A pistola Beretta 92 está no mesmo lugar onde eu a escondi hoje de manhã, quando cheguei ao trabalho. Última gaveta, sob uma pilha de relatórios de perícia.

Uma arma sórdida e bela. Preta. Captando a luz como uma tela de Soulages. Surpreendentemente pesada para seu tamanho.

Levanto os olhos: são vinte horas.

Daqui a vinte e sete minutos o vigia vai começar sua ronda nos andares superiores.

*

Correndo, subo as escadas, passo pela porta corta-fogo e atravesso o *call center*.

Vincent não está mais em sua cadeira.

Tomada pelo pânico, eu me debruço, esperando encontrá-lo agachado debaixo de sua mesa, mas ele também não está lá.

Merda.

Seu paletó e suas chaves ainda estão aqui. Estendo a mão em direção ao interruptor da luz da mesa, mas no último momento mudo de ideia.

Merda, merda, merda.

Penso: o vigia começou a ronda mais cedo do que o previsto.

Fique calma, fique calma.

Examino as baias mais próximas. Em vão. Onde está ele? Estou a ponto de vasculhar a sala inteira quando sou interrompida por um guincho vindo da direita.

Fico parada, com a Beretta apontando para a frente.

Sussurro:

— Vincent?

Nenhuma resposta.

— Vincent?

Um estertor.

Dou cinco passos em sua direção.

— Vincent, é você?

Outro estertor, quase um rosnado.

Mais cinco passos.

Viro a cabeça e o vejo, deitado no carpete, a quinze metros de sua baia. Vincent. Um fio de baba corre da comissura de seus lábios. Está prostrado pelo sedativo que lhe administrei trinta minutos antes.

Dou um passo adiante e pego seu braço. Seu relógio marca vinte horas e vinte e três minutos. Em algum lugar, dois andares abaixo, o vigia está prestes a começar sua primeira ronda.

O problema não é Vincent.

Arrasto-o até sua cadeira, na qual o instalo pela segunda vez. Com o olhar vazio, ele meneia a cabeça. Coloco suas finas mãos sobre seus joelhos e, sem querer, aperto o teclado com o cotovelo. A baia fica iluminada por uma difusa luz branca.

Pela última vez, verifico o carregador da arma, que passo para a mão direita.

Estiro-me para tentar me acalmar. Passa-se um minuto sem que haja um movimento sequer na sala. Ignoro o telefone que toca. Uma vez, duas vezes. Três, quatro, cinco. E então mais nada. À direita, a tela do computador passa para o modo de espera e fica escura.

*

Vinte horas e vinte e seis minutos. Não tenho muito tempo.

Com os olhos revirados, Vincent Fournier levanta a cabeça em minha direção.

Prendo a respiração. Meus dedos se retesam na culatra da arma. Aponto o cano para ele e passo o indicador pelo orifício metálico.

Aperto o gatilho.

Um ato médico.

E, ao mesmo tempo, um alívio.

*

O impacto da bala projeta o crânio e depois o tronco de Vincent para trás, contra a divisória da baia, antes de jogá-lo no chão. Movido por um reflexo, seu braço esquerdo agarra o teclado do computador, arrastando-o em sua queda, junto com a tela. O barulho é estrondoso. Jorra sangue de sua têmpora direita. Morre na hora.

Tomada de pânico, levanto a cabeça à procura do mais ínfimo movimento na sala.

Ninguém.

Por quinze intermináveis minutos, espreito o ronco dos motores dos carros na rua. Fico atenta a sirenes da polícia ao longe, o olhar vidrado na maçaneta da porta de entrada. Preparei-me para me render sem resistir. Pensei: algemas, custódia, detenção à espera do processo, cela, advogado, processo. E também: mídia, revistas, manchete, entrevistas. Mentalmente, repito as palavras que usarei para contar a história de Vincent. Estou disposta a carregar toda a culpa, a alegar a premeditação com circunstâncias agravantes. Quero que a empresa pague, que os acionistas sejam obrigados a raspar o fundo do tacho para pagar suas dívidas.

Os fatos.

Acho que eu esperava que o tiro fosse chamar a atenção do vigia e que ele alertasse a polícia ou a diretoria, algo do gênero. Mas a arquitetura do local produz o efeito inverso. O isolamento acústico das divisórias que separam as baias de cada empregado abafa boa parte do ruído do tiro, da queda do corpo de Vincent Fournier e de seu computador. Cada andar do prédio é projetado de maneira a não deixar passar nenhum som, para fora ou para dentro. Segredo das conversas telefônicas, paranoia securitária de proteção das informações industriais, medo da concorrência. Aqui, o único jeito de saber o que se diz ao telefone é conectar-se diretamente *ao* telefone, o que constitui a mais comum prática de gerenciamento e vigilância interna. Quando os empregados e seus chefes estão fora da empresa, no final de semana, ninguém mais está conectado. O estrondo e o barulho que se seguem não são mais do que um vago ruído de cadeira derrubada pelo vigia que está fazendo a ronda dois andares abaixo.

Talvez ele tenha ouvido.

Talvez não.

Ele não está se deslocando.

Com o salário que ele recebe e a quantidade de agressões das quais foi vítima nos dois últimos anos, eu deveria ter pensado nessa eventualidade. E, mesmo que o vigia tivesse subido, a baia de Vincent fica num canto da sala. Ninguém vai até lá, a menos que seja obrigado.

O aquecedor está no nível máximo, o cheiro vai alertá-lo.

Os fatos, sempre.

Deixo a baia, atravesso a sala e pego a escadaria principal, que desce até meu consultório.

No trajeto: o rio Ródano, caudaloso e gélido, as ruínas de Crussol, mal iluminadas e empoleiradas no topo do penhasco, a zona industrial embaixo. O frio, o motor ligado, e o frio ainda. E depois a rotunda construída sobre as ruínas da antiga cooperativa, os vinhedos recém-podados, a entrada em Saint-Péray e o pórtico da casa. Revejo os degraus da escadaria da frente, as chaves que caem, uma vez, duas vezes, a porta que se abre, rangendo. Um cheiro ácido. Uma persiana batendo. Minhas coisas, deixadas ao léu, no corredor da entrada.

Com exceção da Beretta.

Fascinada, contemplo de novo a arma semiautomática. Penso em dispará-la contra mim mesma, mas, novamente, Vincent não é o problema.

Ele sabe disso, assim como eu.

O problema está nas malditas regras de trabalho que mudam a cada semana. Esses projetos elaborados em poucos dias, anunciados como prioridade número um, e abandonados três semanas depois, com um simples telefonema da diretoria, sem que ninguém saiba exatamente por quê. A troca silenciosa dos responsáveis pelas equipes, que são cada vez mais jovens e mais inflexíveis, transferidos para outra agência ou saindo pela porta dos fundos. Essa tensão permanente provocada pela divulgação dos resultados de cada funcionário, com olhares furtivos. As suspeitas, a dúvida permanente que corrompe a relação entre colegas, as horas extras cumpridas para não desestabilizar a equipe, o planejamento que se modifica de acordo com as necessidades, os resultados financeiros e as ordens semanais. As tarefas repentinas – que devem ser executadas em menos de uma hora –, cuja quantidade e complexidade crescem diariamente, e que são cada vez mais distantes das competências pessoais. As instruções que não param de mudar. Os anglicismos e os termos consensuais que supostamente devem estimular a equipe mas que disfarçam realidades tão surdas e cegas que um simples bom-dia provoca um sentimento de paranoia aguda. A infantilização, as chupetas como prêmio, as advertências como punição. O salário, amputado pelas licenças médicas, ou os prêmios por merecimento que não são mais distribuídos. As metas inalcançáveis. As lágrimas que vêm aos olhos a qualquer momento e o obrigam a virar a cabeça para se esconder, como uma criança envergonhada por ter medo. As lágrimas que correm durante horas quando você está sozinho, mescladas à cólera fria que o torna insensível a tudo mais. As injunções paradoxais, a obsessão por números, as câmeras de segurança, os grampos telefônicos, o policiamento, a confiança perdida. O medo e a ausência de palavras para expressá-lo.

O problema é a organização do trabalho e suas ramificações.

Ninguém sabe disso melhor do que eu.

Vincent Fournier, morto no dia 13 de março de 2009 com um tiro após receber uma injeção de secobarbital, contou-me tudo.

É minha profissão, sou médica do trabalho.

Escutar, auscultar, vacinar, notificar, fazer com que estatísticas anônimas cheguem à diretoria. E também: aliviar, tranquilizar.

E curar.

Com o devido tratamento.

Primeira parte

1

Guilherand-Granges, 8 de fevereiro de 2009

Aos cuidados da dra. Carole Matthieu

Cara colega,

Obrigado por ter me encaminhado para laudo pericial o sr. Vincent Fournier, de cinquenta e dois anos, em decorrência do recurso que ele apresentou contra o parecer da Comissão de Reforma do Ródano,* a qual recusou imputar ao serviço sua tentativa de suicídio, ocorrida em 28/12/2008, no local de trabalho. Recebi-o em meu consultório em 20/01/2009. Trata-se de um homem pontual, de boa apresentação. Não há nenhum tipo de estenia em seu discurso.

Ambiente: um espaço imenso, o zumbido do ambiente, cerca de sessenta pessoas separadas por divisórias naquilo que se chama de call center, *trabalho terceirizado, serviços comerciais e/ou pós-venda. Com um cronômetro integrado no computador, tudo é enviado em tempo real para o superior hierárquico (N+1),*

---

* Na França, são comissões consultivas das quais participam representantes dos funcionários de administrações e instituições públicas ou empresas estatais para tratar de acidentes de trabalho ou doenças decorrentes da atividade profissional e da "reforma" (aposentadoria por invalidez) de agentes inaptos para o trabalho. (N. do T.)

o *responsável pelo* call center: *quantidade de chamadas/hora, tempo de resposta, quantidade de vendas, tempo ocioso entre chamadas.*

<u>*Ação:*</u> *em 23/06/2008, dia de greve, o sr. Fournier chega atrasado por causa de um problema com o carro. Nesse dia, ele não pretendia participar da manifestação. Sabendo que o atraso é malvisto, ele logo se instala, faz o* log in. *Ele se esquece de avisar sua N+1. Esta vai procurá-lo e pergunta: "Então, você é ou não grevista?" Essa frase tem efeito catalisador. Levantando-se de supetão, V. Fournier encosta-a contra a parede e agarra-lhe o pescoço, apertando-o sem parar até a intervenção de colegas.*

<u>*Consequências factuais:*</u> *a médica do trabalho, a senhora mesma, dra. Carole Matthieu, é chamada com urgência para cuidar da vítima e das consequências do estrangulamento. Suspensão imediata de V. Fournier até que se reúna o conselho de disciplina. Ele também vai ser orientado a consultar um médico psiquiatra designado para fazer uma perícia. Nenhuma consequência penal; a vítima não deseja prestar queixa.*

<u>*Consequências psíquicas:*</u> *foi nesse contexto que acompanhamos V. F. Ele nos confirmou que poderia ter ido às últimas consequências se os colegas não tivessem intervindo. Só tinha uma ideia em mente: parar tudo, nunca mais voltar ao* call center, *nunca mais ouvir "reclamações permanentes" da N+1 quanto a sua insuficiência em número de chamadas/hora, sua fraca rentabilidade comercial... O sr. Fournier ficou de licença por longo período (um mês), durante o qual tentamos dar algum sentido a seu gesto, a sua potencial gravidade e ao risco não descartável de recidiva. Como medida disciplinar, ele foi transferido para outro* call center. *A meu ver, ainda persiste um risco alto, que administramos com licenças médicas de curto prazo e por meio de psicotrópicos, conforme a demanda, como o meprobamato, lembrando ainda*

que até hoje a empresa não lhe ofereceu nenhum outro cargo. Assim, considerá-lo definitivamente inapto seria a única solução, e de fato levaria à aposentadoria por invalidez, com gravíssimas consequências financeiras.

Queira receber, cara colega, a expressão de minhas distintas saudações.

Dr. Jacques Bon
Consultório de Psiquiatria Bon & Faure
07500 Guilherand-Granges

2

No domingo, dia 15 de março de 2009, às onze horas e trinta e quatro minutos, enquanto o vigia Patrick Soulier descobre o corpo sem vida do atendente de *telemarketing* Vincent Fournier, estou no sofá da sala de visitas, mergulhada em um profundo sono artificial induzido por seis copos de Wyborowa e dois comprimidos de Xanax.

Cerca de quarenta horas após sua morte.

Vincent F.

Um funcionário como tantos outros.

Meu paciente desde abril de 2005.

Minha cruz desde 23 de junho de 2008.

Antes, era um alto executivo da área de telecomunicações, com secretária, férias nas ilhas Maldivas e metade dos bônus pagos em ações. Depois, houve o fechamento da unidade, o encerramento das atividades e a reconversão obrigatória em outro ramo da empresa em fevereiro de 2005. De um dia para o outro, foi nomeado para o cargo de assistente de *telemarketing*, sem aviso prévio. Era isso ou ser transferido para o outro lado do país. Salário igual, turnos infernais e vigilância eletrônica permanente. Um homem esgotado, vazio, centrifugado.

Há coisas piores.

Alguns começam diretamente por aí.

Conheço o percurso de Vincent de cor. Para manter seu cargo e negociar sua promoção em uma unidade da região, primeiro ele foi ver o responsável por seu setor, um executivo dez anos mais jovem que ele. Bastante simpático, aliás. Este também já passou por meu consultório, por insônia crônica. Um ex-colega de escritório que subiu na hierarquia. Vincent suplicou, chorou, ameaçou fazer escândalo. O outro aguentou durante dois meses.

Sua substituta foi menos compreensiva. Empatia quase nula. Rainha dos números, do gerenciamento pragmático e dos objetivos alcançados.

Ele me confessou ter falado pela primeira vez sobre suicídio na sala dela. Ela simplesmente o encarou antes de soltar, com o habitual ar de serenidade fingida e cansaço:

— Chantagem não funciona comigo.

— O quê?

— Lamento.

Ela meneou a cabeça, como se lamentasse *de verdade*, depois voltou a olhar para sua caixa de entrada, ficando de perfil.

— De perfil! — berrou Vincent em meu consultório, histérico, com soluços engasgados. — Como se eu não estivesse mais na sala. Como se eu fosse transparente!

De onde estava, ele não conseguia ver os olhos dela, dissimulados pelo espesso cabelo loiro. Apenas os dedos, que digitavam ritmicamente, e os lábios finos, que se entreabriam a cada palavra que ela teclava, como aqueles alunos que articulam palavras em voz baixa ao lerem mentalmente. Novas ordens, novas diretivas, outra linha numa planilha Excel. Funcionário Vincent Fournier: transferido. Coluna do objetivo: alcançado. Destino: o mais longe possível. Resultado: trinta e um milhões de euros a menos no orçamento da empresa. Próximo caso.

Vincent se sentia ameaçado.

Imaginava estar numa rua sem saída.

Não apenas isso: conseguia visualizá-la.

Depois de um minuto, enquanto estava parado de pé ao lado dela, ela afastou a cadeira e, suspirando, levantou-se e abriu a porta com suavidade calculada.

– Se precisar de qualquer coisa, sabe que estou a sua disposição.

Sua voz era forte e clara. Ela estendeu a mão, com um sorriso profissional nos lábios.

Fim da conversa.

O pior foi que Vincent apertou aquela mão estendida. Diante de três colegas que passavam no corredor naquele momento e que devem ter pensado que ele aceitava muito bem a transferência. Eu soube disso porque um deles, Franck, me contou. Também numa consulta. Por causa de problemas digestivos, diarreia e pensamentos negativos, acompanhados de um impulso homicida em relação ao responsável por seu setor. Tramas mórbidas, perseguições, planos. Algo muito mais comum do que se imagina.

Vincent aceitou essa mão, e foi provavelmente naquele exato instante que a ideia de acabar com tudo germinou, antes mesmo de encontrar caminho até o cérebro.

Seguiram-se insônias, urticária, vômitos e sintomas depressivos. Seu cabelo inteiro caiu em poucos dias, cinco semanas antes. Sem explicação. O termo médico exato é alopecia. Do grego *alopex*, que significa "raposa", por causa da mudança anual de pelos que o animal sofre durante o inverno. Uma estranha metamorfose profissional...

Reunião agendada com seus superiores.

Durante nossa entrevista, o responsável pela unidade exibiu uma pasta com as avaliações anuais individuais de Vincent. Falta de comunicação, transmissão vertical de informações deficiente, problemas relacionais com os superiores, coisas do gênero. Tudo estava pronto e Vincent já tinha o pé na cova.

O que eu podia fazer?

Eu o vi novamente, duas semanas depois. Ele havia perdido nove quilos. Seu olhar estava apático e sua postura, resignada. Quando lhe perguntei se queria ficar de licença médica, concordou em silêncio, com o ar abobado das pessoas que sofrem de uma doença incurável e aceitam a operação da última chance. Tremendo, anotei na ficha de licença médica: *Choque pós-traumático. Mudança de cargo recomendada. Urgente.* Grifado com caneta vermelha. *Forte suspeita de impulsos autoagressivos.*

Indenização diária e tudo mais. A diretoria se recusou a reconhecer a doença profissional, como era de esperar. Ele recebeu a visita do fiscal do trabalho. Isso está na ordem natural das coisas. A caçada aos fraudulentos, esse tipo de inépcia...

Vincent tinha metas a cumprir. Voltara à estaca zero, com a obrigação de mostrar do que era capaz, como se fosse um iniciante. Depois de vinte e dois anos de bons e leais serviços e uma porção de cabelos brancos. Quando voltou a meu consultório, parecia perdido. Ar idiota, também, perdera o cabelo. Falou sobre implante capilar, motivação, aposentadoria, tempo livre, mas nenhum de nós era tolo. Vi em seus olhos que ele não aguentaria por muito tempo.

Deixou meu consultório e, pela janela da sala de espera, eu o vi, sentado atrás do volante do carro, segurando a cabeça com as mãos. Senti dor. Por ele, por mim, pelos outros. Garganta apertada, olhos cheios de lágrimas. Uma dor terrível na barriga. O gosto amargo de bile na boca, um começo de vertigem.

Eu era impotente. Do ponto de vista:

profissional,

humano,

médico,

jurídico,

eu não servia para mais nada.

Esperei por cerca de vinte minutos que seu carro saísse do estacionamento e voltei para casa. Deitei na cama sem tirar a roupa e esperei o fim de uma violenta crise de angústia.

*

Noite em claro, olhos fixos no teto como dois ganchos, contando e recontando as rachaduras.

Aquele sujeito ia morrer.

Não era mais senhor de seu destino.

De qualquer modo, ele não tinha direito a escolha. Seus carrascos iam programar o dia e a hora de sua execução, usando uma espécie de *software* aleatório mortal. Eles iam decidir em seu lugar. Agora estou falando de crime. De homicídio programado, combinado e organizado. De sangue, coluna necrológica e lápide. Da fossa abissal entre as intenções, o faturamento bruto e os resultados líquidos. Estou falando da morte de um homem.

Do mundo do trabalho atual.

Não ignoro o que minha conclusão tem de excessivo. Meço cada palavra, peso-a com infinita paciência para colocá-la em seu devido lugar. Sei que ela espantaria os defensores da responsabilidade individual e os gurus do livre-arbítrio.

Mas não sou louca.

De manhã, esgotada, levantei-me para ir ao banheiro, a bexiga prestes a explodir. Na volta, de pé no corredor, uma penumbra glacial e solitária me recebeu. Fiquei parada. Pensei nestas palavras, escritas por Louis Althusser para sua companheira, Franca.

Isso continua. Carreguei você em mim com tanto peso, tanto peso, meu sol negro.

Voltei a ver Vincent Fournier, sentado atrás do volante do carro. Ele chorava, chorava sem conseguir parar.

Meu sol negro.

As imagens dos funcionários que passaram por meu consultório nos dois últimos anos desfilaram depressa em minha mente. Suas confissões, suas lágrimas, sua culpa e, sobretudo, sua vergonha.

Sol negro. Você mereceu o direito de descansar.

E então entendi que eu havia trabalhado bem e que Vincent, por sua vez, tinha feito sua parte. Tinha dado seu máximo. Cumprira a missão a seu modo, mas isso não havia sido o suficiente e, agora, ele ganhava o direito de descansar.

Meu sol negro, deixe a máquina em paz.

Voltei ao quarto, contornei a cama e abri a gaveta da cômoda. Debaixo de uma pilha de lençóis, em seu devido lugar, a Beretta 92. Novecentos e cinquenta e cinco gramas de metal que um dia um amigo da Polícia Militar me oferecera ao temer por minha segurança depois que um paciente me ameaçara durante uma consulta.

Peguei a arma.

Para usar somente em caso de emergência e como ferramenta de dissuasão.

O momento havia chegado.

O funcionário é um doente como qualquer outro.

Vincent tem o direito de ir embora com dignidade. Como esses vegetais que assombram as alas para idosos dos hospitais e cujos aparelhos ninguém pode desligar porque a lei proíbe. Não vou deixar que eles o façam sofrer desse jeito. Eles não vão matá-lo. Não desta vez. Nem ele, nem os outros.

Está na hora de pôr as coisas em seus devidos lugares.

Sem hesitar, pus a arma no fundo da bolsa, um frasco de secobarbital no bolso e fui trabalhar. Marquei uma consulta com Vincent para a mesma noite, no horário de fechamento do *call center*.

Ele poderia ter recusado.

Ele poderia ter faltado ao trabalho naquele dia.

*

Não me preparei o suficiente para a descompensação que se seguiu. Perda de referência espacial, tremor, convulsão, náusea, agorafobia. Meu sistema nervoso desmoronou por inteiro. Ao tentar aliviar Vincent, acabei por me esquecer de mim. Para aguentar, disse a mim mesma: fiz o mais difícil.

Em parte, isso é verdade.

Apenas em parte.

Meu gesto não é obra de uma demente. Pensando bem, está na ordem natural das coisas. Como se fosse a conclusão de uma lenta e dolorosa sucessão de causas e efeitos, uma nodosa imbricação de pormenores dos quais sou apenas um dos elos. Para sobreviver há cento e cinquenta anos, a indústria procurou organizar o trabalho. E, portanto, escolher os homens com muito cuidado. Um tipo de seleção social. Uma mórbida procissão de fiéis, soldados e escravos. Cada deus, mestre ou teórico contribuiu de seu jeito para a grande máquina, usando milagres, leis divinas, regras de funcionamento, distribuição de tarefas, cacetadas e relógios de ponto. Ford e Taylor industrializaram o trabalho em cadeia, preparando o terreno para a organização científica do consumo que surgiria a partir dos anos 1950, com o apoio de pesquisas de opinião, publicidade e operações de *marketing*.

Toda vez as regras do trabalho foram revisadas, e toda vez os Vincent Fournier se adaptaram, fosse qual fosse o custo. Câncer de pulmão, desabamento e explosão nas minas. Asbestose e mesotelioma para quem trabalha com amianto. Distúrbio hematopoiético fatal e câncer tireoidiano para os funcionários do setor nuclear. Estresse, fadiga nervosa, angústia, diarreia, vômito, distúrbio do sono, alucinação. E também superendividamento, empréstimos pessoais, acidente de trabalho, falência, divórcio, suicídio e homicídio.

Poderíamos entender essa lista digna de Prévert* como uma enumeração de fenômenos secundários ou até marginais, mas não é nada disso. Na verdade, o conjunto desses sintomas mostra um quadro perfeitamente coerente. Global. Em qualquer época, esse foi o preço do trabalho industrial. Emparedar os corpos, canalizar as mentes e, se for preciso, eliminar os inúteis. A grandeza do Progresso Industrial, a qualquer preço. A resposta quase mecânica à pergunta de Saint-Exupéry, "uma ponte vale o preço de um rosto esmagado?".** Os mortos nunca são mais que uma variável de ajuste. E melhor ainda se favorecerem o crescimento da indústria e se tiverem o sangue derramado em suas fundações – assim serão ainda mais sólidas! Sempre se fala sobre as vítimas do carvão, as vítimas do amianto, as vítimas dos turnos infernais, as vítimas disso ou daquilo, mas a indústria pouco se importa com *vítimas*. Por quê? Simples questão de vocabulário: não há cimento sem martírio, não há ciência sem cobaia, não há progresso sem herói.

Vincent Fournier era um deles.

Um espécime de *homo tripalis*, derivado do nome de um instrumento de tortura com três estacas, usado pelos romanos para

---

* Jacques Prévert (1900-1977), poeta e roteirista francês, conhecido pelo famoso poema "Inventaire" [Inventário], de 1946, em que lista uma série de objetos aparentemente sem conexão entre si. (N. do T.)

** Tradução do original em francês, *Ce pont vaut-il le prix d'un visage écrasé?* Publicada em *Voo noturno*, a frase refere-se a um trabalhador ferido em decorrência da construção de uma ponte. Fala, assim, do preço que se paga pelo lucro – a vida humana. (N. do E.)

castigar escravos rebeldes. Um herói das telecomunicações, uma cobaia do serviço de pós-venda, um mártir do telefone sem fio.

O filho natimorto de seu século.

Do qual sou a parteira.

Ao matá-lo antes que eles o façam, eu o reabilito como homem.

Não é uma punição, nem um acidente, um erro ou um ato desesperado, mas um gesto premeditado e deliberado. Ao pôr fim a seus dias de forma tão violenta, torno visível o processo aos olhos de todos. Ao mesmo tempo, berro seu sofrimento, sua vida de homem e o sistema que a encerrou. Ao vestir a roupa do carrasco, eu, a médica, aquela que costuma prodigalizar cuidados e limpar ferimentos, que salva as crianças e cura seus pais, eu o instituo como vítima.

Eu o ressuscito.

*

O toque do telefone me acorda somente duas horas após o corpo ter sido descoberto. Ainda estou sonolenta, sob o efeito dos ansiolíticos. Sentindo vertigem, ergo-me com dificuldade, estico o braço e trago o aparelho a meu ouvido.

– Sim – balbucio com voz pastosa.

É a diretoria regional da empresa. Eles me avisam do falecimento e pedem que eu esteja na unidade amanhã, no período da manhã. Amparo aos colegas do escritório, apoio moral, prevenção, o tipo de bobagem na qual um gerente de RH imediatamente pensa numa situação de crise.

– A polícia vai querer interrogá-la. Falei por telefone com um tenente que disse querer ter acesso às informações médicas de Fournier. Já entreguei tudo o que dizia respeito a suas folhas de avaliação semestrais.

– E a família? – corto eu, nervosa.

Longo suspiro do outro lado da linha.

– Já cuidamos disso.

– A mulher dele está na unidade?

– Meu Deus, não! Você sabe em que estado eles o deixaram?

Então, faço o que qualquer médico faz nesse tipo de caso: peço detalhes. Acredito ter parado de prestar atenção quando meu interlocutor pronunciou a palavra *discrição*.

Uma vez encerrado seu monólogo, tomo uma ducha, visto um pulôver velho e me sento na frente do computador. Dezenas de relatórios atrasados. Preciso estar ativa no dia seguinte.

Denunciar-me.

Trabalho até perto das vinte horas. Com os olhos vermelhos pelo esforço e as pernas pesadas, levanto da poltrona e com dificuldade vou até a geladeira, da qual retiro tudo que há de comestível, um iogurte e um pedaço de queijo *gruyère* seco como uma torrada. Engulo tudo diante de um programa de televisão estéril no qual não consigo prestar atenção. Perto das vinte e duas horas, o telefone volta a tocar. Atendo depois do décimo segundo toque.

Minha filha.

– Mamãe?

Resmungo uma resposta para que ela entenda que não estou com cabeça para falar. Ela insiste.

– Tudo bem?

– Aconteceu um crime no trabalho.

Por pouco ela não engasga.

– O quê?

– Um cara foi assassinado. No meu local de trabalho.

– Quando isso aconteceu?

Confessar. Contar tudo, a ela.

– Não sei. Eles o encontraram hoje de manhã.

– Que loucura! Está dizendo que ele morreu esta manhã?

– Não me informaram. É provável.

Confessar somente a ela, isso vai me fazer bem.

– Você o conhecia?

– Era um dos meus pacientes.

– Que merda!

Tentar, pelo menos.

– Escute, Vanessa, estou exausta e preciso levantar cedo amanhã. Eles querem que... Enfim, preciso estar presente. Em resumo, preciso desligar.

– Mas você está bem, quero dizer, como está levando isso?

É agora ou nunca.

– Tudo bem, tudo bem.

– Tem certeza? Mamãe, sei que não tem sido fácil para você, ultimamente. Você já desabou várias vezes.

– Vai dar tudo certo.

– Você disse a mesma coisa em novembro.

– Não se preocupe, estou bem melhor. Foi um cansaço momentâneo. Faço meu trabalho. Então, boa noite.

Sem fôlego, desligo para encerrar a conversa. Prestes a explodir, à beira de uma crise de choro. Não pensei que falar com ela seria tão difícil. Como vou fazer amanhã, diante dos funcionários, dos colegas, do diretor? Dos policiais?

Denunciar-me?

Não tenho mais tanta certeza de que essa seja a única solução.

Durante uma hora, fico prostrada ao pé da cômoda, o telefone na mão. Cólica, uma enxaqueca horrível e cãimbra na mão direita. Imagens de Vincent e de minha filha se sobrepõem em minha mente, sem coerência.

Uma série de toques alegres de buzina na rua, diante de minha casa, me tira da letargia. Levanto a cabeça e varro a sala com um olhar perdido. A televisão ainda está ligada. Uma perseguição de carros, dois caras apontando armas de grande calibre e atirando para todos os lados. Luto contra a náusea. Com violento esforço, me levanto para desligar o aparelho. A tela preta me alivia imediatamente. Pego o despertador, que programo para as cinco horas, e tomo um Xanax antes de deitar de novo no sofá.

Pego as *Lettres à Franca*,[***] que abro ao acaso na página de 11 de outubro de 1961. "Quero lhe dizer mais uma coisa, Franca. Tire da mente qualquer ideia de obrigação e preparação, de previsão."

Meu sol negro.

"Se for pesado demais, difícil demais, angustiante demais prever."

Meu sol negro vela por mim.

Menos de um minuto depois, finalmente me abandono.

[***] *Cartas a Franca*, obra do filósofo francês Louis Althusser (1918-1990), publicada postumamente, em 1998. (N. do T.)

3

De: *christine.pastres@plate-forme.dir.com*
Para: CALL CENTER/VAL/*Todos*
Assunto: *Ajuste técnico*
Data: *sexta-feira, 21 de novembro de 2008*

Bom dia a todos,

Em decorrência das diversas informações comunicadas durante as últimas reuniões, do descontrole e da negligência de alguns (no call center*), quero lhes relembrar as regras de funcionamento:*

1. *– Qualquer atraso de menos de 15 minutos deve ser informado, assim que o funcionário chegar, a seu gerente e regularizado se possível no mesmo dia (ver as modalidades com o gerente de plantão). Ressalto que me refiro aqui a atrasos de* log in. *Até agora existia uma tolerância de 5 minutos. Doravante, qualquer atraso (mesmo que de 1 minuto) será anotado no relatório de controle.*

2. *– Qualquer atraso de mais de 15 minutos deve ser informado a seu gerente e gerar um* e-mail IMPREVISTO PPP* *para regularização.*

---

* A sigla PPP se refere a uma estrutura interna de certas empresas de telecomunicações chamada célula de Previsão, Pilotagem e Planejamento. É encarregada de definir o modo de regularização dos atrasos conforme o caso. (N. do T.)

3. – *O atendimento às chamadas deve ser iniciado no minuto que se segue ao* log in. *Não é mais permitido fazer o* log in *ao chegar (para não "ficar atrasado") e em seguida se acomodar tranquilamente, tomando café e dando uma volta para cumprimentar a todos antes de atender à primeira chamada. No entanto, não é proibido chegar 10 minutos antes para cumprimentar os colegas (sem incomodá-los, se já estiverem trabalhando).*

4. – *Não é permitido fazer pausa entre as 12 e as 14 h. Não se esqueçam de que as pausas são toleradas e que essa tolerância não deve ultrapassar 5% do tempo de* log in.

5. – *É proibido deixar o expediente antes do horário (mesmo que por 1 minuto). Da mesma forma, não se deve ficar em pós-atendimento por vários minutos até a hora de encerramento do expediente.*

6. – *Os tempos de pós-atendimento são controlados (sem excesso). Por enquanto, 30% do tempo de* log in *em pós-atendimento é o máximo permitido. Qualquer comportamento divergente será objeto de sanções (pedido de explicação, advertência, $1/30$ do salário...).*

7. – *Além do mais, exige-se maior respeito em relação aos outros funcionários. No fim do expediente, a mesa de trabalho deve estar impecável – tire copinhos descartáveis, rascunhos, fotos pessoais, em resumo, "sua bagunça" (conselho: guarde fone de ouvido, cadernos e lápis na gaveta). Por exemplo, quem ocupar a mesa de um colega na sexta-feira deve garantir que, ao terminar o expediente, a mesa esteja tão limpa quanto ao começar (arrume o que tiver mudado de lugar, como cadeira, tela do monitor etc.).*

Essas regras de convivência, que vocês já conhecem mas não aplicam sistematicamente, serão seguidas à risca a partir da segunda-feira, dia 24 de novembro.

Christine Pastres
Responsável pela Equipe de Chamadas
Ramal: # 41 20

4

Quando chego à unidade, naquela segunda-feira de manhã, o relógio do carro indica seis horas e trinta minutos. Minha vaga no estacionamento já está ocupada por um Peugeot 306 branco, novo em folha, ao lado de uns dez veículos, entre os quais dois com as cores da Polícia Federal. Reconheço o Espace do diretor, um pouco mais distante, milimetricamente estacionado na vaga de sempre. Faço uma careta, efetuo uma manobra e estaciono de ré ao lado, evitando por pouco arranhar a porta. Acordei com cólica, um doloroso começo de menstruação.

Desligo o motor, fico imóvel por um instante, os olhos fixos na fachada do prédio. Três andares de concreto perfurados de janelas com sacada. Construção típica dos anos 1980, renovada vinte anos depois com cores berrantes. Logotipo da empresa espelhado à altura do segundo andar, visível do trecho leste do rodoanel. Rumor dos veículos que já se apressam na entrada da cidade. Os gritos silenciosos dos homens e das mulheres que passaram por meu consultório me assombram.

O olhar vazio de Vincent Fournier, três dias antes.

Não sei se vou conseguir entrar.

Alguém bate no vidro do carro, levo um susto e viro a cabeça.

Com um fraco sorriso nos lábios, o vigia Patrick Soulier me faz um sinal com a mão. Está muito pálido. Dentes amarelados pelo tabaco, olheiras pretas, rosto lívido. Cinquenta anos, dos quais passou vinte na profissão de vigia. Cem quilos de músculos, de sobrepeso e de cólera. Uma vida nada simples. Maltratado pelo pai, viveu um tempo em uma instituição para menores. Suspeitas de ter sido estuprado quando criança, nunca comprovadas. Percebo que ele não dormiu desde ontem de manhã.

Devolvo o sorriso, pego minhas coisas e saio do carro.

— Bom dia, doutora.

— Bom dia, Patrick. Não vi você chegar.

— Eu a assustei?

Ele repete o gesto de bater contra o vidro do Audi, meneio a cabeça. Troca de amenidades. Ele quer conversar, eu sinto, eu sei. Desde o assalto que sofreu em junho passado, ele visita minha sala com regularidade. Sequelas físicas, mas sobretudo: insônia, crise de angústia, sentimento de opressão nos supermercados. Desde então ele não faz mais compras, transita pelas rodovias somente nas horas de pouco tráfego, teme ficar preso em um engarrafamento. Parou de beber há três meses, mas fuma de dois a três maços por dia.

Coloco a mão em seu antebraço.

— Tudo bem?

Ele confirma com a cabeça e me mostra com o queixo a porta da Torre B.

— Acho que estão esperando pela senhora lá dentro.

— Você parece cansado.

— Já passei por outras...

Descarto a resposta com um movimento do braço.

— Você devia voltar para casa.

— Meu turno só acaba às oito horas.

— Sei, sei.

Ele faz uma careta.

— Você não tem culpa, Patrick. Você não é responsável por isso.

— Mas eu estava aqui.

— Suspeitam de você?

– Eu estava sozinho. Tenho um passado violento, carrego uma arma...

– Sei que é incapaz de algo assim.

– Eles, não! – me interrompe, com furor nos olhos. – Eles sabem que eu estava sozinho na unidade.

Mordo os lábios e retiro a mão.

– Vou falar com eles.

É a única coisa que encontro para dizer antes de deixá-lo e entrar no prédio.

*

A porta do consultório está entreaberta e a luz, acesa. O sangue me sobe à cabeça. Eu me precipito e a escancaro com o pé.

– Quem o autorizou a entrar aqui e mexer nas minhas coisas?

O sujeito sentado em minha cadeira se levanta com um movimento brusco. Bastante jovem, menos de trinta anos, provavelmente. Silhueta esguia e esportiva, olhos negros e intensos, mãos finas. Um ar indecifrável.

Suas faces ficam coradas.

– Em primeiro lugar, quem é você?

– Tenente Richard Revel, da Divisão Criminal de Valence.

Ele estende uma mão voluntariosa, que me recuso a apertar para marcar minha desaprovação. Ele retira a mão sem nenhum comentário, a cabeça levemente inclinada para o lado.

– Doutora Matthieu, suponho.

– O senhor não tem nada para fazer aqui.

Contornando minha mesa de trabalho sem responder, dou um empurrão nele e coloco a bolsa e a maleta ao lado de meu armário.

– Esses recortes de jornal dizem respeito a alguns funcionários que visitam seu consultório?

Viro a cabeça com fulgor nos olhos. O tenente aponta com o dedo as raras matérias de jornal que coloquei na parede atrás de meu armário, longe dos olhos dos pacientes. Cada suicídio coberto pela mídia. Jornais nacionais, locais, imprensa especializada. Na minha gaveta há uma pasta cheia de fotocópias. Quatro anos guardando tudo. Em meu armário só mantenho os casos dos quais tive que cuidar como médica. Para me lembrar todos os dias do objetivo de meu trabalho.

Um sinal de fraqueza, talvez.

— Aqui, é difícil agir como se nada disso existisse.

Meu tom é mais agressivo do que eu gostaria. Ele observa o modo como reajo, o que aumenta minha irritação. Fico ereta, do alto de meus quarenta e dois anos e de meu metro e sessenta e oito. Como que para destacar a diferença de idade que nos separa e afirmar meu estatuto de dona do lugar. Jogo pueril. Devo parecer estúpida.

Ele levanta as mãos em sinal de paz e se desloca até o centro da sala, diante da mesa de trabalho.

— A senhora está furiosa, peço-lhe desculpas por...

— É tão visível assim?

Minha língua estala.

— Escute, eu não queria ser rude.

— Entrar em meu consultório e remexer em minhas coisas não é a melhor maneira de proceder. E, primeiro, quem abriu para o senhor?

Ele abre a boca para responder, quando alguém pigarreando atrás de mim o interrompe.

— Fui eu.

Dou meia-volta para encarar o diretor da unidade, Éric Vuillemenot, quarentão seco de ar dissimulado, terno formal, traços cansados e cabelo penteado com risca lateral.

– Considerando-se os eventos, tomei a iniciativa... O tenente Revel queria esperar pela senhora, mas pensei que não haveria problema se ele esperasse em seu consultório.

Por um breve instante eu o fito, com os dentes cerrados, segurando-me para não fazer um novo comentário mordaz, antes de mostrar a porta com o queixo.

– Se quiser me dar um tempo para que eu me acomode, estarei disponível daqui a um minuto.

O diretor dá de ombros, acostumado às minhas repentinas mudanças de humor. Ele sabe que não o aprecio e que reprovo seus métodos. Em uma empresa que tem em seu ativo a maior taxa de suicídio por assalariados do país, até o mais reacionário dos médicos do trabalho representa um contrapoder irritante. Primeiro, por ser ele mesmo funcionário da empresa. Segundo, porque tem por trás o conselho da Ordem, um tipo de entidade externa. Finalmente, por causa do sigilo médico, sacrossanto pilar da profissão em que zelosos gerentes quebram a cara quando a corporação tolera elétrons livres como eu. Mistura de gêneros, confusão de fronteiras entre as esferas profissional e privada. O que se diz neste consultório não sai daqui. É uma espécie de trincheira nesse território hostil. Um belo espinho no pé da diretoria. Um poder que muitos me invejam.

Se eles soubessem...

Vuillemenot não insiste e caminha para a saída, seguido pelo policial, que resolveu ficar calado. A porta se fecha atrás deles, sem ruído.

Imediatamente a pressão diminui. Desmorono em minha cadeira como um boxeador grogue. Remexo em minha bolsa à procura de meio Lexomil, que engulo a seco, de olhos fechados. Por um segundo, os rostos dos mortos dançam atrás de minhas pálpebras e me fitam com desdém. Suas órbitas estão vazias e seus lábios sumiram, deixando à vista fileiras de dentes ameaçadores.

Não vou aguentar.

Toda a raiva que me animava quando apertei o gatilho sexta-feira à noite desvaneceu.

Um policial já entrou em minha sala.

A vida de Vincent se esvaindo, a baba escorrendo de seus lábios, o tiro. A fuga.

Confessar tudo talvez não seja a única solução.

Mas será que sou capaz de aguentar?

*

Após cinco longos minutos, consigo me acalmar. Levanto-me da cadeira, atravesso a sala e vou até o banheiro. O reflexo no espelho me obriga a baixar os olhos. Lavo as mãos uma vez, duas vezes, depois passo água gelada no rosto e volto a levantar a cabeça. Fronte curta, maçãs salientes, ainda atraente, talvez mesmo bonita. Lábios finos e traços que permanecem juvenis. Grandes olhos verdes, cercados por cílios longos e espessos. O cabelo castanho e ondulado preso atrás me dá um ar severo; eu o solto com um movimento preciso do indicador e do polegar da mão direita.

Uma sombra sempre se desenha, invisível, como que subliminar. Por um momento eu a procuro com o olhar, esperando, em vão, discernir traços de sua materialidade. Talvez essa magreza que adivinho da cavidade de minhas bochechas. Ou essa veia um tanto saliente que serpenteia por minha têmpora. Marcas do começo da velhice? Cansaço? A morte de um homem...

Meu Deus, o que eu fiz?

Pego uma toalha, enxugo as mãos e o rosto. Seis horas e cinquenta e um minutos. Os primeiros funcionários vão chegar em menos de dez minutos. Baixo a calça, a calcinha, jogo fora o absorvente manchado, me sento na privada e solto um jato de urina fervente.

*

Quando abro a porta do consultório, protegida pela máscara de profissional da saúde, não posso deixar de torcer para que o tira, cansado de esperar, tenha ido cuidar de outros assuntos.

Sem chance.

Ele e o diretor estão de pé no corredor. As duas figuras silenciosas se viram para mim.

— Posso lhe conceder cinco minnutos, tenente.

Vuillemenot olha seu relógio e meneia a cabeça.

— Leve o tempo que for necessário, doutora.

— Quero estar disponível para os primeiros pacientes.

— Nesse caso, a senhora irá vê-los mais tarde.

Fico parada, boquiaberta.

— Perdão?

Incomodado, o diretor faz um gesto de incompreensão para o tira, que decide ficar impassível.

— O senhor não está me dizendo que, apesar de tudo, pretende colocá-los para trabalhar assim que chegarem?

— E que mais a senhora quer que eles façam?

— Porra, não finja não entender o que quero dizer! É necessário implementar uma célula de atendimento, preparar uma reunião para divulgar a notícia. Se quiser, posso me encarregar disso. Aliás, prefiro me encarregar disso.

— Meus superiores acreditam que seja melhor não transformar esse drama num evento, e eu...

— Estou pouco me lixando para o que seus superiores pensam! – grito, fora de mim. – Puxa, o senhor tem noção do que está me dizendo? Caia na real por cinco minutos! Os clientes podem esperar um dia.

— Um dia?

Ele engasga.

– Não pense nisso nem por um segundo! Não podemos...

– Claro que podemos! Existem pelo menos uns dez *call centers* como este na região. Então faça seu trabalho, ligue para seus colegas, transfira as chamadas, mande mexer nos botões certos e conectar as linhas corretas, mas está totalmente fora de cogitação que um único telefone desta unidade toque hoje.

O diretor dá três passos para trás.

– A senhora não tem nenhuma legitimidade para tomar esse tipo de decisão.

– Ah, é? O tenente aqui presente é testemunha do que vou dizer. A partir de agora, o senhor vai fechar esta unidade por um prazo de *pelo menos* vinte e quatro horas por medida de segurança. Os funcionários precisam ser amparados. O homicídio de um colega é um fator ansiogênico maior, sobretudo quando acontece no local de trabalho. É melhor controlar todos os pontos críticos antes que circulem os mais distorcidos rumores. Vou avisar o conselho da Ordem sobre minha recomendação. Vou falar com os funcionários, os representantes do pessoal,[*] um por um, se necessário. E se for preciso vou pedir a ajuda de colegas.

– A senhora não pode decidir nada.

– Trata-se de minha responsabilidade como médica – emendo, sem dar atenção ao comentário. – O senhor e eu temos um dever de saúde em relação aos funcionários, e vou tomar todas as medidas cabíveis. Se quiser me impedir, muito bem, mas saiba que se houver algum incidente hoje ou amanhã não hesitarei

---

[*] Representantes eleitos que nas empresas, privadas ou públicas, e administrações públicas da França expressam o ponto de vista dos funcionários em diversas comissões internas. (N. do T.)

nem um segundo em falar sobre seus métodos irresponsáveis e denunciá-lo por deixar de prestar assistência a pessoas em perigo.

– É puro delírio, eu...

– É tudo o que tenho a dizer.

Vejo um sorriso aparecer nos lábios do tenente Revel. Pelo menos não estou sozinha.

Aproveitando um leve momento de hesitação, dou meia--volta e entro em meu consultório. Ouço os dois homens, que marcam uma reunião para mais tarde, e então a porta bate. Já estou sentada à minha mesa, com o computador sendo ligado. O zumbido característico da ventoinha, a música desagradável de abertura, algumas notas-padrão de uma melodia sob medida.

Sem levantar a cabeça, faço um sinal para convidar o tenente a sentar-se em minha frente. Acabo de esvaziar minha maleta. Coloco uma pilha de pastas numa gaveta.

Recosto-me na cadeira, cruzo os braços, inspiro profundamente e por fim abro os olhos em direção a Richard Revel.

– O que aconteceu exatamente com Vincent Fournier, tenente?

– Eu ia lhe fazer a mesma pergunta.

*

A primeira vez que Vincent Fournier entrou em meu consultório, situado no térreo do *call center*, eu estava voltando de um seminário de formação no CHU, o Centro Hospitalar Universitário, de Lyon. Foi em abril de 2005, e a conferência tratava dos impulsos suicidas no meio carcerário.

Um assunto complexo.

O paralelo com o mundo do trabalho era tão pouco evidente para a maioria dos participantes que a palestrante, uma psiquiatra de Bordeaux especializada e apaixonada, tivera que explicar por três vezes que não estava lá somente para transmitir sua experiência e suas próprias metodologias de trabalho para erradicar o fenômeno. Ela trabalhava no caso de uma penitenciária de Bayonne cujas condições eram catastróficas. Segundo ela, o fraco interesse que essa questão suscita no mundo do trabalho e a ausência de análises sobre esse assunto tabu eram suficientes para criar um vínculo entre os dois universos, profissional e penitenciário. Vozes de médicos se fizeram ouvir na sala para protestar contra um paralelo duvidoso e fora da pauta, mas a psiquiatra mostrou firmeza e pelo menos dois ou três de nós saíram convencidos de que existia lá um campo de investigação importante, para não dizer fundamental. Considerando-se que grande parte dos cerca de sessenta participantes era desesperadamente conservadora, isso parecia ser um sucesso.

Talvez seja necessário explicar que, para os médicos do trabalho, as patologias das quais seus pacientes sofrem se dividem em dois grupos distintos, mesmo que nem todos o reconheçam publicamente. De um lado, os acidentes de trabalho em si – em resumo, tudo o que diz respeito ao corpo. O operário que cai de uma viga, o motorista de ônibus que é agredido, o pedreiro que recebe um saco de cimento sobre o pé. Um campo reservado de forma geral às profissões manuais e aos acidentes violentos com testemunhas confiáveis. Chovem licenças médicas. De outro lado, tudo que diz respeito à esfera privada. Traduzindo: os riscos psicossociais.

Obviamente, os suicídios fazem parte da segunda categoria.

O corpo pertence à medicina do trabalho; o psiquismo, não. É simples assim. O fígado, o músculo, o traumatismo craniano, a distensão, a torção, o braço quebrado, o fêmur rompido, a infecção, a radiação – no decorrer do tempo, tudo isso, ou quase, entra nos parâmetros estabelecidos pela deontologia médica. Por outro lado, o que acontece na mente deve permanecer no âmbito restrito do domicílio. No melhor dos casos, fala-se em estresse. No pior, pede-se que as ideias sombrias fiquem em casa. Um funcionário que tenta se suicidar será quase suspeito de querer prejudicar a imagem de seu empregador. Ou, mais grave, do mundo do trabalho em geral.

Claro, estou exagerando. O verniz médico é mais sutil do que isso no que diz respeito à forma. Muitos de meus colegas, homens e mulheres, não aceitam essa triste regra. Mas a burocracia ministerial se mostra reticente quanto a aumentar a lista das doenças profissionais. Finalmente, o balanço é o seguinte: o suicídio não é reconhecido como uma doença profissional. Se puder escolher, é preferível morrer de câncer do pulmão por causa de exposição intensa a amianto do que se suicidar por causa de condições de trabalho intoleráveis.

Enquanto eu verificava a tensão e os reflexos de Vincent Fournier, uma simples consulta de rotina, toquei nesse assunto. Ele disse:

– Não acredito na tese de suicídio por motivos profissionais.

Fiquei abismada. Tanto ele quanto eu sabíamos que haviam ocorrido suicídios na França naquele ano, inclusive em nossa própria empresa, embora a mídia pouco tivesse falado a esse respeito. Como sua resposta abrupta me surpreendesse, ele deu uma risadinha.

– Um golpe dos sindicalistas para tentar reavivar sua causa.

– Você não acredita que alguém possa sofrer por causa do trabalho?

Ele meneou a cabeça, com ar triste, sopesando a pergunta.

– Esses suicídios são dramáticos. Para as famílias e os colegas é algo horrível, não vou discordar.

– Não está respondendo a minha pergunta.

Ele sorriu.

– Por favor, doutora, a senhora conhece nossas condições de trabalho tanto quanto eu. Esta empresa é uma das mais tranquilas do país.

– Você está desviando a conversa.

– E mesmo que as condições não fossem tão agradáveis quanto acho que são – disse ele, varrendo meu comentário com a mão –, que empregado seria louco a ponto de pôr fim a seus dias?

Como eu o olhasse perplexa, ele insistiu.

– Um pequeno empregador, eu entendo. Ele é proprietário do prédio e do material. Quando sua empresa vai à falência, isso mexe com ele, ele pira. Em resumo, trata-se de um golpe pessoal duro demais para o ego. Mas um empregado?

– Você quer dizer que é preciso ser empresário para se suicidar no trabalho?

– Mais ou menos.

– Então como explica que haja tantos?

– Tantos o quê?

– Suicídios. De empregados. Em sua própria empresa.

– Acabo de lhe dizer.

– Você acha a mesma coisa dos impulsos homicidas?

Ele me encarou de cima a baixo, como se estivesse se perguntando se eu debochava dele ou se era estúpida mesmo. Suponho que tenha optado pela segunda solução, porque logo mudou de assunto.

Três anos depois, em 23 de junho de 2008, para ser exata, dia de greve nacional, Vincent Fournier se precipitou contra sua responsável hierárquica, que lhe perguntava se ele era grevista, e tentou estrangulá-la. Sem a intervenção dos colegas, ele a teria matado.

Sem nenhuma hesitação.

*

O tenente Revel permanece silencioso durante toda a minha narração.

– O que aconteceu em seguida?

– Seis meses depois, ele cometeu sua primeira tentativa de suicídio no trabalho. Três dias após o Natal.

– Como?

Empurro a pasta de registros médicos de Vincent em sua direção. Nossa conversa de sexta-feira à noite está registrada por escrito nela. Esse detalhe não escapa a Richard Revel.

– Ele esteve em seu escritório na noite do crime.

Confirmo.

– A que horas vocês se separaram?

– Às dezenove e trinta.

– E depois?

– Fui para minha casa.

– Ele lhe disse algo especial durante a consulta?

Meneio a cabeça e respondo em tom agressivo.

– Quer dizer, fora a ideia de se matar?

– No momento em que se despediram, talvez? – continua Revel, imperturbável.

– Ele tinha que subir para pegar as coisas dele.

– Entendo.

– Depois, devia ir para a casa encontrar a mulher e os filhos.

Ele percorre minha nota com os olhos.

– Leio: "alta probabilidade de passar da tentativa ao ato, inaptidão para o cargo. Licença médica indispensável e urgente". A senhora grifou três vezes o adjetivo *urgente*.

Ele levanta os olhos para mim.

– Por quê?

– Por quê!

Levanto os braços para o teto.

– Um quadro heteroagressivo e uma tentativa de suicídio em menos de um ano, o que mais quer? Eu tinha medo de que ele não passasse do final de semana, eis o porquê!

– Mas a senhora o deixou ir embora.

Fico paralisada.

– Isso quer dizer o que, exatamente?

– Nada mais do que o fato de que a senhora escreveu *urgente* na pasta dele e o deixou voltar para casa.

– O que eu podia fazer? Insisti para que ele fosse ver um especialista e entrasse imediatamente de licença médica, mas não podia forçá-lo a me escutar.

– Entendo.

– Não, o senhor não entende! Sou *médica do trabalho*, não juíza.

– Mesmo assim, a senhora tem poder de prescrição.

– Um médico do trabalho nem tem o direito de dar receitas! A única coisa que posso fazer é preencher minhas pastas, curar um ferimento com mercurocromo e alertar meus superiores ou o conselho da Ordem em caso de problema de saúde.

Ele assente com a cabeça sem tirar o olhar de mim.

Insisto:

– Na qualidade de médica assalariada, exerço minha atividade em todo o setor de Valence. Sete unidades no total. Foi em duas delas e durante quatro anos que conheci e acompanhei Vincent Fournier nos meandros de sua vida profissional. Pude estabelecer um quadro clínico preciso de sua deterioração mental e física. Nunca falávamos sobre a família dele. Transmiti a meus superiores, alertei os superiores *dele*, pedi perícias médicas, como me autorizam minhas prerrogativas, mas foi só isso! Nada de tratamento, nada de prescrição, nenhuma licença médica. Todo mundo sabia. O senhor vai encontrar todos esses detalhes na pasta de registros médicos.

Ele põe a mão sobre a pilha de folhas.

– Tenho outra igual para cada funcionário deste *call center*.

– Posso consultá-las?

– Faça bom uso.

Ele emenda:

– O diretor diz que não se lembra de nenhum alerta especial relativo a Vincent Fournier.

– Me engana que eu gosto!

Reteso-me na cadeira. Liberação de adrenalina. No entanto, é difícil não se lembrar de que Vincent se atirou pela janela do segundo andar em plena reunião ao saber de sua nova transferência, em 28 de dezembro de 2008.

Revel rapidamente folheia a pasta até encontrar o que procura. Observo sua reação à leitura de meu relatório.

– O diretor também estava nessa reunião?

– Era ele que anunciava as transferências.

– Entendo.

Ele vira a página.

– Por que isso não está mencionado?

– Não foi ele que o empurrou.

Não fisicamente, pelo menos.

Fito-o diretamente. O tenente está pensando o mesmo que eu. Volta a falar após respirar profundamente.

– Dois andares, ele teve muita sorte.

– Depende da maneira de ver as coisas – digo, levantando os olhos para o teto.

– Duas costelas quebradas, uma perna e um braço engessados. Poderia ter sido pior.

– Dois meses depois ele ainda mancava.

Consulto meu relógio. Sete horas e doze minutos.

– Tenho que ir.

– Entendo.

Ele coça a cabeça com a ponta dos dedos. Observo que tem unhas compridas.

– Isso acontece com frequência?

– Suicídio?

Ele confirma com a cabeça.

– Demais.

– Eu ignorava que fosse tão frequente. Quero dizer, fiquei surpreso ao...

Eu o interrompo.

– O surpreendente, tenente, é que não tenha havido ainda mais.

Ele parece anotar mentalmente minha resposta.

– Uma última pergunta.

Faço um sinal para que continue.

– A senhora tem ideia de quem poderia querer mal a Vincent a ponto de lhe dar um tiro na cabeça?

Suspiro e abro os braços.

– Tudo isto, tenente.

– Não estou entendendo.

– Esta empresa, este *call center*, pessoas como Vuillemenot e os outros, o sistema econômico no qual vivemos, que leva pessoas como ele a se jogarem pela janela para que seu círculo de relações entenda que elas não estão bem.

– Não está respondendo a minha pergunta.

– Pelo contrário, só estou fazendo isso.

Ele fica calado. Sem outro comentário, eu me levanto, pego um bloco de anotações e uma caneta e me dirijo para a porta.

– Vai participar da reunião?

5

Guilherand-Granges, 20 de fevereiro de 2009

Aos cuidados da dra. Carole Matthieu

Cara colega,

Obrigado por ter encaminhado aos meus cuidados a sra. Christine Pastres para proceder a uma perícia diante da impossibilidade de meu colega, o dr. Jacques Bon, recebê-la em um curto prazo. Eu a recebi em 10/02/2009 em meu consultório.

A sra. Pastres é pontual e parece estar tensa por causa de nosso encontro. Ela me explica que há muitos anos a sra. a aconselha a pedir uma licença, algo que ela sempre se recusou a fazer. Ela me diz ter passado três vezes pelo conselho disciplinar por ter sido julgada "dura" demais com os funcionários dos quais está encarregada no call center *de Valence. Descreve bem a impossibilidade de executar seu trabalho diante de um crescimento da violência junto com a necessidade de ficar firme e não ultrapassar os limites.*

Desde a agressão de que foi vítima em 23/06/2008 pelo sr. Vincent Fournier ela não dorme mais à noite, nem mesmo durante suas férias de agosto, está sempre pensando no trabalho, aguenta cada vez menos as obrigações. Diz ter sempre as mãos suadas e transpirar muito. Recusa-se a tomar remédios para suportar tal situação profissional.

A sra. Pastres conclui que não está mais em harmonia com "nossa sociedade". Chega até a dizer: "Sou a favor dos gulags *para a velha geração de funcionários". Ela acredita não ter ideias violentas.*

Por fim, no aspecto médico, acumula antecedentes cardíacos que controla de tempos em tempos (último controle em 18/11/2006) por causa de cicatrizes no coração.

<u>Clínico</u>: *o contato é fácil, mesmo que no começo o tom seja um pouco "resmungão" e irritado. De fato, logo se percebe que a sra. Pastres tem a sensibilidade à flor da pele e é suscetível a desabar de modo heteroagressivo a qualquer momento. Sentimento de incompetência pessoal. O problema é geral e muito preocupante. Pode ser analisado somente à luz das transferências do* call center *e do setor profissional em que ela trabalha.*

<u>Conclusão</u>: *excluo, assim, qualquer desejo de manipulação, qualquer busca por benefícios primários, qualquer patologia psicótica de tipo persecutório. O sofrimento é autêntico e com alto risco de descompensação. Parece-me muito perigoso para a própria sra. Pastres e para seus subalternos que ela permaneça nesse cargo tanto no que diz respeito ao risco de agir de forma violenta quanto à possibilidade de descompensação cardíaca. Um cargo sem responsabilidade gerencial me parece preferível. Por esses motivos, parece-me que se impõe uma inaptidão médica para o cargo, utilizando-se para isso o procedimento de urgência.*

Queira receber, cara colega, a expressão das minhas distintas saudações.

Dr. Jean-Pierre Faure
Consultório de Psiquiatria Bon & Faure
07500 Guilherand-Granges

6

A sala de reuniões está superlotada. O anúncio da morte de Vincent Fournier se espalhou como um rastro de pólvora entre os funcionários. A maioria dos que não são do turno da manhã também está presente. Traços cansados, olhares preocupados e mandíbulas crispadas. Observo os rostos à procura de marcas de sofrimento. Reflexo profissional. Tornei-me incapaz de vê-los de outra forma senão pelo prisma de um quadro clínico. Pupilas dilatadas, tiques nervosos, cabeça inclinada, olhos fechados, olheiras, placas de urticária, rubores, psoríase, reaparição de acne juvenil, caspa, tosse seca, dores articulares, briquismo, infecções urinárias repetidas. E ainda: irritabilidade, anedonia, agitação, astenia, variações de peso visíveis a olho nu, distimia. Tantos quadros a preencher, tantas linhas em meus relatórios. Variante médica das fichas de avaliação individual, das planilhas, das notas contábeis da empresa. Critérios biológicos de um lado, econômicos de outro. Uma guerra sem misericórdia entre sintomas e números.

A verdade é que sinto por eles.

Por esses números que se tornaram sintomas.

Como cheguei a esse ponto? Fiz meu trabalho como devia. Respeitei a deontologia. Apliquei vacinas, testei os reflexos, alertei para os riscos de acidente do trabalho, acalmei e escutei. Minha tarefa? Descobrir problemas e os assinalar. Estou aqui para acompanhar o trabalho. Aceitei as regras da profissão e sempre fiz o melhor que pude, em quinze anos de carreira.

No entanto, não percebi nada chegando. Nem as depressões, nem os suicídios. Os sinais de alerta se multiplicaram, mas eu não soube interpretá-los.

Agora, olho para todos eles e todas elas, e vejo que perdi o controle da situação.

Samuel, Patricia, Jean-Pierre, Henri, Sofia, Claudine, Hervé. Todos aqueles que estão aqui hoje de manhã já passaram por meu consultório. Todos, sem exceção. Os superiores e os subalternos, os que têm contrato por tempo determinado e os que acumulam décadas de profissão, os que só pensam em subir e os deixados de lado. Conheço a maior parte de seus segredos. A infância difícil de Sally, do Departamento Comercial. As fugas da filha adolescente de Josiane, a secretária. O marca-passo do responsável pelo Departamento de Informática. As varizes da contadora. As fantasias eróticas do atendente. A dependência de cocaína de Sonia, a jovem operadora de *telemarketing* que veste uma blusa branca sempre impecável. As afecções nervosas do jovem Camille – que percebi desde nossa primeira conversa, há quatro anos –, a quem vejo de manhã, no estacionamento, quando ele fala sozinho em seu carro.

Alguns me fizeram confissões que até o marido, a mulher ou a mãe ignoram. Os choros, as alegrias, as lágrimas, os gritos. São como crianças de cinco ou seis anos, incapazes de me esconder o mínimo segredo. Com certeza sou o único vínculo humano que existe entre eles, e ninguém jamais percebeu isso. Sou a confidente, a mãe, o receptáculo, a fossa séptica, o objeto com que fantasiam, a prostituta com a qual extravasam para poder aguentar. Às vezes sou tudo isso ao mesmo tempo.

Sou o último recurso.

A extrema-unção.

Penso: dê-me força, meu sol negro!

Em resposta a minhas interrogações, uma dor repentina me irradia pelo baixo-ventre.

Uma mão acaricia meu ombro. Viro a cabeça.

Pierre, com cerca de cinquenta anos, cabelo ralo e barriga proeminente, responsável pela manutenção das copiadoras e do material de escritório, me domina do alto de seu metro e noventa. Penso: antigo pesquisador de microeletrônica convertido contra a vontade em armazenador, duas licenças médicas de longo prazo e um acidente cardiovascular em oito meses.

Ele sorri para mim.

— Tudo bem, doutora?

Com uma careta, confirmo com a cabeça e sigo adiante.

*

Vuillemenot já está no tablado. Ostenta um ar grave devido à circunstância. Impenetrável. Escorregadio. Olhando para o vazio, Henri, o sujeito do Departamento de Comunicação da unidade, está sentado a sua direita. Risca lateral, paletó barato, barba bem-feita. Uma carapaça de mau gosto. Alcoólatra. Suponho, porque ele passa por meu consultório apenas uma vez por ano, para o exame físico obrigatório, e sempre esteve acima de qualquer crítica. Mas duas vezes, ao voltar para meu carro à noite, acredito ter visto sua silhueta debruçada sobre o volante com o que parecia ser uma minigarrafa de uísque que ele levava à boca. Posso estar enganada. Não o julgo. Ele não tem nada para fazer aqui.

Um homem que nunca vi antes fica um passo atrás deles e completa o triunvirato. Roupa impecável, cabeça altiva, sobrancelhas aparadas e terno Hugo Boss. Suas mãos compridas com unhas perfeitamente manicuradas estão postas sobre os braços de sua poltrona. Pelos sorrisos polidos e olhares nervosos que lhe lança o diretor da unidade de vez em quando, adivinho que se trata de um alto executivo. Nosso olhar se cruza no exato momento em que penetro no espaço que separa os funcionários do tablado. Ele franze o cenho de forma quase imperceptível. Sinto que está me avaliando. Sem pestanejar, levanta-se e estende em minha direção a mão suada, que aperto pela ponta dos dedos.

— Carole Matthieu?

— E o senhor é...?

Tom seco, voz cortante. Não estou de bom humor. Ele sabe disso, mas finge ignorar.

— Éric Saint-André. Recursos Humanos. Paris.

— Nunca ouvi falar do senhor.

Um sorriso discreto se forma em seus lábios.

— A senhora costuma memorizar nomes?

— Apenas os de meus pacientes e aqueles que constam em suas pastas.

— Digamos que fui especialmente enviado pela diretoria do grupo — emenda ele de imediato, acreditando dissipar o mal-estar. — Para seguir este doloroso caso.

— Doloroso, sim, eis a palavra, senhor Saint-André.

— Pode me chamar de Éric.

— E o senhor pode me chamar de doutora, como todo mundo aqui.

Sem esperar sua reação, deixo-o plantado onde está e dou a volta pelos três homens para me acomodar na outra ponta do tablado, na última cadeira. Acho que ele está olhando para meu quadril no momento em que me sento, mas não tenho certeza. Mais um tarado. E eu, a única mulher nessa mesa. Um assassino diante de seu tribunal.

Ou o contrário.

Merda, vou ficar louca.

Vuillemenot pigarreia e levanta a mão para chamar a atenção da sala. Um silêncio permeado de estalos de cadeiras e farfalhar de tecidos cai sobre a assistência. Vejo cólera e incompreensão naqueles traços cansados. Punhos e braços cerrados para conter a angústia, que dá um nó no estômago. Conheço os sintomas. Mais tarde, em meu consultório. Amanhã. Mais uma vez. Alguns me procuram com os olhos. Eu os evito, e varro a assembleia com o olhar, sem parar em nenhum rosto em especial.

Encostado na parede, no fundo, o tira me observa. Cruzo e descruzo as pernas, tentando controlar o crescente nervosismo.

O diretor segura um papel na mão. Já sei o que ele vai dizer, e eu deveria intervir agora, antes que seja tarde demais. Gostaria de ser a primeira a falar para tranquilizá-los, encontrar as palavras que aliviam, mas estou paralisada. Como uma idiota, culpada, travada em minha cadeira, diante dos colegas de Vincent. No coração da máquina.

– A diretoria me enviou esta mensagem.

Vuillemenot ergue o papel como se fosse um comprovante.

– Alguns gerentes talvez já a tenham lido, estava em todas as caixas de *e-mails* esta manhã, desde as sete horas.

Meneios de cabeça, movimentos de queixo em confirmação, semblantes fechados.

– Ela resume perfeitamente o que sinto hoje. Repasso-a a vocês do mesmo jeito que a recebi.

Lê, com voz grave:

– "É com tristeza e cólera que fomos informados ontem do falecimento de um dos nossos colegas, atendente de *telemarketing* na unidade de Valence. Vincent trabalhava na empresa desde os vinte e dois anos. Tinha cinquenta e dois, era casado e pai de dois filhos. Esse drama atinge a todos de forma profunda, e em nome da empresa quero me unir à dor dos colegas que o apreciavam, tanto por suas qualidades pessoais quanto pelas profissionais, como também à imensa dor de sua família e de seus próximos, para os quais dirijo meus mais solidários pensamentos. Ontem, assim que soube do acontecido, interrompi uma reunião familiar e imediatamente entrei em contato com o diretor da unidade, o senhor Vuillemenot, que aprecio e cujas qualidades pessoais conheço. Eu o encarreguei de lhes transmitir esta mensagem. Também entrei em contato com os parceiros sociais* para avaliar com eles a maneira de prosseguir."

Viro a cabeça para procurar os interessados. Conheço bem Alain, um desses parceiros. Acho estranho que ele não tenha me avisado. Encontro-o sentado no fundo, à direita, um pouco afastado dos outros. Ele baixa a cabeça, olha as mãos, postas sobre os joelhos. Alguns olhares estão fixos nele. Tenho uma impressão estranha – já tomaram a dianteira sobre mim –, que reprimo com um calafrio. Mentalmente, tomo nota de falar com o representante sindical para saber o que foi dito. O diretor continua sua arenga, após me olhar de forma esquisita.

– "Hoje mesmo um dispositivo de acompanhamento e de apoio psicológico exclusivo está sendo implantado para todos os funcionários da unidade de Valence. Durante o dia, a médica do trabalho, Carole Matthieu, receberá a ajuda de um de seus colegas de Lyon, o doutor Hervé Guillon, e juntos eles vão trabalhar para garantir a presença permanente no local. Psicólogos estarão na unidade a partir de amanhã. A presença do RH será organizada para as próximas semanas. Além do mais, uma equipe de investigadores da delegacia de Valence..."

---

* Na França, essa expressão se refere a agentes econômicos formados entre sindicatos de funcionários e organizações empresariais para participar de negociações de caráter social e profissional, como condições de trabalho, formação profissional e normas salariais. (N. do T.)

Já não o escuto mais. As palavras se embaralham em minha cabeça. É impossível me concentrar. Outro médico do trabalho foi transferido para a unidade. Sem que eu fosse avisada antes. Sem nenhum acordo. Filhos da mãe. Eles sabem dos vínculos que tenho com os funcionários. Sabem que sempre estarei aqui para eles, vinte e quatro horas por dia. Mas Vuillemenot não se conteve e me deixou fora do processo. Além do mais, eles falam da morte de Vincent como se fosse um simples falecimento e não um crime, como que para amenizar o impacto.

Por um segundo, um medo intenso toma conta de mim. Já sou suspeita? Meu carro foi visto sexta-feira à noite na hora do crime; Patrick, o vigia, me denunciou.

Meneio a cabeça, sem querer.

Não, eu já teria sido detida pelo tenente Revel, da polícia. Custódia, interrogatório.

Ainda não suspeitam de nada.

Relações de poder. Simples relações de poder internas. Vuillemenot não gosta que eu me recuse a comer em sua mão. O sigilo médico o aborrece. A confidencialidade das minhas conversas com *seus* funcionários o aborrece. Meu silêncio. Meu respeito para com eles. Esse maldito código deontológico. Ele sabe que vou defendê-los até o fim.

Mas ainda ignora do que sou capaz.

– "... para receber propostas e contribuições, e logo implementar as primeiras medidas. Em meu próprio nome, como em nome de todos os gerentes da empresa, quero expressar toda a compaixão que esse drama e essa abominação provocam em cada um de nós. Desejo que se expresse a maior solidariedade em todos os níveis da empresa. Que possamos ultrapassar essa prova..."

Sinto-me arrastada por uma onda de cólera. Cólera por Vincent, cólera por aqueles que ficam. Observo os rostos nos quais encontro o mesmo sentimento. Muitos não conseguem mais acompanhar o discurso do diretor. Ouço murmúrios e cochichos.

No fundo, o tenente Revel escuta, sem deixar de me olhar. Ele está à procura de um culpado, e eu quero salvar esses homens e essas mulheres. De si mesmos e da loucura deste lugar.

Desconfiada, olho-o fixamente.

Ele remexe nos bolsos e tira o celular, que leva ao ouvido sem falar nada. Vejo-o balançar a cabeça uma vez, duas vezes, e então estender a mão em direção à maçaneta da porta e deixar silenciosamente a sala.

Eu me reteso.

A voz de Vuillemenot para. Um rebuliço toma conta do lugar. Eu me levanto. Dois funcionários inquietos se precipitam em minha direção para falar. Impotente, pego minha agenda e anoto os pedidos de consulta para o fim da manhã. Sorriso forçado, tapinha amigável no ombro. Tranquilizar, enquanto os demais já se apressam rumo a seu posto de trabalho.

A diretoria conseguiu que o expediente não parasse, com exceção do departamento de Vincent, fechado por causa da investigação. Todos os seus colegas serão interrogados durante o dia. Sei que alguns não vão aguentar o tranco. A morte paira sobre a cabeça da gente.

Minha culpa, minha culpa, minha culpa.

Éric Vuillemenot passa pela porta, que se fecha atrás dele. Revel não voltou.

Em seguida, saio da sala.

7

Éric Vuillemenot, gerente do ano
15 de novembro de 2008 – Boletim de informação interna

Ontem à noite, Éric Vuillemenot recebeu o prêmio Gerente 2008.
"Dedico este prêmio a todos os funcionários do call center *da unidade de Valence." Foi com essas palavras que Éric Vuillemenot aceitou o prêmio Gerente 2008, que lhe foi entregue ontem à noite pelo presidente do grupo, Pierre-Simon Jourdan, durante o evento organizado pelo quarto ano consecutivo.*

Todo ano o evento recompensa os sucessos das equipes francesas do grupo e de seus gerentes.

São quatro premiados, um em cada uma das seguintes categorias:

– O prêmio Funcionário do Ano recompensa o vendedor que melhor alcançou as metas do ano, contribuindo assim para o sucesso do grupo.

– O prêmio Equipe do Ano recompensa as unidades que tiveram o maior crescimento em termos de resultado de vendas nos últimos dez meses.

– O prêmio Revelação do Ano recompensa o gerente que, ao ser nomeado, destacou-se pelo desempenho e esforço.

– O prêmio Gerente do Ano recompensa um diretor de unidade pelo desempenho, pela estratégia e pela atividade durante o último ano.

Éric Vuillemenot disse sentir muito orgulho ao receber essa recompensa. Concluiu acrescentando: "Vejo este prêmio como um incentivo para acelerar a transformação de nossas atividades e para continuar nossa política gerencial, e não como uma finalidade em si".

8

As salas da diretoria ficam no último andar, do lado oposto do prédio. Sigo um longo corredor com paredes salpicadas de anúncios comerciais dos principais clientes do *call center*, antes de virar à direita. Olho para a câmera de segurança. Empurro a barra de uma porta corta-fogo e entro no saguão, que atravesso em grandes passadas. Com a cabeça, cumprimento a telefonista, com seu sorriso crispado e olhares esquivos. Bernadette, solteira de trinta e sete anos, tem um filho que cria sozinha, trabalha meio período e perdeu a audição de um ouvido depois de ter sido informada do fim de seu contrato, em junho. Já passou três vezes por meu consultório desde o começo do mês.

O telefone toca, ela baixa os olhos e atende com uma simples pressão sobre a tela do monitor. Eu me apresso e entro na torre de acesso norte.

A porta bate ao se fechar atrás de mim. O barulho ecoa nas paredes da escadaria. O interruptor automático de luz se liga. Concreto onipresente. Cheiros mesclados de lugar fechado, pintura e poeira suspensa disputam lugar. Tremendo, subo os degraus de dois em dois antes de segurar o corrimão e ficar repentinamente paralisada.

Desabo e me deixo deslizar pela parede.

Sem fôlego, tento afastar o véu preto que me obscurece a visão.

As silhuetas fantasmagóricas de Vincent Fournier e Patrick Soulier e o olhar inquisidor de Revel dançam e giram em minha frente. Três indicadores apontam para mim. Eu me encolho, esperando que isso acabe. Dois, três minutos.

Matei um homem.

Quatro, cinco minutos.

Quanto tempo ainda tenho?

O instinto de sobrevivência é mais forte. Apoiando-me no degrau de cima, eu me levanto.

Quando alcanço o último andar, todo rastro de medo já desapareceu.

*

— Entre!

A porta está entreaberta. Empurro-a com a mão e dou três passos até o diretor. Mobiliário padrão, gráficos e resultados das vendas nas paredes, mesa impecável e vasos de plantas plastificadas nos quatro cantos da sala.

— O senhor poderia ter me avisado antes de chamar outro médico!

Vuillemenot levanta os olhos.

— Doutora Matthieu, claro! Olhe, estou sem tempo, tenho que pegar um trem para Lyon. Reunião na sede da diretoria regional.

Ele consulta o relógio de pulso.

— Preciso estar na estação daqui a trinta minutos.

— Está deixando a unidade? Agora! E os funcionários? E Vincent Fournier?

Faz um gesto embaraçado com a mão.

— Justamente, precisamos cuidar do futuro.

— O futuro? — exclamo, abismada. — Precisamos do senhor, aqui e agora, não daqui a dois dias!

– Sei, sei. Só penso nisso, mas a morte de Fournier não é a melhor publicidade para nossos negócios.

– Foda-se a imagem da empresa.

– Sou como a senhora, doutora. Também estou chocado com o que aconteceu, mas a unidade precisa seguir adiante. Controle-se, por favor.

– Está brincando?

Ele desvia os olhos, incapaz de enfrentar meu olhar, antes de continuar.

– Temos dois concorrentes diretos, apenas em Valence, que só esperam um passo em falso de nossa parte para nos roubar o mercado, isso também é um fato. Ocupe-se com seu trabalho e me deixe com o meu. Faço o que posso. Há dois meses que brigo com meus superiores para manter os cargos de sujeitos como Fournier. E, porra, não sou responsável por esse crime!

Abro a boca para responder, mas nenhum som sai de minha garganta.

– Para responder a sua pergunta, o doutor Hervé Guillon é especialista em situações de crise. Como poderá ver, é um homem charmoso, muito profissional. Deverá estar aqui em menos de uma hora.

Ele se levanta, enfia uma pilha de pastas de cartolina na maleta, que fecha com um movimento nervoso, e pega o telefone.

– Estarei de volta no fim do dia.

Com a mão, ele me mostra a porta.

– Se puder me desculpar, ainda tenho duas ligações para fazer.

Incapaz de responder, dou meia-volta e alcanço a porta, perguntando-me como ele reagiria se eu confessasse ser responsável pela morte de Vincent. Antes de sair, eu me viro. Vuillemenot meneia a cabeça e esboça um sorriso forçado.

– Lamento – acrescenta ele, digitando um número no telefone fixo.

Precipito-me pelo corredor.

Ele lamenta.

Como lamentava, antes dele, a responsável por Vincent na primeira vez em que ele falou em suicídio, pouco tempo antes de tentar executar sua ameaça. Pouco tempo antes de sua lenta derrocada.

Ele lamenta.

Todos nós lamentamos.

Mas não é isso que vai resolver o problema.

*

Quando entro em meu consultório, um dos funcionários do *call center*, Hervé Sartis, está sentado, prostrado, na sala de espera. Imediatamente, minha fúria desaparece.

Ele levanta a cabeça ao me ver chegar.

– Bom dia, doutora. Tínhamos horário marcado, lembra?

Após um instante de hesitação, estendo a mão e aquiesço.

Cabelo grisalho puxado para trás, olheiras negras, rugas na testa, roupas da moda e barba de três dias. Hervé é um sobrevivente. Mesmo perfil de Vincent. Cerca de cinquenta anos, vinte na empresa, cinco em que foi transferido de departamento em departamento, duas tentativas de suicídio em um ano e quatro meses e licença médica. Eu me pergunto como se pode voltar a trabalhar depois disso, pegar os fones de ouvido, colocá-los na cabeça e aceitar responder às recriminações dos clientes. O argumento de fachada: é por causa da grana. O salário que cai no final do mês, um trabalho ao qual se agarrar. Entendo que isso possa reter um funcionário durante alguns meses, mas cinco anos! Que homem pode carregar e negar tamanho sofrimento durante tanto tempo? Todo mundo sabe. A mulher, os filhos, os vizinhos, os colegas. Apesar disso, ele voltou ao cargo ao fim da última licença médica, com a obrigação de se apresentar ao médico do trabalho toda segunda-feira durante seis meses para verificar se não representava mais nenhum risco para si mesmo.

Já fazia três semanas.

– Segunda-feira, oito horas... Desculpe. Com tudo isso, a... morte de Vincent, a investigação da polícia, esqueci de nossa consulta.

– Você quer cancelar?

Por um instante, um brilho de angústia aparece em seus olhos. Eles nunca saram verdadeiramente. Sempre restam vestígios, mal dissimulados no meio das dobras das aparências.

Eu o tranquilizo.

– Fico feliz em atendê-lo. Vou ter um dia bem cheio, de qualquer modo.

– Obrigado.

– Faço meu trabalho.

Instala-se um leve mal-estar, que me apresso a dissipar tirando as chaves de minha bolsa e escancarando as portas do consultório.

– Entre e fique à vontade.

Cinco minutos se passam sem trocarmos nada mais do que banalidades. Verificação da pressão, pulso irregular, o mesmo sopro no coração, as mesmas dores intestinais, sequelas da forte dose de soníferos que engoliu em 28 de janeiro passado, em seu posto de trabalho, durante a pausa do almoço. Procedimento idêntico toda segunda-feira de manhã. Guardo meu material, ele veste de novo o pulôver, porém permanece sentado na cadeira, diante de mim. Resolvo fazer a única pergunta que justifica sua presença.

– Tudo bem, Hervé?

Ele me encara em silêncio, como se estivesse se preparando para declamar um discurso várias vezes ensaiado. Como se estivesse avaliando os prós e os contras. Deixo-o tomar o tempo que precisa. Estou acostumada. Por um segundo seu rosto se anima, e ele começa a falar.

— Sei quem matou Vincent.

Com os olhos cravados nos meus, ele cruza os braços. Um arrepio gelado percorre minhas costas antes de se fincar na parte posterior do meu crânio.

— O que quer dizer?

— A senhora sabe muito bem.

Engulo com dificuldade.

— Você quer dizer que conhece a identidade de quem o matou?

Ele meneia a cabeça sem parar de me fitar, como se minha resposta o surpreendesse.

— Fui eu.

— O quê?

— Foi a senhora — continua ele, sem se preocupar com minha reação. — Foi Vuillemenot, os sindicatos, os colegas, esses malditos clientes que passam o dia chorando do outro lado da linha. Todo mundo, aqui ou lá fora, tem sua parte de responsabilidade.

— Não estou entendendo...

— Vincent não estava bem havia meses. Assim como eu e muitos outros. Ele estava morrendo aos poucos em meio à indiferença geral. Então, sim, ignoro quem deu o tiro fatal, mas tenho certeza de que mais cedo ou mais tarde ele mesmo teria se encarregado disso.

— Ele lhe disse isso?

Hervé afasta sua cadeira e se levanta, sem parar de menear a cabeça.

— Precisava ser cego para não perceber. Conheço bem esses sintomas, e a senhora também.

Anda em direção à porta, pega a maçaneta e a baixa, com o olhar no vazio.Depois se volta com um movimento brusco.

– Ainda penso naquilo, doutora.

Cruza a porta.

Penso ouvi-lo murmurar enquanto fecha a porta: "Aliás, desde domingo, desde o anúncio da morte de Vincent, só penso nisso mesmo".

E me pergunto se sonhei ou se ele realmente disse que ia fazê-lo novamente.

Antes mesmo que eu reaja e me precipite pelo corredor, Hervé Sartis já voltou a seu posto de trabalho. Uma jovem funcionária, Sylvie Mangione, trinta e três anos, contratada como engenheira dois anos antes, acomodou-se no fundo da sala de espera. Suas pálpebras estão vermelhas de tanto chorar. É a sétima vez desde setembro que vem me ver.

Por uma fração de segundo, a ideia de largar tudo e me denunciar passa pela minha mente, mas logo percebo que é tarde demais para recuar.

Não posso abandoná-los. Não agora. Ainda tenho um pouco de tempo antes que o escândalo estoure. Preciso tomar uma decisão.

O toque do telefone ecoa no consultório. Deixo tocar umas doze vezes, até que para.

Sylvie Mangione fica me encarando, surpresa.

– A senhora não vai atender?

Faço um esforço para sorrir e convido-a a entrar.

*

Às nove horas, Jacqueline, a enfermeira permanente da unidade, chega para seu turno. Termino minha quinta consulta e sete pedidos suplementares chegaram por *e-mail*. Três deles foram encaminhados para um especialista com recado da minha parte pedindo expressamente que os funcionários fossem colocados de licença médica sem mais tardar. Motivo: pensamentos sombrios, ideias suicidas, fragilidade emocional, possível tentativa de suicídio. A diretoria quer que eles voltem a trabalhar. Melhor ainda! Assim, vou tirá-los daqui, um por um. O que eles tomam por um lado eu recupero por outro. Um pouco de dignidade. Certa compaixão. Consideração, acima de tudo. Uma maneira de gritar a meus pacientes que eles não estão doentes, mas que ficam doentes para acelerar a máquina de fazer dinheiro. Isso me ajuda a não desabar.

Com cabelo loiro-platinado, rosto seco e plácido, longas pernas enfiadas em uma calça *jeans* amarrotada, pulôver marrom de gola rulê, Jacqueline é a antítese do protótipo da enfermeira erotizada. Acredito que ela sofra por causa disso, embora eu não tenha certeza. Nenhuma empatia. É seu jeito de encarar o trabalho e de se proteger. Sei que ela vai a um psiquiatra do trabalho há seis meses. Espero que um dia ela fale comigo sobre isso.

Ela sabe do crime desde ontem à noite; foi informada por seu marido, que faz parte do conselho de uma das filiais do grupo, localizada nos arredores de Montélimar, cerca de cinquenta quilômetros ao sul de Valence. As más notícias costumam se espalhar rapidamente.

– É horrível! – diz ela, sem emoção aparente. – Já se sabe quem fez isso?

Meneio a cabeça.

– A senhora o viu?

Por pouco não faço que sim.

– Cheguei à unidade somente hoje de manhã.

– Meu marido disse que ele levou um tiro na cabeça, é verdade?

– À queima-roupa.

– Ouvi dizer que o trabalho está sendo retomado – emenda ela, sem esperar que eu dê mais detalhes. – Não sei como os colegas fazem para voltar a trabalhar na sala em que ele acaba de morrer.

– A sala foi fechada para a investigação.

Dou um passo de lado e olho a sala de espera. Ela acompanha meu olhar.

– Dois pacientes – diz com voz monocórdia.

Consulto meu relógio de pulso.

– Tenho que ir.

– Cuido das consultas?

Concordo lentamente, pego a agenda e lhe entrego.

– Acredito que não haja vacinas para aplicar hoje de manhã.

O toque de meu celular interrompe a conversa. Atendo após ter fechado a porta atrás da enfermeira.

– Doutora Matthieu?

– Quem está falando?

– Pierre Penain, France 3.

– Como conseguiu este número?

Um silêncio, e então:

– A diretoria regional. Eu gostaria de entrevistá-la para a edição desta noite, em razão do assassinato de Vincent Fournier.

– Lamento, mas não tenho tempo para isso – interrompo, com um tom de voz o mais cortante possível, espero.

Hesito.

Contar tudo a ele. Fazer uma declaração pública. Um estardalhaço. Uma médica do trabalho assassina seu paciente...

Talvez ele entendesse.

Reflito sem parar. Obstinado, o jornalista se anima.

– Permita-me insistir. Seu ponto de vista como médica do trabalho é especialmente interessante para mim.

– Agora não tenho tempo, estou no meio de consultas. Deixe-me seu número de telefone e volto a entrar em contato quando estiver com as ideias mais claras.

– Eu lhe agradeço.

– Há um paciente esperando por mim.

Ele me dá o número de seu celular; desligo.

Preciso tomar uma decisão. Agora.

O que eu sei e eles ignoram: matei Vincent Fournier.

Doravante, justificar sua morte é a coisa que mais quero no mundo. Quando os tiras descobrirem que sou a assassina de Vincent, quando Richard Revel ou outro qualquer tiver a prova de minha culpa, a única coisa que vão lembrar será: Carole Matthieu é uma assassina. A dra. Matthieu é culpada. E então voltarão a cuidar de seus negócios, sem se preocupar com os motivos, nem com os fatos e resultados. A versão oficial deles vai se limitar a isso.

Para mim, a verdade se assemelha a um tapa no meio da cara: fracassei, e devo fazer o possível para que a ideia de assassinato fique em segundo plano. Devo me apressar a escrever a história de Vincent e a de todos os funcionários que passam por meu consultório. Para não ter matado Vincent Fournier em vão. E, se o cadáver não for suficiente para denunciar a situação de sofrimento que reina na empresa, seus arquivos médicos e os de seus colegas serão.

A outra história ainda está para ser escrita. De um lado, os pacotes de 29,90 euros e as ofertas ilimitadas, e, de outro, as condições de trabalho que permitem esses preços imbatíveis e suas consequências sobre a saúde dos funcionários. Eles precisam saber. Outra história que, por enquanto, não passa de um monte de folhas impressas e aleatoriamente grampeadas, mas que devem ser tornadas públicas junto com meu processo. Devo fazer com que a verdade venha à tona. É preciso que eles entendam que a empresa não é um lugar secreto. Quando um funcionário sofre e morre, assassinado ou tendo se suicidado, isso diz respeito a todos – os colegas, as famílias, os jornalistas, os funcionários, a sociedade como um todo.

Li em algum lugar que os assassinatos são mais facilmente perdoados do que os cheques sem fundo.

Avanço, pressionada pelo tempo. Preciso correr mais rápido que a história oficial.

*

A ideia de que possam existir outros Vincent Fournier me traz uma lista de nomes à mente. Tento rechaçá-la e começo a tremer. Remexo no meu bolso em busca de Xanax. Abro a caixa com um gesto rápido. As cartelas caem no piso, espalhando-se pela sala.

– Saco!

Meu telefone volta a tocar.

Sentindo vertigem, grito:

– E vão todos tomar no cu!

O ruído de alguém pigarreando me faz virar a cabeça.

Jacqueline está parada no batente da porta, uma mão segurando a maçaneta, a outra ocupada em coçar nervosamente o bolso de seu *jeans*.

– O quê?

Meu tom é mais agressivo do que eu gostaria.

– Desculpe, estou uma pilha de nervos.

– Não se preocupe.

– O que é?

– A diretoria regional está no telefone e quer planejar um comunicado à imprensa, para baixar a poeira.

– E daí?

– Eles gostariam que a senhora participasse.

Cubro os olhos com a mão, sentindo uma vontade feroz de gritar. Não posso desabar, agora sei o que fazer. Serei mais forte do que eles. Mais forte do que a morte que ronda meu consultório, carregada de alquebrados, cansados, esgotados, esmagados, surdos, cegos, expelidos, rejeitados da era industrial, de doentes crônicos, de todos os novos tayloristas do setor terciário que há vinte anos vêm apanhando.

Quando baixo a mão, a enfermeira ainda está ali, perguntando-se se não enlouqueci.

– Diga-lhes que quando eu tiver certeza de que meus pacientes estão salvos, nesse dia e somente nesse dia estarei pronta para fazer o papel de marionete nos palcos de televisão do país, assim como para explicar o que acho de seus métodos de gerenciamento.

Os dedos de Jacqueline descem do bolso à coxa, sem parar de coçar.

– Diga-lhes também que, quando isso acontecer, eles vão encontrar meu pedido de demissão na caixa de correio.

Respiro para recuperar o fôlego e tento esquecer minhas cólicas. A enfermeira sai da sala depressa.

Próximo paciente.

Antes que ela feche a porta, digo:

– Por favor, você pode avisar Cyril Caül-Futy para entrar?

Abro a pasta dele: choque pós-traumático decorrente da explosão de um monitor de computador, um ano antes. A dança macabra continua, e uma voz me diz baixinho: você é a única que pode salvá-los.

*

Uma hora depois, estou prestes a começar minha décima primeira consulta do dia quando a enfermeira irrompe novamente em meu consultório. Dessa vez, percebo um leve tremor na comissura de seus lábios quando ela me informa que um representante dos funcionários quer falar comigo imediatamente.

— Transfira a ligação para minha mesa.

Faço um sinal para que saia. Ela balança a cabeça e fecha a porta. Atendo a chamada no primeiro toque.

— Doutora?

Reconheço a voz.

— Bom dia, Jean-Paul. O que está acontecendo?

— É sobre Patrick, o vigia.

— O quê? — exclamo com voz embargada.

— Os policiais acharam uma arma não registrada no carro dele.

Ranjo os dentes para não gritar.

— Ele se...

— Não, acabam de detê-lo.

Já sei a resposta, mas não consigo segurar minha pergunta:

— Por quê?

— Pelo assassinato de Vincent Fournier.

— Ele não fez nada!

— Pelo bem dele, espero que não, doutora. Espero mesmo, pelo bem dele.

9

Valence, 27 de janeiro de 2009

<u>Assunto</u>: Laudo Pericial nº 12088-C

Eu, abaixo assinado, dr. Jacques Bon, atesto ter recebido em meu consultório, em 27/02/2009, o sr. Patrick Soulier, nascido em 04/08/1959, no âmbito de uma perícia L. 141, a pedido da dra. C. Matthieu.

A apresentação é correta, o sr. Soulier é pontual, a proposta da perícia é bem compreendida, mas a complexidade do caso e o analfabetismo não facilitam a tarefa.

O sr. Soulier mal nos deixa apresentar e ler nossa missão. Ele quer nos dizer imediatamente que tem medo de estar aqui (não no consultório, mas em Valence). Exibe para nós o celular e o número de telefone do policial encarregado de sua proteção. Aliás, insiste em que telefonemos ao policial para averiguar essa informação.

Desde 25/02/2009 o sr. Soulier mora em Cornas porque tem medo demais de ficar em Valence. Afirma ter tido a ajuda dos policiais para encontrar um apartamento.

A agressão, registrada como acidente de trabalho, ocorreu em 11/06/2008, no estacionamento do call center de Valence, do qual ele era vigia, às 13h45, e de acordo com ele cerca de vinte pessoas testemunharam o acontecido. Três homens lhe deram socos na mandíbula, golpes de estilete nas costas, e, segundo o que disse, ele "levou uma surra". Deu queixa. Incapacidade total de trabalho *por nove dias, licença médica de cinco dias, dez dias de tratamento médico. Atestado preenchido pelo dr. N'Kamasa Baptiste no hospital de Valence.*

O sr. Soulier afirma ter sido vítima de outra agressão, em 26/07/2008, cometida pelo pai dos agressores do estacionamento (chutes e socos).

O sr. Soulier teria sofrido nova agressão em 04/09/2008, por homens ligados aos do estacionamento. Eles teriam lhe dito: "A gente vai furar você". Teria recebido socos no rosto. Atestado médico inicial: edema labial, contusão auricular, contusão occipital, contusões mandibulares bilaterais. Traumatismo craniano sem perda de consciência. Incapacidade total de trabalho por 1 dia, sem licença médica, e tratamento médico até 12/09/2008.

<u>Clínico</u>: *o sr. Soulier afirma se sentir melhor após saber que dois dos três agressores foram presos.*

Hoje em dia, não tem pesadelos, mas sofre de fobias, e não consegue mais transitar em grandes áreas comerciais. Voltou a fumar depois da agressão; não consome drogas nem álcool. Teria recusado sua transferência para Lyon ou Marselha, em outro call center. *Considera que seu empregador não foi solidário com ele e que todos têm medo de testemunhar.*

Ele segue um tratamento: Effexor 37,5 mg/dia, bromazepam ¼/dia, zopiclona 7,5 mg de 2 a 3 por noite. Tiaprida de 1 a 5 por dia. Confessa que está tomando remédios demais e que ultrapassa as dosagens prescritas, mas diz que é para lutar contra a ansiedade.

<u>Conclusão</u>: *avaliamos a existência de um impacto psicológico decorrente da agressão que aconteceu no estacionamento da empresa em 11/06/2008, registrada como acidente de trabalho, sem considerar as seguintes, que por sua vez exigem perícia penal caso uma queixa seja aberta.*

Um grau de incapacidade parcial permanente de 15%. De acordo com a tabela vigente, nos parece corresponder ao choque psicológico e ao medo provocados naquele dia.

Dr. Jacques Bon
Consultório de Psiquiatria Bon & Faure
07500 Guilherand-Granges

10

Aquilo que semeei.

Procuro em minha mesa os dados do tenente Richard Revel. Tenho quase certeza de que ele me deixou seu cartão de visita. Patrick Soulier não fez nada. A culpada sou eu.

Uma montanha de papéis, as pastas de todos os funcionários que recebi desde as oito horas. Histérica, busco em minhas anotações, as folhas voam. Mantenha a calma, Carole, você tem que encontrar esse maldito cartão. Minha cólica se transforma em um exército de agulhas afiadas que parecem penetrar na carne.

Avisar os policiais que Patrick é frágil, que não deve ser deixado sozinho, que pode voltar-se contra si mesmo, que tem um tratamento para seguir. Dizer-lhes que os culpados não se suicidam. Vou encontrar as palavras. Quanto tempo pode durar uma custódia? Uma hora, dez, vinte e quatro, dois dias? Sem ansiolítico, ele não vai aguentar uma situação de estresse.

– Achei!

Um grito de vitória. Seguro o cartão na mão esquerda e com gesto febril digito o número do celular indicado. Linha direta.

Primeiro toque.

Responda!

Segundo.

Responda, porra! Responda!

Pouco antes do quarto toque:

– Revel falando.

– Por que vocês o detiveram? Ele não fez nada!

– Doutora Matthieu?

– Patrick Soulier. É um engano. Não foi ele, tenho certeza.

Silêncio do outro lado da linha, enquanto gaguejo.

– Por que diz que se trata de um engano?

– Patrick é meu paciente. Não seria capaz de machucar ninguém. É o homem mais direito que conheço. Tem que me prometer que vai cuidar dele. Está extremamente vulnerável. Pode acontecer o pior, entende?

– Em que sentido?

Os culpados não se suicidam.

– Ele é incapaz de cometer um crime dessa natureza. Está seguindo um tratamento médico e nem poderia segurar uma arma de fogo. Em oito meses, foi vítima de três agressões, no trabalho e em casa. Está fragilizado e poderia tentar pôr fim a sua vida. Precisa vigiá-lo.

– Quer dizer que ele também foi agredido?

– Isso mesmo. Patrick é uma vítima.

Novo silêncio do outro lado da linha. Insisto para que Patrick seja solto ou protegido contra si mesmo. O tenente me interrompe com voz calma.

Quase reconfortante.

A seu ver, não passo de uma médica do trabalho preocupada demais com a saúde de seus pacientes.

Não uma assassina.

– À tarde, vou passar no *call center* para registrar seu depoimento. A senhora vai poder me explicar tudo isso com calma.

– E o que vai fazer com Patrick?

– Vou mantê-la informada.

– Mas ele é inocente.

– A investigação segue seu curso. Não se preocupe.

Vozes do outro lado da linha. Revel cochicha algo que não consigo entender.

– Tenho que desligar.

– Onde está Patrick agora?

Chiado e sinal de linha. Revel já desligou.

Sentindo vertigem, desabo em minha poltrona.

Patrick.

A única coisa que resta a fazer é eu me denunciar. Pergunta: e os outros? Quem vai cuidar deles?

Esfrego os olhos, passo o dedo numa mecha de cabelo que cai em minha testa e levanto a cabeça em direção à parede, em minha frente. Maquinalmente, meu olhar encontra o quadro pregado com percevejos, uma reprodução em papel cuchê de um nu de Picasso. Um retrato de Jacqueline, a última companheira do pintor, uma sutil gradação de cinza, marfim e branco, com um travesseiro com renda que lembra a *Maja desnuda* de Francisco de Goya. Lasciva e impudica, a mulher me encara com uma mistura de ternura e bondosa preocupação. Reflexo em um espelho, fora do tempo.

Assim como eu.

Como Franca Madonia.

Minha dor, meu sol negro.

Duas batidas secas na porta me dão a sensação de que tenho um bisturi fincado no antebraço.

Jacqueline entra sem esperar meu convite. Seu ar inquiridor parece me perguntar como posso deixar Patrick preso por mais um minuto que seja. O paralelo com a *Femme à l'oreiller* é perturbador. Mesmo nome, mesma indiferença, ou melhor, mesma observação silenciosa mesclada de inqualificável curiosidade.

– Doutora?

Preciso tomar uma decisão.

– Peço para a próxima pessoa entrar?

Aceno com a cabeça sem entender o que Jacqueline está dizendo. E, quando ela está prestes a sair, de repente acordo e a interpelo:

– Não, não, não imediatamente!

– Peço a ela que espere cinco minutos?

– Diga-lhe que volte mais tarde.

Pulo da cadeira, visto o casaco e pego a maleta.

– A senhora vai sair?

Passo diante dela a toda a pressa.

– Estarei de volta daqui a meia hora.

*

A delegacia fica do outro lado de Valence, no bairro de Villevent. O mistral sopra em rajadas nos galhos desnudos dos plátanos do estacionamento do *call center*. Ele assobia em meus ouvidos:

– E Patrick?

Berra para mim:

– E os outros?

Introduzo a chave na fechadura do Audi e entro às pressas no carro para pôr fim aos assobios. Refúgio temporário, algumas vozes ainda murmuram em minha cabeça. Seguro a respiração, tentando retomar o controle das minhas emoções. O espelho me devolve o rosto pálido de uma doente. Eu o pego com a mão toda antes de virá-lo bruscamente para a direita, a ponto de quase desencaixá-lo. Olhada paranoica em direção à fachada do prédio. Nenhum funcionário na janela, nenhum jornalista zeloso plantado diante da saída. Espero que ninguém esteja me observando.

Não vou deixar que me destruam.

O motor a diesel dá a partida com um zunido sonoro; imediatamente o aquecedor se liga e um jato de ar quente se espalha dentro do carro, enquanto cruzo as grades da unidade antes de me juntar ao trânsito. Para esvaziar minha mente, giro o botão do rádio e sintonizo uma estação local. Baixa dos impostos sobre serviços nos restaurantes, eleições europeias, crise econômica sob a perspectiva chinesa, divulgação de um relatório do Centro de Energia Atômica e do INSERM* sobre a contribuição da neuroimagiologia para as pesquisas sobre o cérebro. Para quem gosta de jogar na loto, os números vencedores foram 27, 35, 36, 44 e 45, e o 2 como número complementar. Besteiras! Nada a respeito de Vincent Fournier. Ainda bem. Coloco Peter Gabriel no toca-fitas antes de me concentrar no trânsito.

Deserta, Valence desfila rapidamente. Prédios sem imaginação, artérias estreitas demais e retas, obras permanentes nas vias. Uma cidade cuja alma parece ter desaparecido, cuja taxa de criminalidade bate recordes e que é cercada pela Rodovia N7 a leste, com suas duas vias duplas, a Autoestrada A7 e o rio Ródano com seus cadáveres a oeste, e cortada em dois pela linha do trem. Acima, uma laje de granito; abaixo, um céu preto como chumbo. Como se o mistral estivesse aqui apenas para varrer os gases de escapamento e o incessante barulho dos caminhões. Viver em Valence é como se beneficiar da liberdade condicional mediante o uso obrigatório de tornozeleira eletrônica. As grades e as fechaduras são invisíveis a olho nu, o encarceramento está na cabeça e é impossível sair disso sem perder a mão ou o pé. Até hoje não consigo entender o que me atraiu nela.

Menos de cinco minutos depois, alcanço a Avenue Jean-Jaurès. Sigo-a por duzentos metros antes de virar à direita na Avenue du Président-Herriot e entrar nas pequenas ruelas que

---

* Instituto Nacional de Saúde e Pesquisa Médica. (N. do T.)

cercam a delegacia. Dou umas voltas no bairro das administrações públicas, quando uma vaga se libera em minha frente. Rue d'Arménie, próxima à Rue Farnerie. Calçadas novas em folha, fezes de cachorro na sarjeta e portões de prédios em carvalho maciço. Tranco as portas e apresso o passo.

*

O policial de plantão é jovem e robusto, com lábios cerrados e olhar zombeteiro. Na mão esquerda ele segura um telefone; na outra, uma caneta, na qual tenta recolocar a tampa. Varro o saguão com o olhar. Porta com grade ao fundo, corredor travado por uma porta corta-fogo, sala de espera na frente, cerca de doze assentos de plástico nos quais aguardam uma mulher de cabelo tingido com hena, parcialmente escondido debaixo de um lenço branco, e um adolescente com rosto corroído pela acne. Não há vínculo entre os dois, separados por três assentos. Uma espécie de vaso com uma planta de plástico esverdeado enfeita o lugar, escondendo um cartaz nas cores da bandeira tricolor. Um pouco mais longe, dois agentes da BAC, a Brigada Anticrime, gritam, hilários. Jaqueta preta, calça *jeans*, tênis e braçadeiras laranja, cerca de quarenta anos. Cruzo o olhar com um deles. A conversa se interrompe. Dois pares de olhos estão fixados em mim. Volto minha atenção para a janela blindada do saguão.

Espero dois minutos antes que o policial desligue e se disponha a me dar atenção.

– Senhora?

– Doutora Carole Matthieu. Eu gostaria de ver um dos meus pacientes, Patrick Soulier, que está sob custódia desde hoje de manhã.

Nem um pouco impressionado por meu cargo, o policial pergunta:

— A senhora tem autorização escrita?

Ele evita cruzar meu olhar.

— Bem. Suponho que a senhora também não seja parente.

— Sou a médica dele. Esse homem está seguindo um tratamento e precisa de mim. Foi detido sem seus remédios e eu...

Irritado, o policial me interrompe, os olhos ainda cravados em um ponto imaginário situado a meu lado.

— Lamento, mas preciso de uma autorização.

Ele digita no teclado.

— Como ele se chama mesmo?

— Soulier. Patrick Soulier, com "r".

— Não tenho esse nome. Tem certeza de que está aqui?

— Foi preso há menos de uma hora pelo tenente Revel.

Seus dedos ainda estão no teclado; o nariz, a poucos centímetros de uma tela localizada abaixo do tampo do guichê.

— Não, não estou encontrando nada. Talvez ainda não tenha sido registrado.

— Ele precisa dos remédios. São necessários.

— Olhe, vou anotar seu pedido e transmiti-lo ao departamento responsável. O tenente Revel, é isso mesmo? A senhora tem algum documento de identidade?

Tiro o registro profissional e a carteira de habilitação e lhe entrego. O procedimento dura alguns minutos. O policial não está com pressa. Ele me devolve os documentos e diz que posso esperar, se eu quiser.

— Vai demorar?

Ele repete:

— Vou transmitir ao serviço responsável. Chamo-a assim que tiver uma resposta.

Insisto:

– O senhor não pode chamar o tenente agora mesmo?

– Por favor, sente-se, e vou informá-la assim que eu souber de algo.

Dou uma olhada na mulher e no adolescente desabado no assento da sala de espera. Meu relógio indica dez e trinta.

Minto:

– Devo fazer uma prescrição sem demora. Ele corre o risco de ter uma crise aqui mesmo. Tem o direito de ver um médico.

O policial levanta os olhos para o teto como se isso fosse rotina. Duas pessoas estão esperando atrás de mim.

– Preste atenção, não vou incomodar um tenente da polícia por causa de um preso que talvez nem esteja aqui. Queira se sentar ou volte mais tarde.

Ergo meu celular.

– Mas eu conheço o tenente Revel, estava com ele hoje de manhã. Tenho o número de seu celular.

– Nesse caso, pergunte diretamente a ele!

Sem esperar minha reação, ele aperta uma tecla do teclado, inclina-se para a direita e diz à mulher atrás de mim:

– É sua vez!

Fico plantada diante dele, como uma idiota. Olho de novo para meu relógio, e então para a sala de espera. A jovem mulher se encosta no guichê, nossos antebraços se roçam. Hesito em insistir mais uma vez e em ameaçar meu interlocutor de fazer um escândalo. Dois segundos. O tempo para que eu perceba que estou agindo como se Patrick fosse culpado e eu estivesse aqui apenas para apoiá-lo. Como se não fosse eu que precisasse me aconchegar junto a ele para finalmente deixar correrem as lágrimas.

A jovem mulher me empurra com o cotovelo.

Eu me conformo.

Patrick Soulier está em algum lugar, acima da minha cabeça, numa cela fedendo a sujeira e a vômito, como um criminoso. Por minha causa. Porque não previ que encontrariam outros culpados que não eu. Meus dedos tremem no celular, minha mão ainda está sobre o tampo do guichê. Retiro-a precipitadamente e dou meia-volta, percebendo de repente que estou com medo de acabar no lugar de Patrick.

Numa cela suja e com cheiro de vômito.

Como uma criminosa.

Saio da delegacia, sob o olhar circunspecto do policial da recepção.

Meus demônios me perseguem.

Do lado de fora, um carro da polícia passa em minha frente com a sirene berrando e entra depressa em uma rua adjacente. Volto ao carro às pressas. Uma vez dentro, travo as portas e tiro da bolsa um ansiolítico, que engulo imediatamente. Minha cabeça está girando, a dose é muito forte, a quantidade razoável foi amplamente ultrapassada. Nesse ritmo, não vou aguentar por muito tempo.

Dez minutos depois, com as pupilas dilatadas e a pressão em queda livre, estou de volta ao *call center*. Minha cólica redobra. A sala de espera está lotada.

Corro até o banheiro de minha sala para vomitar a bile que satura meu estômago. Lavo as mãos e escovo os dentes, antes de pedir a Jacqueline que faça entrar o próximo paciente.

Estou me agarrando à realidade.

11

Valence, 23 de fevereiro de 2009

AC: dra. C. Matthieu

Cara colega,

O exame dos elementos do dossiê do sr. Marc Vasseur, falecido por suicídio em 11/08/2008 em seu local de trabalho, o call center situado no Boulevard de la Libération, 114, em Valence (Drôme), e a autópsia feita por nós mesmos em 13/08/2008 não deixam nenhuma dúvida em relação à motivação do ato suicida:

– Ausência de antecedentes.

– Ausência de acontecimentos de vida concomitantes.

– Acidente de trabalho que levou a 42 intervenções cirúrgicas com dores descritas pelo dr. Charra, cirurgião da mão, como insuportáveis.

– Cronologia dos fatos que aconteceram depois de uma proposta de amputação do membro inferior, que ele recusou.

– Carta deixada a seus familiares.

Decorre que o falecimento por suicídio em 11/08/2008 pode ser imputado à licença médica de 20/10/2006.

Queira receber, cara colega, a expressão das minhas distintas saudações.

Dr. Pierre Dumezil
Consultório Allaoui, Dumezil, Charles Millet
Medicina Legal – Rue du Maine, 10 – 26000 Valence

12

– Como está se sentindo hoje?

Christine Pastres se senta e contempla as mãos, sem responder. Seus dedos são incrivelmente finos. Salpicada de sardas, sua pele é sedosa, apesar da garrafa de gim que ela esconde na última gaveta de sua mesa, atrás de uma pilha de pastas reservadas às entrevistas de avaliação. Para disfarçar o cheiro de álcool, usa um perfume à base de baunilha forte demais e mastiga sem parar chicletes de menta. Tem cerca de quarenta anos, espesso cabelo loiro, rosto largo e olhar azul penetrante, acentuado por olheiras cinza. Devia ser uma garota encantadora antes que a celulite e a ambição profissional se tornassem suas principais preocupações. Saias leves, malhas decotadas e sapatos com salto, sóbria, sempre muito sóbria na escolha das cores. Um cálculo constante e talvez desgastante na apresentação de si.

Promovida a responsável por uma equipe de vinte pessoas, ela trabalhou durante doze longos anos como técnica em uma equipe de atendentes de *telemarketing*. Tamanha promoção era inesperada. Vigiar, corrigir, anotar. Punir se necessário. Recompensar às vezes. Supervisora, professora, contramestre, perita em manipulação emocional. Um trabalho de desgraçada. Imagino que ela tenha ficado satisfeita por um tempo.

Esse tempo acabou.

Christine Pastres é a ex-superiora hierárquica de Vincent Fournier. Não gosto dessa mulher, mas meu trabalho não consiste em julgá-la.

Digo:

— Acho que tínhamos marcado uma consulta para a próxima semana.

Como ela continua calada, insisto:

— Isso tem a ver com a morte de Vincent Fournier?

Ela meneia a cabeça, os dedos agarrados à saia. Abro uma gaveta, da qual tiro sua pasta. Percorro-a diagonalmente. Já a conheço de cor.

— Ainda a mesma insônia?

— Três horas por noite.

— Você não foi consultar o clínico geral para que ele receitasse soníferos?

— Tomo o dobro da dose prescrita. Durmo por dez minutos, acordo suada, esgotada. Espero uma hora, tomo outro comprimido, e tudo recomeça. Não aguento mais.

— Quer ficar de licença por um tempo?

Ela me olha rapidamente.

— Eu soube ontem à noite sobre Vincent.

Fico imóvel e calada. Formigamento, ondas de calor. Os segundos passam. Christine continua:

— Não paro de pensar em nossa última conversa.

Digo:

— Qual? Aquela sobre os progressos do semestre?

— Isso mesmo. Ele não havia alcançado as metas, não todas... a maior parte... Informei-o de que ele não iria receber bônus este ano. Ele ficou zangado. Eu fui...

— Dura?

— Sim, quero dizer...

— Está se culpando?

— Em nossa última conversa eu disse que ele nunca iria chegar lá, que esse trabalho não era feito para ele.

Penso: suas últimas palavras foram duras, humilhantes. Você jogou na cara dele que um homem que tentou se suicidar duas vezes não tem vez em sua equipe. Sei disso porque ele esteve em meu consultório logo depois.

Digo:

— Isso a impede de dormir?

Ela me encara, vira os olhos, como se a pergunta a chocasse, e responde:

— Não... Quero dizer, penso muito nisso. Acho que eu poderia ter sido mais compreensiva.

— Vê nisso alguma relação com a morte dele?

— Não!

Ela quase engasga. Depois acrescenta, com voz mais calma:

— Não, claro que não.

— Sabe que Vincent foi morto por uma arma.

Ela balança a cabeça.

— Sabe também que não se trata de um suicídio.

Ela balança a cabeça de novo.

— Portanto, você não é responsável pela morte dele, mas isso a impede de dormir. É isso mesmo?

Ela não responde, não balança a cabeça. Limita-se a olhar seus dedos agarrados na barra da saia, mostrando metade da coxa sem perceber. Ela não está aqui por esse motivo. Eu sei, mas fico calada e espero. Os segundos se eternizam. Christine resolve seguir adiante.

— Depois da reunião de hoje de manhã, fui interrogada pelo tenente encarregado da investigação. Roland Revel.

— *Richard* Revel.

Ela me olha de forma estranha.

— Sim, isso mesmo.

— A conversa transcorreu mal?

— Acho que não.

Um brilho de dúvida dança em suas pupilas.

– Como sou a chefe de Vincent, ele tinha uma porção de perguntas sobre seu comportamento, sua relação com os colegas...

– Ou com você.

– Ele me disse ter contatado o Departamento de Informática para conseguir acesso à troca de *e-mails* do computador de Vincent. A mesma coisa em relação aos telefonemas.

– Talvez estejam suspeitando de alguém de fora, um possível acerto de contas.

– Fui eu a interrogada, não alguém de fora!

– Fique calma.

– Não sou uma criminosa! – grita ela.

Um olhar em direção à porta.

Quem estiver na sala de espera com certeza ouviu. Ela se dá conta disso e seus olhos se enchem de lágrimas.

Reflito: você tem medo de que suspeitem de você. Sabe que o tenente interrogou os colegas de Vincent e acredita que eles tenham falado mal de você. Pensa que: puseram a culpa em você porque o atormentava havia meses, apesar das tentativas dele de suicídio, de sua alopecia, da louca carga de trabalho que você fazia pesar nos ombros dele, das metas inalcançáveis. Você está ficando paranoica e se lembra dos funcionários dos quais cortou o bônus. Lembra-se de todas as medidas excepcionais tomadas para alcançar *suas* quotas e *suas* metas. Imagina o perfil que Richard Revel está elaborando de você na cadernetinha preta de tenente de polícia, e isso a deixa louca porque Vincent tinha mais motivos para matá-la do que o contrário. Você ainda rememora aquele dia da greve em que, apesar do carro quebrado, Vincent chegou para trabalhar, atrasado. Ainda sente as mãos dele em volta de seu pescoço quando ele tentou estrangulá-la depois que você lhe deu uma bronca. Ainda vê as marcas vermelhas em sua pele.

Naquele dia, 23 de junho de 2008, você se recompôs e não deu queixa porque sabia que todos os sindicatos a notificariam se suas práticas gerenciais se tornassem públicas. Hoje, você se mija de medo porque um tira está trazendo tudo isso à tona.

Penso: ela é culpada.

Richard Revel diz a si mesmo: ela talvez queira se vingar por todo o ódio que seus subalternos sentem dela.

Os colegas de Vincent dizem a si mesmos: ela tem razão de ter medo.

Christine Pastres respira com dificuldade. Pelo hálito, adivinho que bebeu um gole ou dois antes de vir. Debruço-me em sua direção. Meu rosto está a poucos centímetros do seu. Minha voz, melosa e empática. Não gosto dela, mas preciso fazer meu trabalho: limpar os ferimentos, curar, escutar.

– Christine, preste atenção.

Ela funga. Seus olhos estão cheios de lágrimas que não caem.

– Você não matou Vincent.

– Apenas cumpri meu dever – soluça.

Escutar, cuidar, curar: nada em meu semblante trai o que realmente penso sobre ela.

Pego sua mão.

– Você precisa descansar.

Procuro uma caneta e rabisco um nome e um número de telefone num papel, que lhe entrego.

– Vá consultar o doutor Faure, de minha parte.

Ela recusa.

– Não quero ficar de licença médica.

– Você precisa.

– Posso aguentar.

– Você vai desabar.

Ela hesita, pega o papel pela outra ponta. Eu não o solto.

– Você precisa pensar em si mesma.

– O tenente quer me ver de novo.

– Vou falar com ele.

– Ainda posso sair de férias.

– Você sabe tão bem quanto eu que já teve três semanas de férias no começo do ano.

Ela acaba cedendo. Uma lágrima corre por sua bochecha. A tensão diminui um pouco. Para ela. Não para mim.

Solto o papel. Christine permanece com a mão erguida. Fico calada. Formigamentos, ondas de calor. Os segundos se eternizam. O tempo de Christine acabou.

Ela me agradece, tira um lenço de papel do bolso e enxuga os olhos, antes de sair depressa.

Outros funcionários ocupam a sala de espera, com um nó no estômago e a culpa à flor da pele. Lá fora, a mídia começa a se pronunciar. Richard Revel está interrogando Patrick Soulier sobre a arma encontrada.

Corro até o banheiro para vomitar.

13

Já passa das onze horas. Um funcionário está sentado na minha frente e conta suas angústias. Era colega de Vincent. O último a vê-lo antes de mim. Ideias sombrias, medo, incapacidade de se concentrar nesta manhã. Meneio a cabeça.

— Entendo, entendo.

Ele continua. Tento não perder o fio da meada. Superdose de Xanax. Estou um tanto desnorteada. Armário de remédios, prateleira de cima, à direita, duas caixas de um derivado de morfina. Não cedo à tentação. Ainda não. Por um instante, digo a mim mesma que Vincent não morreu, que tudo isso não aconteceu, então penso de novo na prateleira no alto do armário.

O funcionário se levanta, a consulta acabou.

— Não hesite em voltar, se necessário.

— Obrigado, doutora.

A porta se fecha. Encosto na parede e deixo a cabeça ir para trás, contra o concreto.

O toque do telefone tem sobre mim o efeito de um eletrochoque. A enfermeira deveria atender minhas ligações. Deve ter feito uma pausa. Praguejo contra ela em silêncio e atendo. Minha filha.

— Você não está na aula?

— Estou no intervalo.

— Como vai?

— Sou eu que devo perguntar a você. Como está hoje de manhã, muito duro?

– Não estou a fim de falar sobre isso.

– Vamos almoçar juntas?

– Lamento, mas estou sem tempo. Minhas consultas... Aqui está um caos.

Silêncio.

– Ouvi dizer no rádio que prenderam o culpado. O vigia, é isso mesmo?

– Não!

Ela não responde imediatamente.

– Você não sabia?

– Não, enfim... Quero dizer, sim. Mas ele é inocente.

– Você o conhece?

– É um de meus pacientes.

Silêncio constrangido do outro lado da linha.

– Um cara legal, pode ter certeza.

Vanessa diz que esse assunto me deixa sensível. Ela também se lembra do paciente que me agrediu no meio de uma consulta, um ano antes, porque havia enlouquecido. Nariz quebrado e algumas contusões. Nada grave. Ela insistiu para que eu abrisse uma queixa, o que aceitei fazer, mas ninguém se cura em um tribunal.

Ela pensa: seus pacientes são sagrados, hein, mamãe?

Ela diz:

– Falei com papai por telefone há pouco. Disse a ele tudo que está acontecendo.

– Ah.

– Ele me pediu para cuidar de você.

Dez anos de vida em comum, duas amantes, divórcio retumbante. Nunca serei boa esposa. Nem boa mãe. Uma amante, um namorico, uma história breve, uma médica.

– Preciso desligar.

– Mas está tudo bem? Tem certeza?

– Tem um paciente esperando por mim.

– Posso ver você à noite.

– Você é um doce, mas não é necessário.

Sem força para dizer: eu não quero.

Vanessa insiste, com voz falsamente leve:

– Vou preparar algo para você comer.

– Talvez eu trabalhe até tarde...

– Tudo bem, vou esperar você.

– Bem, tenho que ir.

– Até à noite.

Desligo, esgotada.

Um sinal sonoro me avisa da chegada de um *e-mail*. Contorno a mesa de trabalho e abro a mensagem, enviada pelo presidente do grupo.

Senhoras, senhoritas, senhores,

Estamos passando por uma provação, coletiva e individualmente.

Assim como vocês, sinto-me comovido pelo drama que nos atinge e entendo o desespero que o assassinato de um de nossos colegas provoca não só internamente, como também junto a seus familiares. Já posso lhes dizer que o culpado foi detido e terá que prestar contas desse crime hediondo perante a Justiça. Sua detenção pelas forças policiais de Valence foi um alívio para todos nós.

Assim como vocês, estou triste diante da imagem abalada de nosso grupo, imagem esta que não faz jus às nossas conquistas, aos imensos esforços, ao espírito que nos anima no que, juntos, temos empreendido. Quero homenagear aqui o formidável trabalho do diretor da unidade, Éric Vuillemenot, a medicina do trabalho, na pessoa de Carole Matthieu, os parceiros sociais e vocês, pela coragem que mostraram nestes difíceis momentos.

Assim como vocês, quero continuar a ter orgulho do que já realizamos e do que ainda vamos realizar.

Venceremos. Juntos.

Bato o punho na mesa com todas as minhas forças. Seguro um grito de raiva. A diretoria nacional não demorou a se aproveitar do assassinato de Vincent Fournier para transformá-lo em ferramenta de comunicação interna. Os termos "imagem", "conquistas", "imensos esforços" para mim são como punhaladas, e os vejo como legendas sobre a imagem dos funcionários sofredores que desfilam por meu consultório o dia todo.

Penso: eles nem respeitam a morte.

Murmuro: filhos da puta!

Com lágrimas nos olhos, tento reler a mensagem, engasgando a cada palavra. A imagem de Vincent, triturado durante todos esses anos, intercala-se entre as frases. Visualizo seu cabelo caindo junto com seu orgulho. Vejo-o passar da condição de funcionário à de engrenagem. De engrenagem a animal em apuros. De animal em apuros a legume. De legume para o esquecimento. Que vergonha para eles! Que vergonha para mim!

Cuspo: filhos da puta do caralho!

Não devo berrar. Posso pensar, murmurar, cuspir, espumar de raiva, mas não devo berrar, para evitar que os funcionários encolhidos em suas cadeiras na sala de espera me ouçam.

Sinto falta de ar.

Com as duas mãos, me apoio na mesa de trabalho, inspiro, expiro, tento recuperar o fôlego, mas engasgo. Minha raiva é forte demais. Inspiro, expiro, mas continuo engasgando. Endireito-me, obrigando o ar a entrar em meu peito, mas só consigo uma tosse cavernosa que me deixa ainda mais sem ar. O sangue aflui ao meu cérebro. Estou vendo tudo vermelho. Lágrimas nos olhos, que escorrem para a boca. De repente, recupero o equilíbrio. Meus pulmões deixam escapar um doloroso assobio antes de se encherem de uma só vez. Meu ritmo cardíaco desacelera e me deixo cair para trás. Minha cabeça bate na parede. Uma dor aguda se irradia pelo crânio, antes de desaparecer em poucos segundos. Está tudo bem. Minha respiração voltou ao normal.

Levanto-me e vou até o banheiro. Abro a torneira, passo o rosto debaixo da água fria. Sinto um calo sob os dedos. enxugo-me e penteio o cabelo, tomando o cuidado de evitar meu reflexo no espelho para não ver: o medo, o desespero, a raiva. Pego um Lexomil, quebro-o em dois pedaços e coloco metade na língua. Encho um copo de plástico com água e tomo em pequenos goles, pensando que definitivamente o ar é viciado nesta empresa.

Novas perspectivas tomam forma. Uma visão mais clara dos três últimos dias. A ordem natural dos fatos e das ideias se inverte.

Não sou louca.

O que significa: eles são culpados.

Como Christine Pastres. Como Vuillemenot. Como todos aqueles que se calam e deixam as coisas acontecerem.

Tenho pouco tempo.

Pego o telefone e ligo para o número do consultório de psiquiatras Bon & Faure de Guilherand-Granges, com o qual costumo trabalhar. Atende uma secretária, à qual peço que me mande por fax cópias de todos os laudos de perícia relativos a meus pacientes nos últimos dez anos. A mulher reclama, mas acaba cedendo a meu pedido. Desligo e ligo para o número direto de Jacques Bon, um dos dois sócios do consultório, para garantir que a secretária executará o trabalho. A ligação cai na caixa postal, deixo um recado sucinto para explicar minha solicitação, pedindo ainda que ele me ligue de volta. Sei que ele não vai me procurar, mas o recado foi dado.

Cinco minutos depois, o fax começa a zumbir.

Quantas provas!

*

Passo a hora seguinte esvaziando a sala de espera. A enfermeira vai almoçar e me convida a acompanhá-la. Recuso e começo a me dedicar às pastas dos pacientes. *E-mails*, formulários de tratamento,* anotações internas, anotações pessoais, laudos de perícia, recortes de jornal, cartas. Tudo que é inútil acaba no triturador de papel. Ano por ano. Mês por mês. Patologia por patologia. Paciente por paciente. Os documentos mais importantes são xerocados e dispostos na mesa de trabalho em cerca de doze pilhas. O resto é empilhado em três caixas de papelão, que levo para o porta-malas de meu carro antes de regressar à sala. Lá, abro o triturador e tiro o saco de lixo cheio de tirinhas de papel. Eu mesma o levo até o devido local da Torre B, onde o jogo na primeira lixeira que encontro.

---

* Na França, esses formulários são preenchidos pelos médicos e servem como comprovantes para os pacientes pedirem o reembolso das despesas de saúde na Previdência Social. (N. do T.)

14

Valence, 12 de março de 2009

Eu, abaixo assinado, dr. Jacques Bon, atesto ter recebido a seu pedido o sr. Hervé Sartis *em meu consultório em decorrência da tentativa de suicídio dele em 28/01/2009 em seu local de trabalho, o* call center *de Valence.*

Eu o recebi em 17/02/2009. Ele é pontual, de apresentação correta e conversa inteligível. O sr. Sartis tenta me explicar de forma sintética, com a ajuda de documentos, a cronologia dos acontecimentos relativos a sua carreira profissional. Logo excluo uma patologia de tipo psicótica e notadamente qualquer delírio de perseguição. Da mesma maneira, não há qualquer teatralidade ou procura de benefícios secundários. O sofrimento me parece ser autêntico e fruto de um longo processo, que dura vários anos.

O sr. Sartis descreve ter sentido um verdadeiro prazer no trabalho de 1991 a 2004. Em janeiro de 2004, em decorrência do fechamento de seu departamento, ele aceita um cargo com período de experiência no call center *do Departamento de Pós-Venda (DPV). O sr. Sartis informa várias vezes a seu responsável de departamento que está sobrecarregado. Nenhuma medida é tomada. Apesar disso, o sr. Sartis conclui com êxito seu período de experiência. Em 01/04/2004, torna-se titular do cargo e logo depois chefe de equipe.*

Em janeiro de 2008, o sr. Sartis é informado, durante uma assembleia dos funcionários, que uma vaga para chefe de equipe

DPV está aberta. De fato, trata-se de seu próprio cargo. Ele não recebeu nenhuma informação prévia a esse respeito. Por conta própria, pede explicações e acaba aceitando o novo cargo que lhe é proposto. Mesmo salário, porém menos responsabilidades. Poucos dias depois de assumir o cargo, em 21/01/2008, ele comete uma primeira tentativa de suicídio ingerindo remédios. É hospitalizado durante alguns dias em Valence e fica dez dias de licença médica.

Em outubro de 2008, o sr. Sartis é informado de que parte importante de sua atividade está sendo suprimida e transferida, tornando incerta a viabilidade profissional de seu cargo. Assim, ele se encontra cada vez mais isolado, tem poucos contatos com seus colegas de trabalho em um perfil de cargo que está aquém de sua competência profissional. Em 28/01/2009, toma uma forte dose de soníferos no local de trabalho. Lembra-se de que tentava encontrar hospedagem para uma viagem profissional e de que as respostas negativas despertaram sua angústia. A partir desse momento, tem amnésia até o momento em que acorda, em reanimação. As sequelas imediatas são importantes em decorrência da hipotermia e da rabdomiólise, e requerem encaminhamento psiquiátrico.

A biografia do sr. Sartis não mostra nenhum antecedente psiquiátrico familiar ou pessoal. Decorre que, conforme meu exame psiquiátrico e a leitura cuidadosa dos documentos fornecidos, posso afirmar que a tentativa de suicídio do sr. Sartis no local de trabalho é imputável a seu trabalho e deve ser enquadrada no regime de acidente de trabalho.

Dr. Jacques Bon
Consultório de Psiquiatria Bon & Faure
07500 Guilherand-Granges

15

Dou descarga, coloco um absorvente entre as coxas e levanto a calça. A pele dos meus dedos está áspera. A pele entre as coxas está áspera. O tecido da calça *jeans* está áspero. Minha barriga está roncando. Por um instante, eu me imagino sentada diante de uma bandeja, com o prato do dia e frutas frescas, na cantina da empresa, em meio a conversas entre funcionários. Uma onda de náusea emite um sinal de alerta em meu estômago. Engulo saliva. Não consigo comer nada, embora esteja com fome.

Fecho a porta atrás de mim.

A sala de espera está vazia. Jacqueline ainda não voltou. Instalo-me atrás de minha mesa. O computador está em modo de espera. Com a ponta dos dedos, resvalo uma tecla do teclado, a ventoinha volta a funcionar. Consulto o relógio à direita, na parte baixa da tela. Treze e cinquenta e um.

Pego a correspondência do dia e começo a separá-la para passar o tempo.

Convite para dar uma palestra sobre os riscos psicossociais nas empresas. Remetente: Inspeção Departamental do Trabalho.[*]

---

[*] Na França, trata-se de um órgão interministerial vinculado ao Ministério do Trabalho, ao Ministério da Agricultura e ao Ministério dos Transportes. As Unidades Territoriais da Inspeção do Trabalho são organizadas conforme os 101 departamentos (divisão administrativa territorial) do país. (N. do T.)

Coloco no triturador.

Convite para um seminário de estudantes internos de último ano de medicina no centro de formação de Valence. Remetente: professor Yann Fontaine, antigo colega de faculdade, presidente de uma associação de ex-alunos de Grenoble, editor-chefe de uma revista especializada em saúde no trabalho, tornou-se amigo com o decorrer do tempo. Hesito. Data prevista: sexta-feira, 17 de abril de 2009, anfiteatro norte.

Triturado.

Cartas seguintes. Três pedidos de entrevista para a grande imprensa, já recebidos por *e-mail n*a semana passada. Temas: as mulheres e a fibromialgia, o médico do trabalho diante da saúde dos funcionários, o suicídio no trabalho.

Triturador e mãos que tremem.

Mensagem de apoio de um colega.

Triturada.

Boletim informativo.

Triturado.

Laudo pericial, que consulto rapidamente antes de guardar na devida pasta. Classificada na letra "S", de Sartis. Hervé Sartis. Sartis, o desvalorizado, desprezado, transferido, curvado, portador de psicorrigidez, aberto, angustiado, reanimado, salvo *in extremis*. Sartis e sua tentativa de suicídio por ingestão de soníferos. Mais um documento para a acusação. Deixo a gaveta aberta.

Carta de insultos do filho de um ex-funcionário, morto após uma queda de quatro metros de uma nacela.

Triturador e náusea.

Anúncio de derivados de Xanax.

Triturado.

Convite de caráter comercial para a demonstração de uma nova máquina de neuroimagiologia da empresa X, em seus laboratórios de Lyon. E mais um folheto comercial tratando de outras inovações da empresa X na área de biotecnologia. Longa enumeração do museu dos horrores, litania das insanidades médicas, rio de dejetos destinados a produzir: dinheiro, dinheiro, dinheiro. À custa dos pacientes. À custa dos funcionários. À custa dos médicos.

Triturados, página por página, com raiva incontida.

Anúncio do laboratório Y.

Triturado.

Folheto sobre o produto farmacêutico Z.

Triturado.

Rápida olhada no relógio da tela: treze e cinquenta e nove. Minhas pernas e meus braços estão dormentes. Estico-me, reprimo um bocejo e um ataque de náusea.

A merda industrial.

Triturada.

Os assassinos de Vincent Fournier.

Um envelope branco sem carimbo chama minha atenção. As linhas onde consta meu nome foram escritas de forma desajeitada. Matthieu foi escrito com um *t* só. Abro-o febrilmente. Uma folha de formato A4 dobrada em quatro. Desdobro-a e olho instantaneamente para a assinatura.

Patrick.

Meu coração martela e se despedaça.

Três linhas.

Doutora, vi a senhora saindo do estacionamento às 19h30 de sexta--feira e voltar a pé, 45 minutos depois. Desde ontem não consigo pensar em mais nada. Precisamos conversar. Patrick Soulier.

Meus músculos se retesam, como se o gelo estivesse cobrindo todo o meu sistema nervoso, em sucessivas camadas.

O que mais ele viu?

Imagino-o claramente em uma delegacia, junto com Richard Revel, contando ter me visto deixar o *call center* às dezenove e trinta, e em seguida voltar para matar Vincent Fournier, menos de uma hora depois. Isso explica por que o disparo do tiro não alertou ninguém.

Mas não explica: a descoberta do corpo no domingo, no final da manhã.

Mas não explica: o fato de ele ter sido detido, e não eu.

Pela segunda vez leio o recado, sem encontrar nenhuma resposta.

Ele escreve: "Precisamos conversar".

Por quê?

Repasso a conversa que tivemos hoje de manhã e entendo. Seu desânimo não era por causa da suspeita de culpa que pesava sobre ele, mas pelo fato de eu ter alguma relação com o crime, de um jeito ou de outro. Ele não temia por si.

Mas por mim.

As garras de gelo que comprimem meus músculos chegam ao meu peito, sufocando-me. Seguro a mesa de trabalho, os olhos cravados na folha dobrada em quatro.

Alguém bate à porta.

*

O dr. Hervé Guillon está com quatro horas de atraso. Quinquagenário jovial, olhos verdes, cirrose avançada e corte de cabelo à escovinha. Cerca de cem quilos por um metro e setenta e cinco.

Aperto a mão que ele estende, tentando mostrar a maior indiferença possível.

Atrás de mim, o triturador acaba de mastigar o recado e o envelope de Patrick.

— Doutora Matthieu, suponho.

Tom glacial, as primeiras palavras que saem da minha boca são:

— Está atrasado.

— Fui avisado apenas hoje de manhã. Precisei de um tempo para me organizar, sabe como é.

Piscar de olho cúmplice.

Penso: um maldito médico do trabalho.

Como tantos outros colegas.

Corto imediatamente seu ímpeto.

— Não, não sei. Quando sou chamada para uma emergência, costumo vir *com urgência*.

Ele me encara como se fosse dizer: o cara morreu, não há mais nenhum tipo de urgência. Seu sorriso se apaga, dando lugar a uma careta circunspecta. Ele se pergunta se estou gozando da cara dele.

Faço as perguntas e as respostas:

— O senhor não está aqui por causa do morto.

— Estou aqui para ajudá-la.

— Não. Está aqui para dissuadir os funcionários desta empresa que estiverem pensando em se juntar a Vincent Fournier.

Um ponto de interrogação se desenha em seu rosto. Meus superiores devem ter se esquecido de lhe dar o nome da vítima. Dou de ombros com irritação. Ele acaba por entender e não insiste.

— Bem, como vamos nos organizar?

Ele coça o pescoço. Suas unhas deixam duas marcas paralelas.

Digo:

— O senhor prefere a minha sala ou a sala de descanso situada no fundo da sala da enfermeira?

— A sala de descanso.

— Para as consultas desta tarde, o mais simples é que eu me encarregue dos pacientes que já frequentam meu consultório com regularidade e que a gente divida os demais.

– Por mim, tudo bem.

Ele parece prestes a sair. Levanto a mão e acrescento:

– E os dois psicólogos que a diretoria prometeu? Vão estar aqui amanhã?

– Pergunte a ela.

Ele sai.

Pelo menos fomos apresentados.

Pego o telefone e ligo para o número de Richard Revel. De novo, a ligação cai na caixa postal. Não deixo recado. Desligo e entro em contato com um ramal interno. Ocupado. Tento de novo. Uma, duas, três vezes. Alguém atende. Reconheço a voz de Jean-Louis Mallavoy, o tesoureiro do sindicato majoritário.

– Por favor, eu gostaria de falar com Alain.

– Quem é?

– Doutora Matthieu.

– Vou ver se ele está disponível.

Conselho de guerra. Os sindicatos estão em alerta. Hesitam quanto à atitude que devem adotar. Trata-se de uma questão de segurança na empresa? Ou se deve, ao contrário, insistir nas condições de trabalho e no estresse dos funcionários, nos suicídios e nas tentativas de homicídio já constatadas em algumas unidades? Deve-se exigir a contratação de mais vigias ou reativar o debate sobre a saúde? Está na hora de retomar as negociações? Folhetos, chamadas telefônicas, jogos de poder e de contrapoder. Greve ou não? Intersindical ou não? Mobilização, simples comunicado à imprensa?

Trinta segundos depois, a voz de Alain ecoa no telefone.

– O que posso fazer por você?

– Pode descer até aqui por alguns instantes?

Sinto que ele hesita.

– Temos uma série de emergências para resolver aqui.

— Você prefere que eu vá até aí?

— À noite para mim seria melhor.

Tom seco:

— Você acha que os pacientes que estão na minha sala de espera não são casos de emergência?

— Não é isso...

Agora, a hesitação dá lugar ao mal-estar.

— Tudo bem, vou até aí. Cinco minutos, hein?

Desligo.

*

Alain é um dos meus contatos mais seguros no meio sindical da empresa. Um metro e noventa e cinco de altura e cento e vinte quilos. Imponente o suficiente para inspirar respeito. Com um rosto gordinho que transmite bondade, mostra-se bastante esperto para sentir os ventos da mudança. Ex-jogador de rúgbi de alto nível convertido em representante sindical reformista. Estabeleceu com todos os funcionários uma relação de confiança baseada num princípio bastante fácil de entender: saber lidar com ambas as partes. Em outras palavras: não brigar com ninguém, não encher o saco da diretoria, aceitar qualquer pedido de negociação e, sobretudo, sempre estar disponível para os funcionários.

Transei duas vezes com ele. Uma ternura inesperada. Carinhoso demais para mim. O cara em quem sentimos necessidade de nos aconchegar, antes que ele peça para mamar. História sem futuro sobre a qual nenhum de nós jamais conversou.

Ele mal empurra a porta e um pouco de calor humano invade o consultório.

Com o polegar, mostra a sala de espera.

— Vi Salima.

– Yacoubi? A terceirizada da empresa de limpeza Dumay & Fils? Ele confirma com a cabeça.

– Você está autorizada a receber funcionários de outras empresas?

– Digamos que se trata de uma exceção.

Alain me olha dos pés à cabeça, sem falso pudor, e põe uma mão sobre meu ombro.

– Você não parece estar muito bem.

Esquivo-me com um gesto mais brusco do que eu gostaria. Seu rosto se fecha.

Ele retoma sua voz de representante sindical.

– Lamento por esta manhã. Eu deveria tê-la avisado da reunião com a diretoria.

– Era sua obrigação, não?

– A finalidade não era excluí-la, garanto.

Ele dá um passo em minha direção. O cheiro suave de sua transpiração o precede.

Ele ainda me atrai.

Meneio a cabeça.

– Mesmo assim, foi como me senti.

Ele parece aborrecido com minha reação, mas estou pouco me lixando. As vibrações das vozes de Patrick Soulier, Richard Revel e Vincent Fournier ecoam dentro de meu crânio.

– Quando foi?

– Ontem, no começo da tarde. Assim que soube da notícia sobre Vincent chamei meus colegas e fomos até a unidade. O diretor já estava lá, com os tiras e os bombeiros. Emendamos numa reunião.

– Por que vocês não me avisaram naquele momento?

– Você bem sabe que Vuillemenot tem medo de você como da peste.

Aperto os punhos.

– Ele disse isso?

– Não desse jeito.

– E você o deixou fazer a reunião?

– Pensei que você já teria bastante trabalho hoje. Eu não queria aborrecê-la no domingo. E não foi tão formal assim. De qualquer modo, ele já havia tomado a decisão. Apenas nos informou.

– Não foi assim que Vuillemenot apresentou as coisas hoje de manhã!

– Sabe como é. É sua maneira de se convencer de que é aberto ao diálogo. Os colegas não ficaram muito felizes por ele dar a entender que havíamos tratado do assunto juntos.

– Me engana que eu gosto!

Penso: vá se foder, Alain! Vá se foder junto com seu patrão e seus colegas!

Digo:

– Soulier estava lá?

– Os tiras o estavam interrogando. A descoberta do corpo e tudo mais... Ele estava muito abalado.

– E agora está preso.

– Você acredita que tenha sido ele?

– Como você pode acreditar que ele tenha feito algo assim?

– Ouvi dizer que ele tinha uma arma no cofre.

– Você sabe muito bem que ele foi agredido três vezes em menos de um ano. É um cara legal.

Um cara legal que talvez esteja me denunciando ao Revel. O que eu faria no lugar dele?

Alain atravessa a sala e se apoia em minha mesa.

– Não sei. Nunca tive muito contato com ele.

– Porra, Alain, não se faça de mais idiota do que é! Um cara que foi agredido três vezes em nove meses e agora está atrás das grades e é suspeito de assassinato. Você consegue imaginar em que estado ele deve estar neste momento, não?

Ele balança a cabeça e pestaneja sem responder.

Não lhe deixo tempo para refletir:

– Agora, e se você me contasse por que não me ligou no domingo?

– Já lhe expliquei que...

Grito:

– Não tente me enrolar! Nós dois nos conhecemos muito bem. Seja franco.

Ele reflete por alguns segundos.

– Pensei que talvez você conhecesse o culpado por essa merda.

– O quê?

– O pessoal está falando nos corredores, nas salas. É você quem mais sabe sobre cada um de nós. Uma vez você me contou aquelas tramas de homicídio que alguns funcionários lhe confessam. Pensei...

– Você pensou que eu estivesse acobertando o assassino.

– Não leve as coisas por esse lado. Você tem obrigação de respeitar o sigilo médico. Entendo muito bem a posição em que se encontra.

Penso: eles suspeitam que eu esteja escondendo informações.

– E também é o que o investigador pensa.

Alain parece estar ofendido.

– Não contamos nada a ele!

– Mas sei que as pessoas falam nos corredores.

– Então?

– Então, o quê?

Olho-o com ar furioso.

– Você sabe algo ou não?

– É engraçado, estou aqui apenas para cuidar dos problemas, dos doentes e dos desejos sexuais!

– Carole...

– As reuniões importantes, em que se tomam decisões, dessas fico de fora. Os balanços positivos, os projetos que satisfazem a todos, o prazer do bônus no fim do mês, o trabalho bem-feito? Também não vejo nada disso. A alegria de vir trabalhar de manhã? As boas relações no escritório? As festas entre colegas? Nunca sou convidada. O bom ambiente, o prazer, o desenvolvimento pessoal, o reconhecimento? Também não. O que vejo neste consultório? Os distúrbios de comportamento, as insônias, as doenças, as lágrimas, os gritos, o cabelo que cai, o rosto vermelho pela raiva, o rancor, os ansiolíticos e as aspirinas! Porra, o que vejo são comprimidos para cólica, comprimidos para dor nas costas, comprimidos para enxaqueca, comprimidos apenas para ter o sentimento de tratar algo quando nada está indo bem. Vejo os funcionários competindo, dispostos a tudo para ter o cargo, o projeto, o lugar do outro. Dispostos a tudo para comandar, dirigir, gerenciar. Vejo as máquinas. Os humanos transformados em robôs. Ou melhor, em carneiros. É isso que entra neste consultório. É isso que sai daqui. Nada mais. Talvez exista algo positivo. Mas em outro lugar. Não aqui. Nunca. Essa é minha visão da empresa: vidas desperdiçadas que desfilam em lágrimas nesta cadeira na minha frente.

O que sei: todos vocês são culpados pela morte de Vincent Fournier porque ele nunca teve como se expressar. Sofreu transferências e assédio moral, um após outro, sem nunca ter voz ativa. São eles que decidem e somos nós que confirmamos e executamos.

Com voz tensa:

– O que se diz neste consultório nunca sai daqui. Quanto a você, o que lhe concerne é a atitude de vocês em relação a Vincent.

Assim como eu, você sabe que havia meses que eu lhes falava a respeito dele, que eu dava sinais de alerta. E durante todo esse tempo vocês não fizeram nada por ele.

– É mentira.

– Cale a boca! Você sabe muito bem o que eu quero dizer. Seus amigos sindicalistas não gostavam de Vincent. Você não gostava de Vincent. Por quê? Porque ele havia abandonado o sindicato muito tempo atrás, porque estava cansado demais para a militância e não acreditava mais nisso. Vocês o fizeram pagar o preço por isso, à maneira de vocês.

– Isso não faz nenhum sentido! – defende-se Alain, rangendo os dentes.

– Você sabe que é verdade. Porra, vocês nem o levaram a sério! Você não fez seu trabalho, pelo menos pode reconhecer isso, não? Digo isso sobre o caso dele, mas também vale para os outros. Conte-me sobre Cyril Caül-Futy! Sobre Sylvie Mangione! Sobre Christine Pastres!

– Essa garota é uma histérica. Toda a equipe está sofrendo de depressão por causa dela!

– Mas é uma funcionária como as outras. E Salima Yacoubi, sobre quem, aliás, você acabou de falar...

– Escute, Carole, você está misturando tudo. A senhora Yacoubi é uma mulher muito simpática, mas não faz parte da empresa. Não podemos...

Interrompo aos berros. Meu ventre está queimando, a cabeça está queimando, os músculos estão queimando.

– Você não pode? Mas, então, diga-me para que você serve, Alain?

– É mais complexo do que isso.

– Não, pelo contrário, é muito simples. Está mais do que na hora de as pessoas começarem a falar nesta empresa! Mais do que na hora, tenha certeza disso. Antes de tudo isto explodir de uma vez.

Alain fica calado. Espera que eu fique mais calma. Estou ofegante. Sufoco. Ele dá um passo para trás e se dirige ao banheiro. Barulho de líquido correndo. Logo depois ele volta com um copo de água, que me entrega sem dizer nada.

Bebo com avidez.

Penso: eu maltrato você, acuso você, Alain, mas você sabe por que, não sabe?

Os ponteiros do relógio correm depressa.

Catorze horas e vinte e oito minutos.

Passo a mão no cabelo. Estou recuperando o fôlego. Alain percebe que me acalmei.

Volto a dizer:

— Fale com seus colegas do sindicato. Conte a eles o que acabo de lhe dizer. Que Patrick Soulier é inocente. Que a situação é grave. Que não podemos continuar desse jeito. Diga isso, por favor.

Com o copo ainda na mão, eu me aproximo. Perto dele. Mais perto ainda.

— Diga isso.

Com voz quase inaudível:

— Por favor.

Alain me abraça. Não por muito tempo. Eu me afasto.

Ele pergunta:

— Tudo bem?

Aceno a cabeça, várias vezes, com lágrimas nos olhos. Logo retidas. Logo secas.

— Você vai aguentar?

Penso: não por muito tempo.

Digo:

— Não se preocupe comigo.

Empurro-o gentilmente para a saída. Ele acaba por ceder e vai embora, obrigando-me a lhe prometer que o chamarei caso precise de algo.

*

O espelho do banheiro reflete o rosto de uma mulher que poderia ser admitida em um programa de desintoxicação. Duas mechas cortam minha testa. Empurro-as com o indicador. Reflexos azuis dançam no canto superior do espelho. Alucinações. As cólicas aumentam até se tornarem insuportáveis. O sentimento de opressão em meu peito cresce em um ritmo regular. Estou com medo.

De minhas próprias mentiras.

De meus atos.

Tiro um frasco de tranquilizantes do bolso e tomo duas cápsulas, uma atrás da outra, sob o olhar turvo do meu reflexo.

O efeito é imediato.

Um sorriso se desenha.

Transforma-se em um ricto quando o telefone toca. Ignoro.

Novo confronto com meu fantasma.

Estou mentindo para Alain. Estou mentindo para esse tira da polícia criminal de Valence. Estou mentindo para Soulier. Por enquanto, estou mentindo para todos, até ter juntado e triado todas as informações que possuo: relatórios médicos, perícias, boletins informativos. Então finalmente poderei dizer a verdade.

Mesmo assim, um medo indizível está tomando conta de mim. Outra cápsula acaba de me anestesiar. Depois disso, poderia beber dez drinques e dançar no corredor sem sentir a mínima inibição.

As cólicas diminuem. Deixo passar um minuto, coloco a cabeça debaixo da água e espero mais um minuto.

A sensação de peso desaparece. Penteio o cabelo mais uma vez. Meus dedos parecem flutuar no ar. Sensação de bem-estar. Meio cambaleante, chego até a porta. Endireito-me e giro a maçaneta. O frio do ar-condicionado sopra em meu rosto.

Jacqueline trocou de blusa. Ela sorri e me dá uma garrafa de água com gás e um sanduíche vegetariano, que aceito com gesto mecânico.

– Era tudo o que tinha.

Agradeço, prometendo comer tudo, mesmo que ambas saibamos que não vou tocar na comida.

Passo a cabeça pela porta da sala de espera.

Sorriso forçado.

– Senhora Yacoubi, acho que é sua vez.

*

Com lenço nos ombros, palmas calosas e dedos corroídos pela água sanitária, Salima Yacoubi está cansada. No jargão, diz se *agente de limpeza*. Muitos dizem *faxineira*, mas a maior parte a chama de Salima ou de senhora Yacoubi. Cerca de sessenta anos, sotaque argelino, uma pele que deve ter sido macia e corada, cabelo preto com fios brancos. Terceirizada por meio de uma empresa de limpeza implantada na zona industrial de Saint-Péray, contrato por prazo indeterminado de meio período, horários flexíveis. Cliente principal: o *call center*. Falta de estatuto, horários de merda, uma vida profissional à sombra dos funcionários do *call center*. Principal ônus: nenhum recrutamento, nenhum colega de trabalho, sozinha para limpar três andares, quatro torres, e esvaziar setenta e oito lixeiras todos os dias da semana. Sozinha, com os olhos prontos para chorar.

O que vejo nessa cadeira, diante de mim, de rosto grave e olheiras pretas: uma mulher totalmente esgotada.

Tentativa de estupro por um alto executivo jovem, funcionário do *call center*, em 14 de março de 2008, pouco antes do fim do expediente da unidade. "Apenas algumas carícias", defendeu-se ele. "Foi com consentimento dela." Traduzindo: um dedo no ânus através do vestido e insultos de caráter racista. O vigia não viu nada. Como sempre, a senhora Yacoubi estava sozinha para fazer seu trabalho, isto é: nenhum colega para defendê-la, nenhum colega para testemunhar, nenhum colega para ajudá-la. Sua palavra contra a de seu carrasco.

Os olhos prontos para chorar.

O jovem executivo foi demitido, com carta de recomendação do diretor. Novo local de trabalho? Uma empresa de serviços, um pouco mais adiante, na mesma rua. Sete empregados. Mesma empresa terceirizada de limpeza. Salima Yacoubi continua a vê-lo todos os dias e vive um inferno. Ela não quer falar sobre isso com seu empregador, nem com a diretoria da empresa de serviços. Silêncio, negação e tabu. Insisto, mas ela se recusa. Ela está aqui, e isso por si só é uma quase vitória.

A morte de Vincent reaviva a agressão da qual foi vítima.

Escuto-a se abrir sem intervir.

Ela tem voz rouca. Está tímida e assustada, como sempre. Seus gestos são lentos e ponderados. Faz dois dias que ela é avó pela terceira vez. Ela queria ter tido uma licença não remunerada. Seu chefe de equipe mandou-a passear. Mais uma vez: sozinha com os olhos prontos para chorar. Assim como eu.

Durante quinze minutos ela desabafa e me conta a história sórdida de um alto executivo de vinte e oito anos que decidiu comer uma faxineira de cinquenta e oito anos, uma noite depois do expediente, dizendo a si mesmo que uma velha argelina ia gostar disso e ficar calada. E então ela vai embora.

Todas as histórias acabam aterrissando em meu consultório. Meus ouvidos, minhas notas, meus laudos periciais. Sou a única a ter uma visão do todo.

Pego um comprimido de Rivotril e o engulo com água. O copo de plástico cai de minha mão. Abaixo-me para apanhá-lo e jogá-lo na lixeira. Só consigo na segunda tentativa.

Meus olhos prontos para chorar.

Cinco longos minutos antes que eu volte a controlar meus gestos.

Próximo paciente.

*

A tarde se dissipa como um sonho ruim. Acumulo as consultas. O dr. Guillon passa com regularidade para pedir conselhos e me entregar suas anotações. Vejo-o consultar o relógio quando entra e de novo quando sai. Pergunta se vou precisar dele amanhã. Essa profusão de consciências pesadas, de bons sentimentos e de lágrimas o aborrece. Ele nem tenta esconder. Já tem sua própria análise da situação. Um remédio para cada sintoma. Esses problemas não lhe dizem respeito. Ele não tem nada a ver com a morte de Vincent Fournier. Não se sente culpado. Apenas faz seu trabalho. Por duas vezes, explica-me que deverá sair cedo e não poderá participar da reunião do CHSCT,** às dezoito horas. Como não o escuto, ele insiste. Acredito que esteja falando de uma palestra no CHU de Lyon, mas fico calada e consulto suas anotações, nas quais uma ideia se sobrepõe às outras, em filigrana: não há nada que o dr. Guillon possa fazer por eles.

** Comitê de Higiene, Segurança e Condições de Trabalho. (N. do T.)

Aprendi a ler nas entrelinhas.

O triturador está enchendo.

Tomo meus comprimidinhos antes de passar para outra folha. Triturador.

Ligo para a delegacia e peço para falar com o tenente Revel. Uma vez, duas vezes. Nada, sempre nada.

Saco, saco e saco!

Meu corpo implora que eu engula algo líquido. Meu estômago se recusa. Um copo de água, um comprimido. Estou num estado alterado. São quinze horas. E logo dezesseis.

Um paciente de cerca de trinta anos me explica que não sabe muito bem como lidar com tudo isso. Seus olhos me dizem que ele já está mal.

Outro, mais velho, diz sentir certa vergonha por causa desse crime. Seus olhos gritam para mim: ajude-me!

Uma mulher que nunca vi antes, de mechas loiras e *piercing* na narina esquerda, admitida na semana anterior com contrato de um mês renovável, pelo que me conta, pergunta-se se fez bem em assinar. A diretoria a convocou hoje de manhã para lhe propor uma promoção. O cargo de Vincent Fournier está vago. Com promessa de contrato por prazo indeterminado logo que a investigação for encerrada; e os lacres na porta da sala 2, retirados. O lugar do morto. Seus olhos gritam: tire-me daqui!

De novo, tento falar com Revel. No seu celular. Na recepção da delegacia. Silêncio, telefonista sobrecarregado ou irritado, conforme a escolha. Digito o número de Patrick Soulier. Todas as vezes, a voz da caixa postal me pede para ligar mais tarde.

Jacqueline entra.

— Posso chamar o próximo paciente?

— Dê-me um minuto.

Ela fecha a porta. Passo a cabeça debaixo da água, tento recuperar o equilíbrio, já não sei muito bem onde estou. O dia ainda não acabou.

Abro a porta e mostro a cabeça.

– Próximo paciente.

Sorriso polido da enfermeira.

Olhada no relógio. Dezesseis horas e quarenta e dois minutos. Em menos de vinte minutos, seu expediente estará encerrado.

Bolsa a tiracolo, maleta e paletó na mão, Hervé Guillon esbarra nela ao ir embora, desculpa-se educadamente. Ele cora ao me ver. Balbucia "desculpe, preciso ir embora". Jacqueline também pede desculpa. O rubor de seu rosto diminui. Ainda estou menstruando.

*

Cápsulas demais, comprimidos demais. Meu ventre está vazio, meu crânio transborda de cólera. Deliro. Não por muito tempo. Cinco minutos. Penso na Beretta e no fio de baba correndo da comissura dos lábios de Vincent.

Uma voz me diz: você é culpada.

Meneio a cabeça lentamente.

Outra se junta a ela, e mais outra. São dezenas de vozes. Murmuram, assobiam, cospem, cantam e gritam.

Você é culpada, você é culpada, você é culpada.

Meneio a cabeça, cada vez mais rapidamente, sem conseguir escorraçá-las.

Os rostos dos funcionários desfilam. Vincent Fournier, Cyril Caül-Futy, Salima Yacoubi, Christine Pastres, Hervé Sartis, Sylivie Mangione, Alain Pettinotti.

Digo em voz alta:

– Sou culpada.

Sem acreditar nisso.

Abro outra caixa de sedativos e a fecho com um estalo seco sem tomar nada. Ainda preciso ficar em pé por algumas horas. Preciso de um estímulo. Derivados de benzedrina. A escolher: fenfluramina e dexfenfluramina, anfetaminas cuja venda foi proibida dez anos atrás por suspeitas de provocar hipertensão arterial pulmonar. Propriedades: inibição do apetite, antifadiga, regulação dos distúrbios de atenção. Nenhum ou poucos efeitos psicoestimulantes. Duração do efeito: dezoito horas. Meu estoque pessoal.

Volto ao armário. Pego a chave, retiro o trinco e faço correr a porta de metal. Mergulho as duas mãos na gaveta de baixo. Duas caixas abertas de Pondera, uma de Isomeride ainda embrulhada no plástico.

Um comprimido do primeiro, uma cartela do outro diretamente na minha bolsa.

Minhas pupilas se dilatam, minha boca fica seca, ranjo os dentes até sentir dor nas mandíbulas. A sensação de euforia é imediata. Após dez minutos começo a transpirar.

As vozes desaparecem.

Recupero o fôlego e chamo o próximo paciente.

*

O telefone toca uma última vez antes da reunião extraordinária do CHSCT. O relógio indica dezoito horas e seis minutos.

Alain:

— Você está atrasada.

— Eu não ia botar meu paciente para fora.

Ele pigarreia.

Cuspo as palavras:

— O que aconteceu?

– A intersindical votou uma marcha de luto simbólica, amanhã de manhã. A diretoria topou participar. Preparamos um folheto e um comunicado oficial para a imprensa local. Fui encarregado de lhe pedir que se junte a nós.

– A intersindical, hein?

Ironizo, dopada com Pondera.

– Foi a única coisa sobre a qual vocês conseguiram chegar a um acordo?

– É um começo.

Eu o corto:

– Por que você me ligou para dizer isso? A gente vai se ver daqui a cinco minutos.

Ele volta a pigarrear.

Entendo.

– Você quer que eu esteja aí, mas eles não querem, certo?

– Eu...

– Depois de tudo que fiz por todos vocês!

A médica deles.

A mãe, a irmã, a amante deles.

– Mesmo assim, você vem?

Uma prece para que eu volte para casa, não uma pergunta.

– Ainda está na linha?

– Vai se foder!

Desligo, tranco as gavetas, o armário e o consultório.

16

Valence, 29 de janeiro de 2009

Para: Cyril Caül-Futy
Assunto: Esclarecimentos

Sr. Caül-Futy,

Hoje, o sr. mandou um e-mail à sra. Christine Pastres, sua superiora hierárquica, acusando-a de ser responsável pela tentativa de suicídio do seu colega Hervé Sartis, em decorrência da implementação de um sistema de escuta telefônica entre ambos.

Assim que recebeu essa mensagem, o call center de Valence parou o trabalho durante quinze minutos para checar as informações.

Solicitamos que dê explicações, uma vez que:

– Hervé Sartis acertou com Christine Pastres, sua responsável, para proceder a uma escuta no começo da semana.

– Christine Pastres nunca chamou Hervé Sartis de "colaborador comunista", como o sr. afirma. Essa alegação é difamatória.

– Hervé Sartis nunca manifestou recusa em relação à escuta telefônica, verbalmente ou por escrito, ao contrário do que o sr. alega sem fornecer nenhuma prova.

Abalada por seu e-mail, Christine Pastres imediatamente marcou uma consulta com a médica do trabalho, Carole Matthieu, porque se encontrava incapaz de trabalhar.

O sr. acredita que seus métodos tragam serenidade e boa qualidade de trabalho e, portanto, de atendimento aos nossos clientes, no momento em que sofremos falhas sucessivas da informática, em que a meteorologia multiplica as sinalizações, em que as produções e as interrupções de linha se acumulam sem ser tratadas? O papel de gerente não consistiria em ficar com fones de ouvido, pelo menos uma vez por semana, para entender nossa profissão?

Insistimos que os sofrimentos dos nossos colegas nos afetam como um todo e influenciam o ambiente do call center, *porém, não podemos tolerar um ambiente de ameaças e suspeitas. Agradecemos ao sr. por se adequar a isso, de agora em diante.*

Cordialmente,

Éric Vuillemenot, em nome da equipe de diretoria do call center

17

No rastro dos funcionários furiosos, sigo o corredor que leva ao saguão principal e empurro a porta corta-fogo. A cadeira da telefonista está vazia e o saguão, deserto. O sol tenta encontrar um caminho através das imensas vidraças cobertas com o logotipo da empresa.

Tremendo, apresso o passo.

Ao chegar ao outro lado, penetro na escadaria e começo a descer o único andar, que me leva ao piso inferior da torre. Salas sindicais, recinto para lixeiras, armazém de material de escritório, entregas de suprimentos e caixas empilhadas.

No bolso, minha reserva de pílulas mágicas para as próximas dez horas. Mais do que o necessário.

No meio do caminho, sou alcançada por Jean-Louis Faure, que por pouco não me dá um encontrão na escadaria. Homem reservado, representante do pessoal e eleito para o CHSCT por falta de oponente. Nunca levantou a voz contra ninguém, está sempre sorrindo e é prestativo no trabalho. Corpo franzino, um pouco mais de um metro e sessenta. Passou em meu consultório, seis meses antes, para pedir um atestado médico referente a dois hematomas na coxa e um no braço. Uma história de agressão. Duas semanas depois, soube que ele espancava a mulher. Sem conseguir aguentar mais, ela acabara de pedir o divórcio e a guarda dos filhos. Diante do juiz, ele fingiu que era ela que o maltratava. Os três hematomas eram apenas a resposta desesperada da mulher enquanto ele lhe dava violentos pontapés. Não exatamente o devido troco. Fiz questão de escrever uma carta oficial para o juiz da Vara da Família.

Faure perdeu em primeira instância, porém recorreu. Seus filhos ainda estão esperando a pensão alimentícia. Alguns de seus colegas sabem da situação, mas o cara não perdeu nem o emprego, nem as funções sindicais, nem o cargo para o qual foi eleito.

Um paciente como os outros.

Todos nós carregamos um tipo de culpa.

Faure se desculpa e passa na minha frente. Segura a porta que dá para o térreo, pouco à vontade. Não trocamos nenhuma palavra até a entrada da sala de reunião.

Os olhares se dirigem para nós.

Faure segue à direita e caminha até dois de seus colegas.

Os olhares ainda estão fixos em mim.

Não sou bem-vinda.

Segredos demais passaram por meu consultório. Conheço todos os rostos. Cada pequena história à qual estão vinculados me foi contada antes de ser reproduzida com todas as letras em minhas pastas.

Eu sei disso. Eles sabem disso. Todos os fardos deles que arrasto dia e noite fazem um barulho infernal. Até com ouvidos e olhos tampados, a barulheira é ensurdecedora.

Eles pensam: ela sabe demais.

Eu me seguro para não dizer: todos nós carregamos um tipo de culpa.

Sigo adiante.

*

Algumas mesas foram dispostas em forma de retângulo. Em volta, estão sentados todos os eleitos. Seis homens – cinco representantes do pessoal e o assistente da diretoria, Jean-Jacques Fraysse – e eu.

Esse hipócrita do Vuillemenot nem teve coragem de participar.

Duas cadeiras estão vazias. Ausentes: o fiscal do trabalho e o agente de segurança, Patrick Soulier. Alain evita cruzar o olhar com o meu. Faure tenta ficar tão invisível quanto pode. Hafid Ben Ali, Claude Goujon e Sylvain Pelicca completam o quadro.

Alain distribui a ordem do dia. Uns papéis deslizam sobre as mesas. Canetas e cadernos aparecem do nada. Fico imóvel, puxo a folha para mim e leio.

O CHSCT da unidade de Valence foi excepcionalmente convocado neste dia, segunda-feira, 16 de março de 2009, às dezoito horas, para *informações sobre a atual situação de um funcionário e avaliação das medidas a serem tomadas em relação às regras sanitárias e de segurança da unidade.*

Segue-se uma série de pontos a serem tratados durante a sessão.

Empurro a folha, recosto-me na cadeira e fico calada. O rebuliço habitual desse tipo de reunião deu lugar ao silêncio. Rostos graves, compaixão e aparência abatida pelas circunstâncias.

Alain toma a palavra.

– Proponho começar por um breve resumo dos fatos. Todos estão de acordo?

Murmúrios de aprovação. Fraysse, o assistente do diretor, já está tomando nota em seu caderno.

– Bem. Primeiro, os representantes do pessoal no CHSCT querem assinalar que, no dia 27 de janeiro de 2009, foram informados da existência de um *e-mail* enviado por Vincent Fournier que relatava seu estado de saúde psicológico e físico.

Os representantes prendem a respiração. Os movimentos da caneta de Fraysse no caderno produzem um ruído desagradável.

– No *e-mail*, o funcionário informava os destinatários sobre a decisão de pôr fim a seus dias e mencionava duramente os problemas profissionais e os motivos que o haviam levado a tomar tal decisão, isto é, o assédio e a humilhação que sofria por parte de seus responsáveis hierárquicos.

Alain insiste nas palavras *assédio* e *humilhação*. Não faço comentário algum.

Penso: vocês também não o pouparam.

Adivinho: vocês querem que a responsabilidade de parte dessa situação recaia sobre Christine Pastres, e a diretoria já está comemorando de antemão.

– Os conflitos entre funcionários e parte de seus responsáveis hierárquicos foram mencionados várias vezes no *e-mail*. Assim, os representantes do pessoal no CHSCT constatam que todas as causas evocadas pelo funcionário estão vinculadas às relações profissionais com seus responsáveis hierárquicos, entre as quais estão a falta de reconhecimento e a falta de respeito com sua pessoa, até a violência verbal.

– Não podemos esquecer os problemas de organização do trabalho – intervém Goujon, sentado a sua direita. – Quantidade de clientes, sobrecarga de trabalho, interrupção de tarefa, recomendações erradas etc.

– Obrigado, Claude.

Goujon meneia a cabeça, com os olhos cravados nas mãos. Alain continua:

– Os representantes do pessoal do CHSCT também constatam não ser a primeira vez que os funcionários de Valence mencionam tensões vinculadas a práticas gerenciais.

Ele diz: práticas gerenciais. Mas todos pensam: Christine Pastres e Éric Vuillemenot. Culpados sem ser julgados.

– Infelizmente, durante o ano de 2008, esses funcionários tiveram que enfrentar um suicídio e uma tentativa de suicídio de dois de seus colegas.

A conta não está certa. Contenho-me e completo mentalmente: 21 de janeiro de 2008, Hervé Sartis, primeira tentativa de suicídio.

23 de junho de 2008, Vincent Fournier, tentativa de homicídio contra Christine Pastres.

11 de agosto de 2008, Marc Vasseur, suicídio por enforcamento.

28 de dezembro de 2008, Vincent Fournier, primeira tentativa de suicídio.

28 de janeiro de 2009, Hervé Sartis, segunda tentativa de suicídio, por ingestão de remédios no local de trabalho.

A caneta de Fraysse voa na folha. Os representantes estão ficando escarlates de tanto prender a respiração. Alain continua, com voz monocórdia:

— Duas comissões foram implementadas pelos membros do CHSCT. Essas experiências abalaram os eleitos e evidenciaram a complexidade de análise de tamanhas situações. Assim, os representantes do pessoal do CHSCT consideram que as condições de trabalho, notadamente sua organização por meio dessas práticas gerenciais, representam um risco grave para a saúde psicológica e física dos funcionários da unidade de Valence. A nosso ver, existe uma forte hipótese de vínculo entre o assassinato de Vincent Fournier e o contexto do trabalho na unidade de Valence, e isso não pode ser descartado. É por esse motivo que hoje estamos reunidos. Agora, dou a palavra a vocês.

Surpresa por esse anúncio, levanto a cabeça.

Estupefato, o assistente do diretor parou de tomar nota.

Os representantes do pessoal esfregam os olhos. Alain fez o que pôde. Ele não evita mais meu olhar. Se eu pudesse, pularia no colo dele. A primeira luz de esperança que entrevejo há semanas.

Reprimo um sorriso.

Jean-Jacques Fraysse bate o pé. Seu terno impecável está formando dobras. Ele deixa estourar sua fúria:

– Que baboseiras são essas?

Reprimo um segundo sorriso. Ao ver a cara de Alain, meu júbilo se lê em meu rosto.

Os outros ficam calados. Eu também. Evidentemente, Alain não avisou ninguém.

O contra-ataque não demora.

– Senhor Pettinotti, está delirando completamente? Esse assassinato não tem nada a ver conosco, e estamos aqui apenas para conversar sobre a saúde dos funcionários abalados por esse drama. Que a senhora Pastres tenha algo a ver com o estado de saúde psíquica de Vincent Fournier, tudo bem. Vários alertas chegaram à diretoria durante os últimos meses, mas o vínculo com o contexto de trabalho na unidade de Valence me parece mais do que perigoso. E eu chego a dizer: irresponsável. A diretoria não tem nada a ver com esse... esse...

– Assassinato.

Fraysse me encara com um olhar sombrio que claramente significa: tenho que tolerá-la aqui porque não tenho outra escolha, mas não comece a encher meu saco.

Meneio a cabeça.

A minha esquerda, Sylvain Pelicca murmura a seu vizinho algo que não entendo. Ele mexe nervosamente com a caneta. Seu hálito cheira a cigarro e café. Os pelos da barba reluzem de suor.

Sigo adiante.

– Ninguém está acusando a diretoria, não é?

Espero que minha satisfação não transpareça em meu rosto. Vejo nascer um ou dois sorrisos fugazes ao redor da mesa. Continuo mentindo.

– Além do mais, a hipótese que ele levanta tem o mérito de explicar como o assassino entrou na unidade sem arrombar nada e sem ser visto pelo vigia.

– Quero lembrar-lhe, doutora, que Patrick Soulier está sendo ouvido agora mesmo na delegacia, caso a senhora não saiba.

– Ele não fez nada.

– A senhora parece ter muita certeza disso.

– Soulier é um cara legal. Todo mundo sabe disso.

– As cadeias estão repletas de inocentes – murmura Fraysse entre os dentes.

Ele coça nervosamente a nuca com a tampa da caneta.

Contenho-me para não retorquir: e as salas das diretorias, abarrotadas de filhos da mãe iguais a você!

Alain interrompe antes que a conversa degringole.

– Proponho uma mesa-redonda. No máximo três minutos por pessoa.

Olhada no relógio.

Dezoito horas e vinte e um minutos.

Estou ficando impaciente.

A reunião está apenas começando.

*

Segue-se uma hora de debate mais ou menos construtivo. Insisto que o trabalho seja interrompido no dia seguinte de maneira a fazer um levantamento geral de saúde, em vão, para a grande satisfação de Fraysse, que repete para quem quiser ouvir que o mercado está tenso e que o anúncio do assassinato de Fournier não impulsiona o número de clientes. Responsabilidade para com os funcionários, desemprego, concorrência, poder aquisitivo, salário, bônus, benefício social, esse tipo de inépcias que a mídia adora e que um comunicado está prestes a difundir ainda esta noite. A morte de Fournier acontece em plena negociação dos "parceiros sociais" com a diretoria do grupo sobre os salários e as flexibilidades profissionais. A relação de forças favorece os sindicatos. É necessário melhorar a segurança da unidade. Desta vez todos estão de acordo.

Vuillemenot: 1. Saúde dos funcionários: 0.

Claude Goujon sai para buscar café no sindicato. Volta com uma bandeja e começa a distribuição. Com olhar vazio, Pelicca segura um copo fumegante. Pega um maço de Marlboro *light* e propõe uma pausa para fumar. Ben Ali e Faure se juntam a ele.

Queimo os lábios enquanto os vejo sair. Fraysse e Goujon bebericam seu café. Alain anota algo num caderno. A tensão aumenta novamente quando, diante dos três restantes na sala, Alain volta a supor a existência de um vínculo entre o assassinato de Fournier e as condições de trabalho.

O assistente do diretor tira proveito da ausência de três representantes.

– Vamos pôr as cartas na mesa. Deixemos de lado o assassinato de Fournier para nos concentrar nos vivos.

Alain abre a boca para dizer algo, mas Fraysse levanta a mão para que ele o deixe continuar seu raciocínio.

– A diretoria propõe o seguinte. Um bônus anual fixo de cento e cinquenta euros para cada funcionário com mais de dois anos de empresa e a contratação de sete agentes de *telemarketing* suplementares mediante contrato de trabalho temporário, ou seja, dez por cento da massa salarial.

– E em troca?

Goujon lança um olhar discreto para Alain. Fraysse aperta o nó da gravata.

– Partamos do princípio de que essas medidas vão aliviar consideravelmente a carga de trabalho e que a diretoria mostra sua preocupação em relação à saúde dos funcionários. Vamos fazer um comunicado a respeito disso.

Alain se endireita na cadeira. De novo, evita meu olhar. Mal consigo me segurar. Certo de ter atirado na mosca, o assistente continua o raciocínio.

– Nesse caso, no interesse de todos, deixamos a polícia prosseguir com a investigação sobre Fournier e evitamos fazer acusações que possam se revelar erradas.

Fraysse está satisfeito. Recosta-se na cadeira. Ele abriu o jogo. Ao pôr meu copo na mesa, derrubo metade do café.

Penso: Alain, não!

Alain, Goujon e Fraysse se medem. Eu me levanto, os punhos cerrados sobre a mesa, na poça de café fervente. Alain vira a cabeça em minha direção. Em seus lábios, posso ler: lamento, Carole.

Entendo: Fournier morreu, não há mais nada que possamos fazer por ele, precisamos pensar nos vivos.

Fraysse propôs o que eles vieram procurar.

Grito:

– E vocês vão aceitar?!

Olhares incomodados de Alain e de Goujon. O assistente do diretor não baixa os olhos e leva o copo de café até os lábios.

– Porra, três tentativas de suicídio, um suicídio, uma tentativa de homicídio e um assassinato em um ano, agressões repetidas contra funcionários, entre os quais eu mesma, em 24 de junho passado, quero lhes lembrar! Não podemos deixar algo assim passar batido!

Encaro-os um por um.

– E Marc Vasseur? E Vincent? Morreram à toa?

– Não vamos ressuscitá-los – tenta Alain.

Dou um soco da mesa. Gotas de café respigam até o lugar de Sylvain Pelicca.

– Estou avisando: se vocês fizerem isso, vou formalizar imediatamente um pedido de perícia.

– Baseado em quê?

– Desrespeito à legislação sobre a saúde, práticas gerenciais irresponsáveis e falta de assistência a pessoas em perigo de morte. Vocês entendem isso? De morte!

Estou fora de mim. Fraysse acaba seu café antes de se levantar.

– A senhora não vai fazer isso.

– Não vejo quem poderia me impedir. O senhor?

Dou uma risadinha. Um leve sorriso aparece em seus olhos. Empalideço. Já sei o que ele vai dizer.

– Tenho o testemunho de pelo menos três funcionários da unidade que a viram manter relações... digamos, *privilegiadas* com Vincent Fournier e com Alain Pettinotti aqui presente.

Viro-me para Alain, enojada.

– Você não pode deixar que digam coisas desse tipo! Minha vida privada só diz respeito a mim.

– Ela tem razão. Está ultrapassando os limites.

O assistente do diretor dá uma olhada em direção à porta. Eu berro:

– Vou denunciar suas manobras!

– Ninguém vai escutá-la.

– Os jornalistas só esperam por isso, que eu fale! Agora mesmo estão aguardando diante do portão, rezando para ter algum escândalo que possam relatar amanhã.

– Isso vai lhe custar seu cargo.

– Se soubesse como estou pouco me lixando!

Penso: é tarde demais, a bomba que eles fabricam há anos vai explodir na cara deles antes do fim da semana.

Fraysse meneia a cabeça.

– Pense nos funcionários, doutora. Assim como eu, a senhora sabe que a unidade está por um fio há meses. Uma crise dessa magnitude poderia deixar sessenta pessoas desempregadas. Não é o que a senhora quer, certo?

– Está me chantageando?

Ele dá de ombros.

– Com certeza, a senhora vai encontrar outro cargo. Eu também. Porém, e os outros?

Seu comentário surte efeito sobre Alain e Goujon. No batente da porta, Pelicca, Faure e Ben Ali estão de pé, em silêncio. Pelos olhares que trocam, adivinho que chegaram à mesma conclusão.

Alain parece me dizer: avisei você.

Uma violenta descarga de adrenalina sobe até minha cabeça. Meus braços tremem de raiva. Meus punhos estão tão cerrados que chegam a doer. Minhas mangas estão salpicadas de manchas de café. A cólica é insuportável. Perco o controle, tento retomar o fôlego. Os nomes das vítimas não param de desfilar dentro do meu crânio. Sartis, Mangione, Yacoubi, Pastres, Caül-Futy, Fournier, doutora Carole Matthieu.

E agora: Pelicca, Pettinotti, Faure, Goujon e Ben Ali.

Penso: safados! Safados! Safados!

Jean-Jacques Fraysse guarda a caneta no bolso interno do paletó.

Cuspo em sua direção, sem alcançá-lo.

Os cincos representantes olham para mim, meneando a cabeça.

Dizem a si mesmos: pronto, ela pirou. Já vai tarde!

Penso: todos vocês são responsáveis.

Alain não se levanta. Desde o começo, ele sabia que ia acabar dessa maneira. Quis me poupar dessa humilhação. Diante de Deus e das leis do trabalho, ele está prestes a jurar que fez de tudo para me poupar disso. Também ele meneia a cabeça.

Amasso o copo e o jogo com toda a força diante de mim, então dou um chute na cadeira, que bate na parede.

Ninguém tenta me segurar.

Eles pensam que venceram.

Poxa, nem eu mesma sei mais!

Bato a porta.

*

Sem saber como, encontro-me do lado de fora, diante da Torre A, encharcada da cabeça aos pés. Sem referências espaciais nem temporais. O céu despeja sua ira sobre mim. A temperatura externa se aproxima de dois ou três graus. Permaneço agachada no final da escadaria, com os braços agarrando os joelhos. Choro, choro e ignoro se foram minhas lágrimas ou a chuva o que me deixou nesse estado. Acredito ter corrido debaixo da pancada de chuva. Meus sapatos estão manchados de lama, mas a mistura de Ponderal e tranquilizantes serve de guarda-chuva, e não tremo de frio.

A ameaçadora sombra da torre paira acima da minha cabeça. Levanto os olhos e enxugo o rosto para poder enxergar.

Um minuto.

Menos de um minuto para entrar de novo, subir os três andares e me jogar de lá. Tudo estará acabado. Mais um cadáver. Eles que se virem sem mim.

O toque do meu celular me detém. Tiro-o do bolso com a ponta dos dedos.

Recado da minha filha: *acabo de fazer umas compras e encontro você em sua casa por volta das vinte horas. Até já.*

Primeiro princípio de realidade.

Hesito em ligar para ela e cancelar. Revejo a pequena garota de cacheados cabelos castanhos que chorava de manhã quando eu saía para trabalhar. Nunca fui uma boa mãe. Uma médica pronta para ouvir, sim, um ombro sobre o qual chorar, uma amante insaciável: não uma boa mãe.

Coloco o celular no bolso, levanto e volto para me proteger.

Ainda posso aguentar.

18

Valence, 8 de agosto de 2008

Laudo pericial 1/2 – sr. Albert Vitalis – Inspeção do Trabalho da Drôme.

Caro colega,

Eu, abaixo assinado, dr. Jacques Bon, atesto ter pessoalmente cumprido minha missão relativa à sra. Carole Matthieu, a mim confiada pelo médico-conselheiro dr. Gigau, conforme o disposto no artigo L. 141 do Código da Previdência Social, recebida em 31 de julho de 2008 em meu consultório de Guilherand-Granges.

Fatos: a sra. Matthieu, médica do trabalho no call center *de Valence, foi vítima de agressão em seu local de trabalho em 24 de junho de 2008, com processo penal perante o tribunal correcional, já que o afastamento temporário do trabalho foi superior a dez dias. Condenação do agressor, o qual é um de seus pacientes, o sr. Pierre Exertier, funcionário do* call center *de Valence, processo civil em andamento (06/08/2008).*

Queixas: a sra. Matthieu diz ter sido vítima de "assédio moral e físico" no local de trabalho pelo sr. Exertier, além de "pressão física" e agressão caracterizada. A sra. Matthieu afirma ter muita dificuldade em contar tudo desde o início, porque isso remete a emoções intensas.

Exame: a sra. Matthieu é pontual, tem apresentação correta, entende o sentido da missão. Em sua qualidade de médica do tra-

balho, tem perfeito conhecimento dos procedimentos vigentes. Seu rosto está pálido e emagrecido, com olheiras. A sra. Matthieu aceita responder a nossas perguntas e até acrescenta outras quando acha que não estamos indo na direção certa. Várias vezes tive que chamar sua atenção para que entendesse que ela era a entrevistada, e não o contrário. Aliás, às vezes ela se mostra confusa e faz várias perguntas sobre minha atividade profissional. A entrevista teve que ser interrompida algumas vezes por causa de crises de choro e também em decorrência de sua irritação diante de minha atitude, chamada por duas vezes de "leviana".

Pedimos à sra. Matthieu que explique o que aconteceu entre seu paciente e ela.

Ela responde: "Eu estava sozinha em meu consultório, a enfermeira, Jacqueline Vittoz, havia encerrado seu expediente. Eram 18h45, eu estava arrumando o armário de remédios, quando o paciente chegou de repente. Em primeiro lugar, pensei que tivesse passado para me cumprimentar, mas imediatamente ele tentou me agarrar. Uma das luvas que eu segurava na mão caiu no chão. Ele me empurrou na altura dos ombros e me disse: 'Vê se some, já que não tem nada para fazer aqui. Você se mete nas histórias pessoais dos funcionários, faz relatórios, protege alguns funcionários e acaba com outros! Sei muito bem qual é seu joguinho! Você entregou um relatório podre sobre mim e por sua causa acabo de receber uma carta de transferência para o outro lado da França'".

Antes de continuar, ela me explica que nunca fez algo parecido. Insiste várias vezes nesse ponto. A seu ver, Pierre Exertier estava sofrendo um processo disciplinar por agressividade no trabalho em estado de embriaguez e foi incluído em uma lista de funcionários em situação de transferência obrigatória, em decorrência do fechamento de dois departamentos de clientes do call center, *algo, aliás, que ela lamenta – de novo, ela insiste nisso duas vezes.*

Ela continua: "Em seguida, ele me agarrou pelo braço e me disse: 'Você não passa de uma puta, transa com metade de seus pacientes, aproveitando-se do sofrimento dos funcionários'". A sra. Matthieu nos explica que ele teve a audácia de lhe dizer: "Já que é assim, assine você mesma minha carta de demissão e o epitáfio da minha lápide!", segurando-a pela cabeça. Ela fala em chantagem. Sabe que ele é incapaz de um gesto suicida. Então, a sra. Matthieu nos diz: "Meu paciente me segurou pela garganta e levantou o punho berrando: 'Vou bater em você se não consertar as coisas, e se voltar a se meter mais uma vez em meus negócios vou lhe dar um tiro de espingarda'". Ela me explica que naquele momento acreditou nas palavras dele e está com muito medo, a ponto de temer por sua vida e de perder o controle.

Um funcionário da empresa e responsável sindical, Alain Pettinotti, então teria descido e dito a Pierre Exertier: "Deixe-a em paz!". Eram dezenove horas, declara a sra. Matthieu, o paciente ainda estava fazendo provocações, mas a presença do sr. Pettinotti acalmou suas veleidades agressivas. Então, a sra. Matthieu voltou para casa. Tremia, segundo o que nos diz. Sua filha, que ainda vive na casa dos pais, perguntou-lhe o que estava acontecendo. Viu hematomas no braço e no torso e a levou até um médico para obter um atestado dos ferimentos. Foi determinado um afastamento temporário de dez dias do trabalho. O médico teria aconselhado a sra. Matthieu a dar queixa, o que ela teria feito por influência de sua filha, embora agora afirme que lamenta esse fato.

Nesse ponto também mais uma vez parece confusa. Não conseguimos saber precisamente o que motiva seu remorso. Perguntamos-lhe a respeito, mas ela evoca ora o medo de ter abusado de seu papel de médica do trabalho, ora o medo de represálias. Sentimos que existe um conflito de interesses psíquico muito forte, além de uma dificuldade para dissociar seu trabalho da agressão sofrida.

A sra. Matthieu nos explica ter recebido várias correspondências de seu paciente. Ela nos trouxe a última carta, registrada com aviso de recebimento, que foi mandada em 28 de julho de 2008 (cf. cópia em anexo). Nela, seu paciente escreve: "Se acontecer qualquer coisa comigo, a culpa será sua e todo mundo vai saber".

Ela está esperando com muita ansiedade o processo civil, marcado para 23 de outubro de 2008.

Aos prantos, a sra. Matthieu nos diz que está moralmente esgotada e que, consequentemente, vive de maneira cada vez pior as tensões e os diversos incidentes que marcam a atividade do call center. Pensa ser parcialmente responsável pelo que lhe aconteceu porque não soube se defender, embora sua profissão seja cuidar de seus pacientes e fazer com que eles tomem consciência de que não são mais do que, cito suas palavras, "marionetes nas mãos de seus próprios gerentes". Ela diz que a culpa sempre está presente e é geral, e monologa por cerca de vinte minutos sobre o suicídio de Marc Vasseur (outro de seus pacientes) e a tentativa de suicídio de outro paciente, que ela chama de "Vincent", em 23 de junho de 2008.

Ela nos explica que concordou com a estabilização do quadro proposta pelo dr. Stihl, perito em direito comum, porque desejava que seu caso fosse adiante e que tudo fosse esclarecido, em relação não somente à agressão da qual foi vítima, como também às razões "profundas" que levaram Pierre Exertier a agredi-la. Evoca o "gerenciamento por ameaça", a organização "insalubre" do trabalho, a obstinação da diretoria da unidade, a política em relação aos acionistas do grupo. Explica-nos que entrou em pânico ao saber que Pierre Exertier iria sofrer sanções disciplinares. Ela deseja voltar atrás. Hoje, diz-se incapaz de retomar o trabalho e que, se fosse obrigada a fazê-lo, pediria demissão. Chegou a ter ideias suicidas, sobre as quais não conversou com ninguém.

Conclusão: dificuldade de avaliação do estado da sra. Matthieu. Exames complementares a serem realizados nas próximas semanas.

Queira receber, caro colega, a expressão das minhas distintas saudações.

Dr. Albert Vitalis
Inspeção do Trabalho da Drôme

19

Segundo princípio de realidade: Hervé Sartis está esperando por mim diante da porta do consultório. Traz uma pasta na mão e veste uma capa de chuva. Suas pálpebras estão vermelhas e qualquer forma de vitalidade desapareceu de seus traços. É a sombra de si mesmo.

Penso: os sindicatos o abandonaram, a ele também.

Assim como a mim, como a Fournier, como a Vasseur.

A chave encontra sozinha o caminho da fechadura. Afasto-me para deixá-lo entrar. Ele se precipita para se sentar em uma cadeira, sem dizer uma palavra sequer. Fecho a porta atrás de mim. Sem perder tempo para me secar, me instalo na frente dele, contemplando-o com tristeza.

Descubro um ferimento no supercílio esquerdo que eu não havia notado de manhã. Pergunto-lhe como isso aconteceu. Ele diz ter batido na pia do banheiro, no final da manhã. Aceito a explicação sem acreditar muito nela. Ele cai em prantos. Contorno a mesa e coloco as mãos sobre seus ombros.

Fico calada, deixando que ele se esvazie.

Entre dois soluços, ele balbucia desculpas. Descreve Vincent Fournier como sendo um de seus raros amigos na unidade. Engole as lágrimas e cospe todo o mal que pensa de Ben Ali e Faure, os dois representantes sindicais. Afirma que Alain Pettinotti e Sylvain Pelicca são homens confiáveis.

Fico calada para não quebrar tudo ao pensar em Alain.

Ele volta a chorar, mais uma vez eu o consolo. Fico atrás dele, que não levanta a cabeça. Gagueja e confessa que pensa em se suicidar esta noite.

Diz:

— Tem uma curva, dois quilômetros abaixo da minha casa, acima de Saint-Romain-de-Lerps. Uma curva de cento e oitenta graus. E o vazio abaixo.

— Não.

— Basta eu acelerar um pouco e arrebentar a barreira de proteção.

— Não.

Impotente, meneio a cabeça e aperto mais as mãos em seus ombros. Ele chora, chora, e a única coisa que posso fazer é pegar meu telefone, ligar para o dr. Bon e convencê-lo a atender Hervé com urgência. Hervé Sartis chegou ao fim da linha.

Tenho medo por ele, estou tremendo.

— Você não está em condição de guiar.

Ele diz:

— A senhora tem razão, doutora.

Ele mesmo não acredita nisso e por um instante fico tentada a deixá-lo partir.

Ele imagina: pego meu carro e guio, guio até que o para-choque arrebente a barreira de proteção e minha vida despenque no abismo.

Finalmente o obrigo a aceitar que eu cuide de tudo, e então digito o número de uma firma privada de ambulâncias. Ouço a voz de um amigo do outro lado da linha. Suplico que passe agora para pegar meu paciente e levá-lo até Guilherand-Granges. Ele reluta, tem trabalho, digo-lhe que vou pagar imediatamente o que for preciso. Ele acaba aceitando e me faz prometer:

— Esta é a última vez.

Ele desliga. Preparo meu talão de cheques. Hervé Sartis está prostrado. Pego-o pela mão para levá-lo até a entrada do prédio. A chuva ainda está caindo. Do meu cabelo para o jaleco, do jaleco para meus sapatos, e dos sapatos para o piso dos corredores. Nos telhados, nas calhas, em nossos rostos. Chegamos ao portão, que abro com meu passe. Debaixo da chuvarada, espero com ele a chegada de meu amigo. Um minuto, dois minutos. Os carros passam depressa, indiferentes a esses dois perdidos, parados debaixo da chuva, varridos por rajadas de mistral. Noite escura. Os postes de luz mal conseguem permear a obscuridade e a cortina de chuva. A ambulância acaba de aparecer no alto da rua, sinalizadores desligados. Sua sinistra silhueta se imobiliza diante de nós. Hervé se apressa a entrar.

*

Vinte horas e um minuto. De volta ao consultório. A porta está entreaberta. Eu a empurro. Alain está me esperando, com uma jaqueta de anoraque e uma mochila nos ombros. Ele olha fixamente os próprios pés. Parece um aluno que jogou uma pedra numa janela da sala de aula e que o diretor convoca em sua sala. Um garoto esperando por um sermão ou castigo. Permaneço no corredor. Recuso-me a entrar nesse tipo de joguinho.

Alain está morrendo de calor dentro da jaqueta. Gotas de suor escorrem de suas têmporas e de seu pescoço. É o Pondera fazendo efeito. Ele acaba levantando a cabeça.

Pergunto:

– É uma emergência?

Ele sorri, como se eu tivesse contado uma boa piada. Espera quebrar o gelo. Meu olhar continua impassível.

Ele diz:

– Você tem cinco minutos?

– É tarde. Estou morta de cansaço.

Dou um passo para trás para indicar que ele deve ir embora.

– Por que leva as coisas para esse lado?

Não respondo. Não preciso me justificar. Tenho uma única vontade:

– Vá embora!

Alain hesita. Esboça um gesto com a mão antes de deixá-la cair mole junto ao corpo sem conseguir tomar uma decisão.

Dou outro passo para trás. A sola dos meus mocassins ecoa no piso como uma ameaça. Alain se aproxima, dou meia-volta. Seu cheiro me rodeia, intensificado pelas anfetaminas. Todos os meus sentidos estão em alerta. Por um instante, imagino que estou me abandonando junto dele. Ele não percebe minha confusão e se esquiva entre mim e a porta antes de desaparecer no fundo do corredor. Volto a respirar. Uma porta bate.

Seguro a cabeça com as mãos e grito:

– É isso mesmo, suma daqui!

E então, em voz baixa:

– Vincent.

Vazia.

Volto para minha sala, segurando-me com as duas mãos na parede. Cansada, desgastada e vazia. Tremendo de frio, retiro o jaleco e o estendo sobre o encosto da cadeira. Pego uma toalha e seco freneticamente o cabelo, mecha por mecha, como se estivesse tentando limpá-lo da sujeira e de minha vergonha. Esfregar, esfregar e esfregar ainda mais. Tiro a blusa e a seguro por um bom tempo debaixo do secador do banheiro. Visto-a de novo. O calor que ela exala me dá uma sensação efêmera de bem-estar. Meus dentes param de bater. A barra da calça *jeans* ainda está encharcada, mas estou com preguiça demais para seguir o mesmo procedimento. Visto o casaco, passo uma echarpe em volta do pescoço antes de desligar o computador e pegar meus pertences.

Ao sair, contemplo meu consultório uma última vez, como se corresse o risco de não voltar mais.

Ruído de passos em algum lugar do prédio. Vozes acima de mim. Espero que Alain e os outros representantes já tenham ido embora. Sinto-me incapaz de enfrentá-los mais uma vez.

Giro a chave na fechadura.

*

A chuva parou de cair no estacionamento do *call center*, mas o mistral redobra de violência. O vento carrega um cheiro persistente de podridão. O rio Ródano, bem próximo daqui. Levanto a mão até o pescoço para impedir que minha echarpe voe. Meu cabelo dança por todos os lados. Rajadas de vento levantam as abas de meu casaco. Agarro a maleta e a bolsa como se fossem boias de salvação.

Cinco carros estão estacionados, lado a lado, ao longo da ala sul. Reconheço o carro do diretor. As janelas dos dois carros seguintes estão parcialmente embaçadas. Homens, sentados na frente.

Eu me aproximo.

Quatro policiais de farda.

Dois em cada carro.

Penso: os assassinos sempre voltam para o local do crime. Esse tipo de baboseira.

Um quarto carro.

Uma única silhueta, ao volante. Turva demais para que eu possa discernir seus traços.

Uma rajada de vento me obriga a semicerrar os olhos. Eu me apresso e percorro os vinte metros que me separam do velho Audi, concentrando-me em meus pés e evitando pisar numa poça de água.

Abro a porta de trás e jogo meus pertences sobre o assento. Olhar circular. Migalhas, tapetes sujos de terra e cascalho, papéis, um par de tênis, um guarda-chuva rasgado, uma caixa de papelão repleta de antigas revistas médicas. Fecho a porta. Por um instante, o reflexo branco de dois faróis me ofusca. O portão de entrada range ao se fechar. Um Opel Corsa verde se aproxima e estaciona na outra ponta do estacionamento. Fumaça de escapamento, embreagem estalando e correia de transmissão berrando. O barulho de uma porta ressoa atrás de mim. Não me viro. Toda a minha atenção está concentrada no que acaba de chegar.

Conheço esse carro.

Conheço a silhueta maciça que com dificuldade sai de dentro.

Patrick Soulier gira a cabeça em minha direção e me vê. Levanta o braço e o agita para me cumprimentar. Respondo com um gesto mecânico.

Ele foi solto.

Dou um sorriso.

Então me lembro do envelope, juntado à correspondência, e do recado assinado por ele, e me fecho.

Doutora, vi a senhora saindo do estacionamento às 19h30 de sexta-feira e voltar a pé, 45 minutos depois.

Será que ele falou com o tenente da polícia? Está livre porque me denunciou?

Precisamos conversar.

Conversar sobre o quê?

Agora?

Paralisada, com as chaves do carro na mão, os olhos cravados na outra ponta do estacionamento. Patrick também está me olhando, imóvel. Como se cada um de nós esperasse que o outro desse o primeiro passo.

Entre nós, dois carros sem placas repletos de tiras de farda.

– Não é o momento – sussurro com a ponta dos lábios.

Ele meneia a cabeça, como se tivesse ouvido. Dá meia-volta, tranca o carro e com passo pesado vai em direção à guarita.

Uma voz atrás de mim:

– A senhora tinha razão.

Assustada, deixo cair as chaves no chão. E me viro. Meu coração está batendo forte.

Richard Revel, rosto grave.

Gaguejo:

– Sobre o quê?

Com o queixo, ele aponta para o vigia.

– É inocente.

Aquiesço.

Procuro respirar.

Ele diz:

– Tem algo marcado para hoje à noite?

– Sim... Enfim, não.

– Sim ou não?

– Não.

– Está a fim de ir comer algo? Tenho perguntas para lhe fazer.

Aceito. Ele se debruça, pega meu molho de chaves com o polegar e o indicador da mão esquerda e o entrega para mim.

– A senhora segue meu carro?

Ele tem veias saltadas nas têmporas. Suas pupilas brilham com uma luz indefinível. Noto a presença de uma cicatriz na base de seu pescoço. Estendo a mão e resvalo nela com a ponta dos dedos. Ele permite. Sem tirar os olhos dele, aceno com a cabeça e aceito sua proposta. Ele sorri. Eu deveria recusar e voltar para casa. Eu deveria: mentir, fugir, engolir minha dose de álcool, tomar um tubo de soníferos e adormecer para ter sonhos eternos. Eu deveria, mas não quero. Fascinada. Anestesiada por anfetaminas e tranquilizantes.

20

Valence, 29/09/2008

Caro colega,

Queira receber meu parecer sobre o sr. Cyril Caül-Futy. Ele compareceu em meu consultório em 27/09/2008, em esquema de emergência.

O histórico médico desse senhor começa por um acidente de trabalho: a explosão de uma tela de computador em decorrência de mau uso por um atendente do call center, *em 24/02/2008. Desde sua retomada de atividade, ele sofre pressões no trabalho por parte de seus superiores, que consideram suas capacidades visuais inadequadas às tarefas que lhe são pedidas.*

A complexidade dos sintomas, a negatividade das ressonâncias magnéticas, a inegável existência de um psicotraumatismo levaram a privilegiar a ideia da histeria de conversão.

Evidentemente, o sr. Caül-Futy apresenta uma síndrome pós-traumática que deve ser vinculada ao acidente daquele dia. Houve uma recaída em 26/08/2008, consolidada no dia seguinte, segundo seu clínico-geral. O estado psíquico corresponde a uma neurose pós-traumática. Esse quadro atualmente está estabilizado, com sofrimento moral vinculado às sequelas físicas, à transformação da imagem corporal, à limitação dos deslocamentos e dos movimentos.

O exame do dossiê e a entrevista clínica permitem avaliar o grau de invalidez parcial permanente em 40% para as sequelas neuropsíquicas.

Cordialmente,

Dra. Carole Matthieu
Seção Ródano-Alpes

21

— Não está comendo?

— Vou tomar um café.

O tenente Revel acena com a cabeça. Coloco meu garfo sobre a toalha de papel. A salada *niçoise* não está descendo. O molho vinagrete queima minha garganta. Esforço-me para disfarçar a náusea que sinto e levanto a mão para chamar a garçonete.

O Mag's é um pequeno boteco com ares de cantina da polícia. Cardápio barato escrito com giz em lousas grosseiras, neons vulgares, cores berrantes, vidros sujos e porções fartas. Clientela masculina, sem gritos de crianças, nenhum casal exceto nós dois. O serviço é feito por duas funcionárias de aproximadamente vinte anos, formas opulentas e decotes bem cavados. Pelo alto-falante se ouve uma coletânea dos piores sucessos da década de 1980.

Richard Revel é um homem bastante bonito. Menos de trinta anos, cabelo bem curto e cicatriz na base do pescoço. Rosto delgado e gestos refinados. Sem saber muito bem por que, eu poderia ter apostado que ele era protético dentário ou pesquisador químico. Não um tira.

Nervosa, mexo sem parar meu guardanapo.

Meu café chega. Molho os lábios. O amargor me alivia.

Patrick Soulier não matou Vincent à queima-roupa.

Segundo Revel, a arma encontrada no carro dele nunca foi usada. O calibre corresponde à bala extraída do corpo de Vincent Fournier, mas a ligação para aí. O ângulo do tiro corresponde ao de um homem de baixa altura. Soulier é alto demais. O tenente conta rapidamente os detalhes. Não insisto. Soulier passou o dia todo sob custódia. Interrogatório, entrevista com psiquiatra da polícia, registro de impressões digitais. Uma tonelada de papéis, nenhuma prova. O procedimento não me interessa, não faço nenhuma pergunta. Revel acaba se concentrando em seu bife tártaro com vagens mergulhadas em uma poça de azeite e de alho mal picado. Intermitentemente, lança-me olhares de interrogação. Tenho quase certeza de que notou minhas pupilas dilatadas. Pergunto-lhe se ainda suspeita do vigia. Ele responde de forma evasiva, como se estivesse dizendo: Soulier pode ter fechado os olhos. Quem, então? Ele não sabe. Engole outra garfada de vagens. O azeite brilha em seus lábios. Um modo polido de me dizer que isso não me diz respeito. Ele faz perguntas, eu respondo. É assim que as coisas funcionam.

Tenho uma única ideia na cabeça:

Por que Patrick não falou de mim?

E depois:

Patrick, por que você não me denunciou?

Entro em pânico. Tenho vontade de sair do restaurante, chegar em casa e me deitar. A cólica é um martírio. Meus dedos apertam o guardanapo.

Revel se equivoca quanto à origem de meu nervosismo.

– Dia difícil?

Faço uma careta.

Ele acaba seu prato, pousa os talheres e coloca as mãos debaixo do queixo.

Digo:

– Por que queria me ver?

Ele reflete um instante antes de responder:

– Eu gostaria de saber mais a respeito de Vincent Fournier.

– Já lhe contei tudo hoje de manhã.

– Agora estou interessado nas relações que ele mantinha com os outros funcionários. Encontrei alguns deles. No mínimo, dá para ver que ele não era unanimidade.

– Quem o senhor encontrou?

– Um certo Sylvain Pelicca.

Digo:

– Ah!

Ele sorri.

– A senhora o conhece?

– É representante do pessoal. Vejo-o com frequência.

– E?

– Nunca apreciou Vincent.

– A senhora tem alguma ideia do motivo?

Suspiro. Não estou a fim de entrar nesse mérito. Quero: falar sobre as condições de trabalho na unidade, explicar a política gerencial da empresa, mostrar até que ponto as regras estão viciadas desde o começo. Bebo um gole de café para disfarçar meu incômodo.

Ele insiste:

– Alguma desavença pessoal?

Não aguento:

– Sylvain Pelicca não suportava que Vincent se recusasse a tornar-se membro do sindicato. Vincent estava na empresa havia muito tempo, ambos eram da mesma geração, tinham muito em comum. Eles o acusavam de não agir de forma coletiva, esse tipo de coisa.

– Eles?

– Ele e outros caras do sindicato.

– Tais como Hafid Ben Ali e Claude Goujon?

– O senhor os interrogou?

Ele faz que sim e fica calado, esperando pacientemente minha resposta.

– Quando Vincent entrou em depressão, eles não o apoiaram realmente. Claude Goujon era amigo de Christine Pastres, a responsável por Vincent. Uma ex-colega de trabalho. É algo complicado, as relações dentro da empresa... Em resumo, quando Vincent voltou de sua licença médica, em decorrência da tentativa de estrangulamento de Christine Pastres, levou a mal o silêncio deles e os criticou publicamente. A briga foi bastante feia porque Vincent disse que eles não serviam para nada.

– A senhora também compartilha essa opinião, ou estou enganado?

– Sim e não. Penso que estão com a corda no pescoço, porém são os últimos bastiões. Não costumo me meter nos assuntos deles.

– Eles têm algo para esconder? Algo que Vincent soubesse e que pudesse usar contra eles?

– Por exemplo?

– Não sei. Coisas antigas.

– Ele nunca me disse nada a respeito.

– Vamos, doutora. O sigilo médico não é tão rígido assim, não é?

Cerro os lábios para evitar lançar uma resposta mordaz.

– Entendo.

– O senhor não entende nada. Goujon, Pelicca e Ben Ali são pessoas legais. Apenas defendem seu sindicato. Embora eu nem sempre esteja de acordo, não há motivo para que eu me sinta magoada com eles.

– Entretanto, segundo um tal de...

Ele tira um caderno do bolso e o folheia. Revel pensa: uma médica do trabalho não tem interesse no sindicalismo. E mais: uma médica do trabalho não simpatiza com sindicalistas que defendem o terreno deles.

– Segundo Alain Pettinotti, a senhora tinha muito mais mágoa do que reconhece. Durante esse caso de estrangulamento, a senhora tomou a defesa de Vincent.

– Vincent agrediu Christine Pastres, assim como poderia ter passado uma corda no próprio pescoço ou engolido um tubo de soníferos.

O tenente Revel franze as sobrancelhas.

– O que quer dizer?

– Quando se encontram diante de um obstáculo, algumas pessoas se tornam violentas contra si, enquanto outras projetam essa violência contra as pessoas que consideram responsáveis por seus problemas.

– Vincent poderia ter tentado se suicidar, é isso?

– O que quero dizer é que ele não tinha nada pessoal contra ela. Agrediu-a porque ela fez uma crítica errada no momento errado. Poderia ter sido Vuillemenot ou qualquer outro colega de trabalho.

– A senhora acha que Vincent Fournier era um homem violento?

– Acabo de lhe dizer o contrário.

Revel me fita por um instante.

– E quando essa história aconteceu mesmo?

Ele rabisca algo em seu caderno.

– No final de junho.

– Ela não deu queixa?

Minto:

– Não sei.

– Verifiquei em nossos registros. Não há nenhum boletim de ocorrência.

– O senhor faz as perguntas e as responde?

Ele continua sem prestar atenção em meu comentário.

– E depois?

– Fui ver Goujon para lhe pedir que não culpasse demais Vincent. Ele pensou que eu estivesse tomando o partido dele. Se entendo bem, eles pensam que faltou coragem a Vincent. Que sua depressão não passava de covardia.

– A senhora diz: "Eles pensam". A morte dele não mudou nada?

– O que o senhor acha?

– Vou considerar que não.

Acabo de tomar meu café. Ele pede mais dois. Por um momento conversamos sobre a reunião do CHSCT. Ele quer saber como funciona, de que se trata. É um homem curioso. Não entendo onde quer chegar.

Ele acha que:

Um sindicalista enlouqueceu e eliminou Vincent Fournier em um acesso de raiva. A seu ver, os sindicalistas são um bando de revoltados, sabem que a reforma desejada pelo Ministério do Trabalho vai deixá-los na merda. O maldito sindicato é a única coisa que eles têm na vida. Fournier não está nem aí. Fournier é uma ameaça. Fournier paga o preço por falta de sorte.

Leio em seus olhos que:

O assassinato de Fournier é um acerto de contas pessoal. Os sindicalistas protegem um deles porque esse acerto ameaça recair sobre todos eles no meio das negociações com a diretoria e o Ministério.

Revel está totalmente enganado, mas fico calada. É jovem. Não sabe. Paciência, meu sol negro.

Ele diz:

– Estou surpreso.

– Por quê?

– Encontrei cerca de dez funcionários desde a manhã de hoje e esperava que se mostrassem mais reservados.

– Está surpreso por eles se abrirem com um tenente da polícia?

Ele finge estar magoado.

– Pensei que existisse mais solidariedade entre eles.

– Não entendo. O senhor está criticando o fato de eles falarem sobre suas condições de trabalho ou de desejarem elucidar a morte de um colega?

– Não estou criticando nada.

– Depois de tudo que aconteceu, é normal que queiram falar.

– A senhora está falando apenas do assassinato?

Respondo mentalmente:

21 de janeiro de 2008, Hervé Sartis, primeira tentativa de suicídio.

11 de agosto de 2008, Marc Vasseur, suicídio por enforcamento.

23 de junho de 2008, Vincent Fournier tenta estrangular Christine Pastres.

28 de dezembro de 2008, Vincent Fournier, primeira tentativa de suicídio, por defenestração.

28 de janeiro de 2009, Hervé Sartis, segunda tentativa de suicídio, por ingestão de remédios.

Digo:

– O senhor é um policial bem especial.

Ele ri.

Acho que está gostando de mim.

Surpreendo seu olhar em meus seios. Finjo não ter visto nada. A situação é imprópria. Sinto-me eufórica. Mais um efeito colateral do coquetel de anfetaminas e tranquilizantes.

Reoriento a conversa para um terreno conhecido.

– Minha sala de espera estava lotada hoje.

Ele também volta a ficar sério. Inclina a cabeça para me ouvir.

– Temo que cheguem às vias de fato. Dois pacientes me falaram em suicídio.

Ele dá uma olhada no caderno e na caneta, sem tocá-los.

– Mandei um deles, Hervé Sartis, para um colega psiquiatra de Guilherand-Granges. Ele queria se jogar do penhasco no caminho de volta para casa.

– Como pode ter certeza de que ele teria feito isso mesmo?

Inspiro. Algo trava em meu peito. Respondo:

– A dúvida.

– Isso nem sempre é suficiente. Talvez ele estivesse fazendo chantagem.

– Não brinco com a vida de meus pacientes. Eles exageram, dramatizam, dissimulam, alteram, amplificam, mas, no fundo, nunca estão mentindo.

Ele esboça um sorriso. Pergunto se está tirando sarro de mim. Ele simplesmente responde:

– A senhora parece estar bem convicta.

– Estou.

– Não sei. Talvez.

– Os mortos não mentem.

– E os vivos?

Perco a cabeça.

– Quem conta fábulas não costuma se jogar pela janela, pode acreditar nisso! Em qualquer experiência de sofrimento existe uma parte de verdade.

Revel me encara sem entender.

– Mas todo mundo está mentindo!

– Não para mim, tenente Revel. Não para mim.

Quero acrescentar:

Não para a mãe, a amante e a médica.

*

A noite se eterniza.

Richard Revel está fazendo rodeios. Noite em claro e dia carregado. São vinte e duas horas e cinquenta e quatro minutos, e suas pálpebras estão pesadas. Nunca estive tão acordada. Nossos cafés chegam. Revel toma o seu de uma tacada e pede uma aguardente. *Armagnac*. Declinei, qunado me ofereceu. Ele toma um segundo copo e depois outro.

Ele não aguenta bem o álcool, sua fala acelera um pouco. Posso olhar mais livremente para sua cicatriz. Grossa, levemente inchada. Três ou quatro centímetros de comprimento. Distingo nitidamente seis pontos de sutura. Trabalho de emergência.

Resolvo fazer uma pergunta:

— Como isso lhe aconteceu?

— Uma apreensão num caso de tráfico de drogas que acabou mal, quatro meses atrás.

— Essa cicatriz é enorme. Como se tivesse sido suturada por um não especialista.

— Fui eu mesmo que cuidei disso.

— Não teria sido bom cirurgião.

— Eu não tinha o necessário para anestesiar a dor.

Ele me olha de forma estranha. Leio em seus olhos: Xanax, Rivotril, Pondera, Isomeride demais.

Penso: como adivinhou?

Ele acrescenta, incomodado de repente:

— Não, estou brincando. Não preste atenção no que estou dizendo.

— Está dizendo qualquer coisa.

Na mesa ao lado, três representantes comerciais de terno barato e cabelo engomado levantam a voz. Risos e piadas duvidosas ecoam na sala. Quatro garrafas de vinho e copos de conhaque vazios reinam entre os pratos. Os olhares convergem na direção dos homens, que disputam a conta. O mais velho, um homem de rosto vermelho e barriga proeminente, vence com ar de satisfação.

Revel suspira ruidosamente. Seus olhos brilham.

– Não tenho muita resistência para álcool.

– Eu já tinha percebido.

Seus olhos brilham, mas não creio que o álcool seja o único responsável.

Bocejo, fingindo ter sono. Ele não insiste e dá uma risadinha. Empurra seu último copo para o meio da mesa sem tocar nele.

Um silêncio polido se instala.

Não por muito tempo. Sem que eu saiba exatamente como, a conversa se orienta para as relações entre homens e mulheres e me surpreendo falando das *Lettres à Franca,* de Althusser. O assunto parece fascinar Revel. Especialmente os trechos sobre a vida do filósofo marxista e o fato de ele ter matado a mulher. Explico, sem conseguir convencê-lo, que sua obra não pode ser reduzida a esse ato de demência. Revel parece ser o tipo de pessoa que julga um homem em função de seus atos, não de suas ideias. Ele me faz prometer emprestar-lhe meu exemplar. Concordo.

Revel acha que estou gostando dele.

Está errado. Fico calada. É um tira. Matei um homem. Vai acabar entendendo. É só uma questão de: dias, horas, minutos, talvez.

Dou um sorriso.

Ele toma isso como um convite, pois se sente confiante por causa do álcool e acredita ter entendido tudo.

Sua mão desliza em direção à minha.

Nossos dedos se roçam.

Não tiro os meus.

Sua pele é macia. Eu me surpreendo por gostar disso.

O que faço?

Ele firma os dedos e se debruça para me beijar. Recuo. Com um segundo de atraso.

Meu coração dispara.

Digo:

— Preciso ir ao toalete.

Ela dá de ombros, porém fica calado. Levanto-me e me apresso para o canto oposto da sala. Estou quase correndo. Precipito-me no banheiro, levanto a tampa da privada e regurgito o café.

*

Quando volto, a mesa está vazia. Procuro Revel com o olhar. Está acotovelado no balão, com o talão de cheques na mão. Conversa com o dono e paga a conta. Pego o casaco e a bolsa e vou esperar por ele.

O mistral se acalmou, o céu está limpo. Faz um frio glacial. Ergo a gola do casaco, arrumo a echarpe e sinto um calafrio. Hesito em ir até meu carro e sumir.

Um minuto depois, ele me alcança.

Mantendo uma distância respeitável:

— Lamento pelo que aconteceu há pouco, pensei que...

Meneio a cabeça para que ele pare de falar.

Sou eu que lamento.

Penso: meus lábios sobre sua cicatriz, minha língua sobre sua cicatriz, meus seios sobre sua cicatriz.

Eu gostaria de lhe dizer que o desejo, mas imagino que não seja possível sem provocarmos uma catástrofe.

Quero dizer: sou velha demais para você e você não precisa de mãe.

Digo:

— Você é jovem demais.

Ele tira um maço de Camel do bolso, arranca o celofane que o protege e o oferece para mim.

– Cigarro?

Aceito.

Com orgulho, ele exibe um Zippo e o acende a dez centímetros de meu rosto. Puxo a fumaça e não trago. Observo-o fumando. Por pouco ele não engasga.

– Você não é fumante, estou enganada?

Ele confirma com a cabeça e olha fixo para a ponta incandescente do Camel.

– Comprei isto hoje à tarde ao sair da delegacia.

– Não combina com você.

Ele faz uma careta. Não tenho certeza de que tenha gostado do elogio.

– Um amigo meu fumava esta marca.

– Um policial, assim como você?

– Não.

Ele diz:

– Um tira. Mas não como eu.

Não faço nenhum comentário. Está frio, minhas roupas ficaram com cheiro de fritura. Limito-me a fumar meu cigarro em silêncio. Dois carros passam buzinando. Um terceiro vem estacionar bem diante de nós. Uma mulher bêbada sai de dentro com dificuldade, tranca a porta e vai embora cambaleante sem olhar para nós. Aspiro mais duas vezes, jogo o toco na calçada e o apago com o salto.

Ajusto a alça da minha bolsa no ombro.

– Vou embora.

Ele pigarreia e joga seu toco na sarjeta com um gesto desajeitado.

– Uma última coisa. Você...

Ele hesita.

– Posso tratá-la por "você"?

– Por favor.

– Esqueci de perguntar o que você fazia na hora do crime.

Quase aliviada: chegamos lá.

Dissimulo:

– A que horas?

– Sexta-feira, por volta das vinte horas e trinta minutos.

Reflito durante alguns segundos.

– Saí do trabalho às dezenove e trinta, depois da consulta com Vincent. Mas você já sabe disso.

Ele confirma com a cabeça.

– Depois, voltei diretamente para casa. Tomei drinque, trabalhei um pouco em minhas perícias. Vi uma série ou um programa insignificante na televisão e depois fui me deitar.

– Alguma visita? Alguém ligou?

– Não. Nada naquela noite.

Apresso-me a acrescentar:

– Tenho dificuldade para dormir. Tomo soníferos. Talvez alguém tenha tentado entrar em contato comigo, mas creio que não.

– Você não consulta sua secretária eletrônica?

– Não havia nada.

– Portanto, nenhum recado de Vincent Fournier.

– Nenhum.

Mentalmente, anoto: nenhum álibi.

– Você mora sozinha?

Confissão de impotência:

– Sim, e você?

– Isso não tem importância.

Sozinho, assim como eu. Do contrário, o que estaria fazendo aqui, a esta hora da noite, nesta porcaria de rua, com uma médica fedendo a transpiração, hormônios e medo, quinze anos mais velha do que ele?

— Está suspeitando de mim?

O sorriso que se desenha em seus lábios parece querer dizer que não, porém seus olhos gritam o contrário.

Ele diz com voz calma:

— Que motivos uma médica pode ter para matar um paciente do qual cuida há anos?

Não encontro nada para responder.

Estou exausta.

— A gente se vê amanhã, no *call center*?

— Estou a sua disposição.

— Boa noite, Carole.

— Boa noite, tenente.

*

Duas ruas adiante, o Audi está esperando por mim. A luz do poste não funciona, está escuro. Enfio a mão na bolsa e retiro um molho de chaves, que, tateando, insiro na fechadura.

De repente, entendo que em nenhum momento evoquei a outra história. Apenas passei as três últimas horas me justificando e mentindo.

Abro a porta e, aos prantos, desmorono no assento da frente.

Não importa o que eu faça, sempre acabo sozinha atrás do volante.

Sinto uma crise de histeria subir dos pulmões para o cérebro à velocidade de um relâmpago. Luto contra ela. As lágrimas redobram, correndo por meu rosto e pelo pescoço. Luto ainda mais e aguento firme. Ligo o motor, piso no pedal de embreagem e engato a primeira, fazendo ranger a caixa de câmbio.

22

Porcaria de alameda, porcaria de degraus, porcaria de luz automática.

Um cheiro de gratinado e bolo de chocolate me recebe em casa. Fecho a porta da entrada e subo os degraus sem entender. Largo meus pertences no sofá, tiro o sapato e vou até a cozinha. Na mesa, um prato, talheres e uma vela quase toda consumida. No prato, um recado, rabiscado às pressas na frente da página *16 de março* do calendário.

Minha filha.

Que mãe é capaz de esquecer a filha para ter um jantar inútil com um tenente de polícia que ela nem conhece?

O recado: *Às vinte e três horas, pensei que talvez você não fosse voltar. Amanhã me levanto cedo e fui deitar. Tem batatas gratinadas no forno e dois* petits gâteaux *na geladeira. Se quiser comer minha parte, não estou a fim de comer sozinha. Não é como se não estivéssemos acostumadas com encontros perdidos... Espero que esteja bem. Ligue-me de volta.*

Saco, saco e saco.

Volto até a sala para pegar meu celular e digito o número dela. Ouço o recado da caixa postal antes mesmo do primeiro toque. A voz de Vanessa: "Olá, não estou disponível agora, mas...". Desligo e me xingo de todos os nomes possíveis. Aperto a tecla *redial*. Mesmo resultado. As palavras não saem da minha garganta. Desligo mais uma vez.

Penso: uma coitada, uma médica, uma safada.

Não uma mãe.

Corro para o quarto, abro a gaveta da cômoda tremendo e retiro uma caixa de Stilnox. Um, dois, três comprimidos.

Na língua, no fundo da garganta.

Engulo.

Quatro, cinco, seis, na língua, na garganta.

Engulo mais uma vez.

Sete, dez, vinte. Sufoco, cuspo, engulo a bile. Engulo.

Parar o mais depressa com toda essa merda.

Volto à cozinha, agarro a maçaneta do armário acima da lava-louça e puxo-a com toda a força. Pego uma garrafa de aguardente ao acaso, retiro a tampa e levo o gargalo até os lábios. Um, dois, três goles. Os comprimidos descem na garganta. Bebo e sinto que fervilho, e digo a mim mesma: agora, faça isso! Agora! Pense em Vincent Fournier, em Hervé Sartis, em Marc Vasseur, em Patrick Soulier. Pense nos mortos e nos sobreviventes que também desejam morrer. Pense em seu trabalho de adestradora de ratos, em seu consultório repleto de cadáveres, em todos aqueles que você perdeu, naqueles que você sujou e estragou, nos encontros de uma noite, nas transas de uma hora, na sua vida errada. Porcarias. Cólicas, enxaquecas, insônias, diarreias. Porcarias, porcarias. Fibromialgias, alopecias, *burn-out*, angústias, neuroses. Porcarias, porcarias. Pense nisso e não descarte nada. Beba outro gole e diga que não vai acordar.

Não vou acordar.

Repita comigo: não vou acordar.

Em voz alta:

— Porcarias, porcarias, porcarias!

Bebo outro gole e me dobro, o corpo sacudido por um espasmo de inacreditável violência. Sinto uma queimação do estômago até a garganta. Desabo sobre o piso. O segundo espasmo é ainda mais terrível. Engulo com dificuldade, mas já é tarde demais. Berro de raiva, e minhas entranhas saem pela boca como um gêiser de cólera e medo. Sangue, álcool e comprimidos corroídos pela bile. Choro, cuspo e vomito até que não haja mais nada senão uma poça de sangue, de lágrimas ácidas e comprimidos brancos. Sobre meu queixo, minhas mãos, minhas roupas. Sobre minha vida sem fim.

A única coisa em que penso antes de desmaiar de vez: ver Patrick Soulier e entender por que ele não disse nada ao tenente Revel.

23

O contato com a realidade é doloroso. Meu crânio carrega uma porção de pregos com pontas afiadas. Tum! Tum! Os efeitos do Pondera se dissiparam. Meus membros pesam toneladas. Tento levantar as pálpebras. Miríades de agulhas furam meus globos oculares. Recosto-me e procuro desesperadamente uma posição que não me faça gritar de dor. Um cheiro repulsivo nas narinas. Tum! Tum! Passa-se um lapso de tempo de duração indeterminada antes que eu encontre forças para repetir meu gesto.

Um telefone está tocando.

Segunda tentativa.

Percebo que meus olhos já estão totalmente abertos.

Visão opaca.

Levanto o braço e toco a cabeça com a mão. Sinto uma crosta de sangue seco e vômito grudada no supercílio direito. Tum! Tum! Esfrego os olhos até conseguir abri-los.

Visão dupla, tripla, quádrupla.

Endireito o corpo. Uma voz grita em algum lugar de minha cabeça.

Agarro-me à mesa, escorrego sobre algo gelatinoso, consigo me levantar. Tum! Tum! O toque do telefone para um instante antes de recomeçar, ainda mais nítido e violento. Tum! Tum! Minha garganta está seca, um assobio agudo escapa de meus pulmões. Se isso for o inferno, é bem pior do que eu imaginava.

Tum! Tum!

Água.

Preciso chegar ao banheiro. Avalio a distância em dois metros atrás de mim. Uma série de vertigens me obriga a fechar os olhos. Reteso os músculos, viro-me lentamente e projeto minha massa no ar. Agarro a pia, estico a mão, o barulho familiar da água que corre no ralo. Minha garganta está queimando.

Tum! Tum! Tum!

Mergulho a cabeça até ficar imersa.

No ritmo dos tambores em meu crânio, do toque do telefone e de uma voz que grita ininterruptamente: porcaria, porcaria, porcaria...

*

Recobro a consciência no boxe do chuveiro. Estou encolhida no chão, um jato de água fervente atinge minhas costas e meu quadril. Minha visão está turva, mas as formas parecem estar em seu lugar. Agacho-me para avaliar o equilíbrio. Parece estar firme. Ergo-me totalmente. Minha cabeça está girando um pouco, mas as sensações voltam. Sede, fome, cólica, dor no ombro e uma enxaqueca terrível. Deixo correr a água por mais um minuto antes de esticar a mão e fechar a torneira.

O telefone continua tocando.

Que horas são?

Saio do chuveiro e pego uma toalha. Uma sombra no espelho. O corredor é interminável. Encontro meu celular e uma cartela de Isomeride na bolsa manchada de bile marrom. Engulo dois comprimidos, aperto uma tecla para ver as horas. Três horas e quinze minutos. Volto ao quarto para vestir roupas limpas.

Esse maldito telefone continua tocando.

Vou até a cozinha, onde encontro uma caixa de cereais, e devoro um punhado com a mão. Meu estômago parece aguentar. Minha cabeça vai explodir. Abocanho e engulo um segundo punhado, tomando o cuidado de mastigar tanto quanto possível. Tomo um copo de água para ajudar a descer. Os efeitos psicoanalépticos da droga percorrem meu sistema nervoso. O cômodo diminui até chegar a um tamanho aceitável. Novo copo de água. Dou uma olhada no forno sem ter coragem de acendê-lo. Abro a geladeira, belisco um pedaço do *petit gâteau* de minha filha. Não mais que uma garfada. Outro copo. Saio com dificuldade da cozinha e cambaleio no corredor até o banheiro. Sento na privada, com a calcinha baixada até os tornozelos. Os eventos dos quatro últimos dias desfilam depressa sem que eu consiga diminuir seu ritmo.

Retroativamente:

O jantar com Revel, os dedos que se roçam, um carro lançado no barranco. A reunião com os representantes do pessoal, andar térreo, ambiente elétrico. O cheiro da transpiração nervosa de Alain, suas mãos, o desfilar de consultas, os sindicalistas que me olham de soslaio, rostos deformados pelo ódio e pelo medo. Vuillemenot, Fraysse, o dinheiro, de novo o dinheiro, os números e o lucro. Xanax, Rivotril, Pondera, Isomeride e Stilnox. O rugido de uma serra contra meu crânio. De novo o tenente Revel. Os jornalistas e os clamores dos funcionários furiosos. Os ruídos da cidade. As rajadas do mistral no capô do Audi. A voz de minha filha. A voz de meu pai saindo da terra e das lembranças da infância. Então, o rosto de Vincent Fournier, borrifado de sangue e de pedaços de cérebro.

Tambores e trompas redobram ruidosamente.

Levanto-me para que parem.

A algazarra diminui.

Dou alguns passos ao léu.

Sobre a cômoda, à direita da televisão, o telefone fixo está berrando. Dirijo-me até lá para atender. Distingo uma voz longínqua, mergulhada em uma nuvem de chiados.

– Quem?

– Richard Revel.

O papel de parede e o teto começam a dançar uma valsa. Com uma mão agarro o móvel. Preciso me esforçar para não largar o telefone. Inspirar, expirar. Minha respiração está curta. O tenente Revel repete: alô? Alô? Alô? Apesar de tudo, encontro forças para murmurar um começo de resposta.

Ele está preocupado:

– Você está bem?

– Já tive noites melhores. O que quer?

Meu tom é agressivo; sua respiração, acelerada. Os móveis e as paredes giram ao meu redor numa velocidade louca. Carrossel infernal.

– Patrick Soulier foi parar na UTI, em estado crítico.

A informação mal consegue encontrar um caminho até a parte *tratamento* do meu cérebro.

– Meus homens o encontraram enforcado no portão de entrada do *call center*.

Balbucio:

– Foi crime?

Suas palavras nunca foram tão claras:

– Tentativa de suicídio.

Segunda parte

24

A silhueta branca do Centro Hospitalar de Valence-le-Haut se ergue no meio dos halos dos postes de luz e dos estacionamentos como uma aparição maléfica surgida do passado. Meus anos de internato. De setembro de 1990 a junho de 1992, no departamento do dr. Giard. Ala de meningite, andar da pediatria. Paredes decrépitas, pintura gasta e enfermeiras esgotadas. *Turnover, burnout,* olheiras. Crianças em coma, crianças com olhos escancarados fitando lugar nenhum, crianças com cabelo raspado amputadas de parte de sua vida. Dois, cinco, dez anos. Pais condenados a esperar. Um punhado de eleitos. Punções lombares, tomodensitometria cerebral e berros. Septicemia, vômitos, enxaquecas, epilepsia, confusão. Sintomas, patologias, quadros clínicos e tratamentos.

*

Inspiro profundamente, engato a primeira e entro no estacionamento central. Paro o carro diante do pronto-socorro. São cinco e meia e estou no mesmo estado que um paciente que volta da sala de cirurgia após uma operação com anestesia geral.

Em algum lugar lá dentro está Patrick Soulier, com marcas vermelhas deixadas por uma corda em volta do pescoço.

E também: Richard Revel, sua investigação e o cadáver de Vincent Fournier que está nos vigiando.

Solto o ar.

Puxo o freio de mão, abro a porta e ponho o pé no asfalto gelado. Uma crise de vertigens me obriga a ficar sentada por mais um minuto. A descarga de adrenalina decorrente da ingestão de comprimidos de anfetamina já passou.

Passa mais rápido a cada vez.

Segunda tentativa. Temporariamente, o chão para de se mexer e parece aceitar meu peso.

Bato a porta e caminho em direção à recepção.

As portas de vidro deslizam. Um cheiro de desinfetante, de comida liofilizada e de mijo agride minha garganta. Cerca de dez pessoas resignadas esperam sua vez em banquetas de plástico laranja. Um letreiro indica o número 67. Vou diretamente até a enfermeira de plantão.

– Doutora Matthieu.

– Por favor, queira esperar sua vez.

Reflexo condicionado e gestos mecânicos. Com o indicador, ela aponta para o letreiro, e então para a faixa amarela.

– Vou chamá-la quando for sua vez.

Coloco as mãos sobre o tampo do guichê. Ela levanta a cabeça. Repito:

– Doutora Carole Matthieu.

Ela suspira, inclina a cabeça de lado.

– O que é?

– Patrick Soulier.

Irritada, ela me corta:

– Não estou com a lista...

– Chegou há cerca de quatro horas, com policiais. Tentativa de suicídio por enforcamento.

Alguns olhos se viram em nossa direção. A palavra *suicídio* em tom agressivo sempre provoca essa reação.

A enfermeira diz:

– Ah!

Emendo, designando com o queixo a porta da emergência:

– Você abre para mim?

Ela hesita.

– Sou a médica dele.

Ela olha para o letreiro acima de sua cabeça, para as pessoas esperando, e de novo para o letreiro. Sinto que examina cada mínima parcela de meu rosto. Ela vê: olhos injetados de sangue, olheiras, tiques nervosos, tez pálida. Leio em seus olhos: esgotamento, comprimidos para aguentar o tranco, depressão.

Outro olhar de relance para o letreiro, mais um para a sala de espera.

– Patrick Soulier. Suicídio por enforcamento.

– Sei.

Ela suspira mais uma vez em menos de um minuto e aperta um botão.

Um clique, as portas se abrem com um rangido.

Ela me encara outra vez, com a cabeça tão inclinada que tenho a impressão de que está deitada sobre o ombro.

– Noite ruim, hein!

Se você soubesse.

Em voz alta:

– Obrigada.

As pessoas que estão esperando me lançam olhares carrancudos. Sigo em frente antes que a enfermeira mude de opinião.

Uma voz me interpela:

– Doutora.

Uma voz que conheço bem.

Olho para trás, sem diminuir o passo. As portas se fecham sobre a silhueta atormentada de Salima Yacoubi, segurando uma bolsa contra o peito.

*

Com ar cansado, o tenente Revel anda de um lado para outro diante do quarto número 9. Um agente de farda monta guarda, sentado numa cadeira colocada diante da porta, e está meio sonolento. Não passa de um garoto, cabelo bem curto e sapatos lustrosos. Ele levanta a cabeça quando chego, lança um olhar para seu superior antes de baixar de novo a cabeça. Revel vem a meu encontro. Barba de um dia e pálpebras semicerradas. Um cheiro de tabaco frio impregna suas roupas.

– Obrigada por ter me avisado.

Ele se esforça para sorrir, os olhos mergulhados nos meus, como se estivesse me sondando.

– Tudo bem?

Faço uma careta.

– Você não parece nada bem.

– Prefiro que me chame de senhora – digo, irritada, mostrando o agente de polícia com a cabeça.

Seu sorriso se contrai.

– Há quantos dias a senhora não dorme?

Descarto sua pergunta com um gesto de mão.

– O que aconteceu, exatamente?

– Meus homens o descobriram à uma e trinta e cinco. Parece que escalou o portão, enrolou um cabo telefônico de três metros na grade de metal que fica no alto e se deixou deslizar depois de ter passado a outra extremidade em volta do pescoço.

– Um suicídio...

– Nenhum indício de violência, grande quantidade de álcool no sangue. Encontramos latas de cerveja e uma garrafa de gim praticamente vazia no banco da frente de seu carro.

– Ele nunca deveria ter voltado ao trabalho.

– No fim da custódia, ele disse que não havia nada de que pudesse se sentir culpado. Que ninguém podia impedi-lo de voltar ao trabalho e dar o melhor de si. Você... A senhora está pensando em quê?

Penso na carta que ele me deixou. Penso que sou a única responsável por seu gesto. Penso que, por uma vez, a empresa que o emprega não tem nada a ver com isso. Ele não me denunciou, mas por quê? Fez isso por conta própria. Mas por quê? Sabe quem matou Vincent Fournier, mas prefere morrer como culpado presumido. Puxa, por quê?

Penso: sou culpada.

– Como ele está?

Revel vira a cabeça em direção ao quarto número 9.

– Está em estado crítico. O cérebro não recebeu oxigênio durante bastante tempo. Está sob o efeito de tranquilizantes.

Dou uma olhada ao nosso redor. Um interno passa assobiando, de pasta na mão, seguido por uma enfermeira obesa que arrasta os pés. O barulho de seus sapatos ecoa no corredor por um instante, antes de ser encoberto pelo choro de uma criança recém-nascida.

As palavras saem involuntariamente:

– Ele falou?

– Não.

Sinto uma ponta de hesitação.

– Quando eles o tiraram da grade do portão, seu rosto estava vermelho-vivo, as orelhas e o nariz começavam a gelar e o pescoço tinha inchado.

Justaposição do rosto de Vincent, coberto de sangue e de pedaços de cérebro, com o do vigia. Meneio a cabeça para afastar a imagem da mente.

Digo:

– Patrick é um cara legal.

Revel demora a responder. Imagino que tenha sua teoria sobre o assunto. Seu olhar parece dizer: os inocentes não se matam. Mas sei que acontece precisamente o contrário.

– O que me intriga é por que ele fez isso no local de trabalho.

Olho-o com desprezo.

– E a quem o senhor acha que ele queria oferecer a visão de seu cadáver em primeira mão? Aos filhos ou aos colegas de trabalho?

– Eu não havia visto as coisas sob esse ângulo.

– É porque seu *ângulo* é o da culpa e das provas da acusação. Patrick é um cara legal mesmo. Simples assim.

Revel confirma com a cabeça, para manifestar sua vontade de *tentar* aceitar minha teoria.

– Está esperando aqui para interrogá-lo, não é?

– Caso ele acorde.

– Posso vê-lo?

– Se quiser, mas no estado em que se encontra...

– O corpo revela muito mais do que você pensa, tenente.

Sem esperar sua resposta, contorno-o e empurro a porta do quarto. Estou prestes a vomitar os dois torrões de açúcar que engoli antes de sair de casa.

O espetáculo é bem pior do que eu esperava.

*

Um pesadelo. O rosto de Patrick Soulier está irreconhecível. Uma sonda respiratória mergulha na laringe e na traqueia, esmagadas pelo cabo elétrico no momento em que o corpo caiu. Um assobio agudo sai dela. O peito se eleva num ritmo espantosamente lento. O pescoço e as pálpebras estão inchados como se fossem bexigas; o coração, ligado a uma máquina, faz: *bip-bip, bip-bip...*

Engulo saliva e puxo a porta atrás de mim. O policial passa o pé pela abertura e entra no quarto em silêncio. Revel o segura pelo braço e lhe murmura para nos deixar sozinhos. Aproximo-me da cama.

Bip-bip, bip-bip.

Na minha cabeça: a cadência do monitor. O clique da trava de segurança do gatilho. A detonação da Beretta. O estalo frouxo do cérebro de Vincent Fournier que se espalha nas paredes de madeira compensada de seu posto de trabalho. O toque interminável do telefone. Todos esses barulhos, um por um, e sobrepostos.

Como um maldito pesadelo.

A realidade: pego a mão de Patrick Soulier, desmorono sobre o cobertor e choro aos prantos, suplicando-lhe que me perdoe.

*

Dez minutos depois, saio do quarto número 9. Meus olhos estão secos. Estou dopada graças àquelas pequenas pílulas mágicas. A luz do neon dá ao corredor um leve tom sépia e tenho a impressão de que meus membros se mexem em câmera lenta.

Revel está esperando de pé no corredor com um interno de cabelo seboso que segura raios X na mão. Vira-se num movimento brusco assim que apareço e agradece a seu interlocutor antes de vir até mim.

O mesmo olhar de cachorro pidão da véspera, quando roçou sua mão na minha. O mesmo ar que parece dizer: o jogo ainda não acabou, simplesmente nunca começou.

Com o queixo, designo o interno.

– São os resultados da radiografia de Patrick Soulier?

Revel confirma com a cabeça.

– O interno disse que Soulier teve um acidente vascular cerebral que danificou parte de seu cérebro de forma irremediável.

– Que parte?

– As funções motrizes.

– Paralisia.

– O lado esquerdo não responde mais. Ele também disse que não há nada que se possa fazer senão esperar que ele acorde para ver como vai reagir.

– Se acordar.

– Se acordar – repete Revel maquinalmente.

Fecho os olhos para digerir a informação, mas ela desliza na superfície de meus pensamentos sem penetrar neles. No momento em que abro os olhos o tenente está trocando algumas palavras em voz baixa com o agente de plantão. Faço um sinal para dizer que vou embora, mas ele me pede que espere o fim da conversa, batendo com o dedo no mostrador do relógio.

Um cheiro de café toma conta do ar. As anfetaminas aumentam minhas capacidades sensoriais. O gesto de uma enfermeira, do outro lado do corredor, que está guardando uma caneta no bolso do jaleco. Uma torneira aberta, a descarga de uma privada, as rodas de um carrinho empurrado sobre o linóleo corroído pela água sanitária. A impressão de ser uma ave de rapina, empoleirada no cume de um penhasco, à espreita do movimento de qualquer animal.

O cano da Beretta que cospe fogo. *Bip-bip*, *bip-bip*, o barulho do monitor, atrás da porta número 9. Pesadelo, realidade. A poça de sangue que se espalha debaixo da cadeira e a corda que range sob o peso do corpo. Soulier, Fournier. Pesadelo, realidade. Sartis, Caül-Futy, Mangione, Pastres e os outros. A versão oficial: os covardes e os frágeis contra o resto do mundo. A outra história daqueles que morrem em silêncio sob os golpes violentos das regras contábeis e cujos fantasmas assombram a versão oficial.

Não vou aguentar por muito tempo.

Afastar os fantasmas, segurar a mão dos mortos-vivos, fugir dos vivos.

Caminho em direção à saída. Na recepção, a enfermeira diurna começou seu turno. Realidade. Exploro a sala de espera com o olhar. O fantasma de Salima Yacoubi, a bolsa contra o peito, desapareceu. Pesadelo.

*

Richard Revel me alcança no estacionamento.

– Carole!

Finjo não ter ouvido, tiro minhas chaves e entro depressa no carro. Ele bate na porta antes que eu tenha tempo de ligar o motor. Desço o vidro.

– Você não me chama mais de doutora?

Ele sorri. Não me sinto capaz, porém o Pondera e o Isomeride resolvem outra coisa. Faço uma careta que deve parecer um convite, a julgar pela reação de Revel, que coloca a mão sobre meu antebraço.

– Você me dá uma carona?

– Não ia esperar Soulier acordar?

– Meu colega vai me avisar, se for o caso.

Retiro meu braço e ponho as mãos sobre o volante. Revel contorna o Audi e se acomoda a meu lado. Uma rajada de vento invade o carro. Ele bate a porta. Insiro a chave na partida. Ele me impede de continuar meu gesto e cola seus lábios nos meus.

Consigo dizer-lhe que pare. Ele insiste e tenta de novo. Empurro-o com um gesto brusco. Seu cotovelo bate no painel, ele abafa um xingamento. Fico calada, olhando bem na minha frente as bolas brancas dos postes de luz e os esqueletos sinistros dos plátanos. Sinto seu olhar fixo em mim. Viro a cabeça para enfrentá-lo.

– Escute, Richard. Não leve a mal, mas tenho idade para ser sua mãe, e você é o policial que investiga o assassinato de um de meus pacientes.

– E daí?

Agora, estrias púrpuras se espalham por suas bochechas e seu pescoço, desenhando uma auréola mais clara em volta de sua cicatriz. Deixo minha cólera explodir.

– E daí que é doentio, porra!

– Acho você atraente e isso me basta.

– Sou feia e estou esgotada. Há séculos que não durmo, vomito tudo que engulo, tenho o corpo de uma velha de oitenta anos, preciso tomar comprimidos para aguentar, há meses que não transo – e, francamente, nem tenho certeza de estar com vontade –, os pacientes dos quais cuido se enforcam e se jogam pelas janelas, larguei minha filha ontem à noite para jantar com um tira que talvez esteja na universidade com ela e, para coroar, estou com cólica. Seu interesse me comove muito, mas sou médica e você, tenente de polícia. Sou depressiva e sei que você precisa de algo diferente. Não tenho nada para lhe dar, minha vida não vale nada...

– Você cuida das pessoas, carregando-as quase nos braços, o que não é pouco!

Sua mão em meu ombro, seus dedos sobre a pele da minha nuca. Balbucio:

– Você não sabe quem eu sou.

– Quero conhecer você!

– Posso lhe garantir que não valho a pena.

– Tenho certeza do contrário!

– Pare com isso.

Ele eleva a voz, eu também.

– Estou interessado em você!

– Pare com isso!

Meneio a cabeça, na falta de argumentos. Tapo os ouvidos e tento me soltar. O aperto de sua mão aumenta. Tenho a impressão de sufocar, mas ignoro se é por causa das anfetaminas ou de suas mãos sobre mim. Grito e me contorço. Ele não me solta. Grito e o esbofeteio, ele me solta imediatamente.

— Ah, saco! Lamento por isso.

Estendo a mão em direção a seu rosto. Ele recua e fica calado.

Lamento, lamento, lamento.

Coloco o cinto e dou a partida.

Lamento tanto.

O estacionamento, a via de acesso, a Rodovia 7. As janelas se iluminam nas fachadas das casas, os primeiros carros se apressam, empurrados pelo mistral, rumo a Valence.

Revel volta a falar, com voz meio abafada:

— Patrick Soulier me contou ter sido agredido várias vezes no local de trabalho.

— De fato, uma única vez.

— Lembro-me de ter anotado o número 3.

Ele tira o caderno de anotações do bolso e o folheia.

— Foi atacado uma vez só no trabalho. As duas outras agressões aconteceram na casa dele.

Faço uma pausa antes de perguntar:

— Como você faz?

Ele levanta a cabeça.

— O quê?

— Como você faz para mudar de conversa sem mais nem menos, num estalar de dedos?

Reproduzo o gesto com a mão direita.

Ele dá risada.

— E você, como faz para dissociar seu trabalho da vida privada?

— Não tenho mais vida privada.

— Sendo assim, você tem a resposta a sua pergunta.

Cerro os dentes. Ele continua:

– Agora, que tal me contar sobre a ligação que existe entre as agressões de que Soulier foi vítima e Vincent Fournier?

– Nenhuma.

– Não acredito.

– O que é isso? Um interrogatório?

– Parece?

– Você funciona sempre dessa maneira com as pessoas que interroga? Tenta beijá-las e depois faz perguntas?

– Tenho certeza de que sabe muito mais do que quer contar. Estou enganado?

– Quem pôs isso na sua cabeça? Alain?

– Pettinotti?

– Saco, Richard!

– Alain Pettinotti? O sindicalista? Qual é a ligação entre Fournier e Soulier?

– Nenhuma, é o que não me canso de lhe dizer. Fora o fato de eles trabalharem na mesma empresa.

– Tenho um relatório que diz que...

– Que relatório?

Ele abre de novo o caderno, folheando-o, antes de pôr o indicador em uma página.

– Comissão de Higiene e Segurança. Dia 12 de junho de 2008. Reunião extraordinária. Leio: agressões, licença médica, fraturas. Investigo os vínculos, elaboro hipóteses, faço conexões.

– Tudo isso aconteceu há quase um ano.

– Está tudo vinculado.

Sinto o coração disparar. Richard está começando a entender. Esse tira sabe trabalhar.

Ele diz:

– Não creio que alguém se deixe assassinar à toa em seu local de trabalho.

Seu olhar, fixo no lado direito do meu rosto. Penso: Isomeride para aguentar, Beretta para pôr fim ao meu calvário. Sinto um nó retorcendo o estômago. Ignoro se é um começo de alívio ou de angústia. Faço uma careta e fico calada.

— Não acredito que Vincent Fournier tenha morrido sem motivo. E você pode me ajudar.

Meu coração para de bater.

Penso: sim, posso ajudá-lo, quero ajudá-lo, do fundo da minha alma, mas você ainda precisa avançar sozinho. Ainda não fiz tudo o que precisava fazer.

Digo mecanicamente:

— Ajudar você a quê?

— A entender por quê.

— Então esqueça as aparências e escute a história que todos os funcionários têm para lhe contar.

— É exatamente o que estou fazendo desde o começo.

— Você é do tipo que sempre quer falar por último, não é?

Ele não responde e vira a cabeça. Se o desestabilizei, ele não demonstra nada. Meu coração volta a bater.

Penso: tudo está ligado, Vincent, Patrick, Hervé, Christine e Salima, Fraysse e Vuillemenot, eu e o tira. Nó no estômago, nó na garganta. Quero gritar, porém fico calada olhando para os plátanos enfileirados na beira da rodovia. O vínculo? A organização do trabalho. O vínculo é o gerenciamento baseado na ameaça. O vínculo? Eu, eu e eu ainda! Penso: pesadelo, pesadelo, pesadelo. Fico calada para não sair da estrada e bater com o carro numa árvore.

Ao acaso, pego duas pílulas mágicas no bolso e as coloco discretamente sobre a língua. Revel pisca os olhos sem deixar de olhar para o acostamento. Talvez tenha sacado meu jogo.

Digo:

— Estamos chegando.

25

Valence, 8 de agosto de 2008

Laudo pericial 2/2 – Sr. Albert Vitalis – Inspeção de Trabalho da Drôme.

Recebi a sra. Carole Matthieu pela segunda vez em 07/08/2008, em meu consultório de Guilherand-Granges.

Histórico profissional: a sra. Matthieu nos explica seu histórico profissional e o contexto de sua contratação no call center.

Iniciou sua carreira como interna e depois como médica de pronto-socorro. Após seis anos, entendeu que isso não lhe convinha e que os horários eram incompatíveis com a vida familiar. Quando teve sua filha, a sra. Matthieu quis um cargo mais estável. Primeiro, encontrou uma posição num CHU, *em que trabalhou durante vários anos, e em 2002 foi para o* call center. *O contato com o empregador foi bom, mas as condições de trabalho dos funcionários da empresa logo decaíram. A sra. Matthieu não percebeu isso imediatamente, por estar muito envolvida na educação e na escolaridade de sua filha, principalmente depois de seu divórcio, em junho de 2003.*

Ao ter consciência do enrijecimento das "regras profissionais", ela alertou seus superiores, os quais teriam feito promessas que, por sua vez, ela transmitiu a seus pacientes. A sra. Matthieu manteve a confiança, aceitou "as regras do jogo", como disse, dentro de um contexto econômico difícil. Entretanto, suas relações com a diretoria esfriaram (opressão, intimidação, recusa de cumprimentar etc.).

A partir de então, a execução de sua missão se deteriorou e logo ela entendeu que os recursos destinados à saúde e à gestão do estresse no trabalho eram subestimados e até reduzidos de propósito.

A sra. Matthieu viveu esses momentos com dificuldade, ainda mais depois de ter ouvido alguns gerentes falar dos funcionários usando termos como "socialmente dependentes", "gordos demais", "segurados", "grandes bostas", "privilegiados" etc. A agressão da qual foi vítima aconteceu em um momento difícil de sua vida profissional, quando ela questionou suas próprias práticas, o sentido de sua atividade e de sua função na empresa e a realidade dos tratamentos que fornece a seus pacientes. A seu ver, é principalmente por causa disso que foi agredida.

A sra. Matthieu sofre de um sentimento permanente de medo, tem dificuldade para se projetar no futuro. Diz ter perdido o gosto por seu trabalho. Afastou-se progressivamente das atividades organizadas pelo comitê da empresa, não frequenta mais a casa de colegas ou amigos e passa a maior parte do tempo entre seu consultório e sua casa, sem tirar férias.

A esses sintomas se acrescentam distúrbios do ouvido interno com vertigens e sensações de "balançar" em decorrência de uma otite em 2004. Parece que ela toma ansiolíticos, embora negue veementemente. Peço que sejam feitos exames sanguíneos para verificar essa questão. Além disso, ela afirma não fumar nem beber.

Ausência quase total de sexualidade desde a agressão.

Biografia e antecedentes: a sra. Matthieu nasceu em Briançon, de pai metalúrgico e mãe assistente social. É a primogênita de quatro filhos. Teve epilepsia diagnosticada aos cinco anos, tratada com Depakene e Alepsal. Essa epilepsia tem-se mantido estável, sem crises desde a infância. Ausência de problemas pessoais durante a adolescência. Vida afetiva estável até as dificuldades profissionais. Inexistência de antecedentes médicos e psiquiátricos familiares ou pessoais. Nenhum acontecimento peculiar em sua vida. Nenhum acidente de qualquer natureza.

Exame: a sra. Matthieu apresenta um estado de estresse pós-traumático clássico. O quadro recomposto inclui perda de confiança, impossibilidade de se projetar, grande culpa, alteração de humor com severa ansiedade, distúrbios do sono, irritabilidade levando a modificações de equilíbrio familiar, reativação da sintomatologia inicial aguda em caso de confrontação mesmo que mínima com elementos de realidade que lhe lembram da agressão, notadamente em relação aos procedimentos administrativos e judiciais decorrentes da agressão, incapacidade parcial de retomar o trabalho atual.

A relação entre este quadro clínico e a agressão de 24/06/2008, reconhecida como acidente de trabalho, é direta e certa. Não existe nenhuma anterioridade psiquiátrica, segundo o nosso exame.

O estado da sra. Matthieu não apresenta nenhuma melhora, mesmo que passageira. O estado clínico observado hoje não está consolidado de forma alguma, a mínima informação relativa a seu histórico provoca uma reativação ansiosa. Esse estado requer a intensificação do tratamento que ela recusa. No estado atual, há necessidade de consulta psicoterapêutica semanal com o psiquiatra que a acompanha, o dr. Sarthes Maryam, além de tratamento médico: um comprimido e meio de Paroxetina por dia, e Alprazolam 0,25 mg.

Conclusão: sem o consentimento da sra. Matthieu, não é possível fazer nenhum exame complementar.

Queira receber, caro colega, a expressão de minhas distintas saudações.

Atenciosamente,

Dr. Albert Vitalis
Inspeção de Trabalho da Drôme

26

Seis horas e cinco minutos. Estaciono o carro na vaga de sempre. Dois policiais de farda fumam em seu carro. Silhuetas desfocadas e halos de fumaça. Um dos policiais nota minha presença. Tremendo de frio, joga o cigarro pela porta entreaberta e me chama. Vem a meu encontro, pergunta quem sou e o que estou fazendo ali, percebe a presença do tenente Revel e pede desculpa.

– Algo a relatar?

Segue-se uma troca de lugares-comuns sobre a temperatura externa e a frequentação da Rue Ampère. Dopada como estou, o mistral desliza sobre mim como se não encontrasse nada em que se agarrar. Os comprimidos se misturam em meu bolso. Em vez do despertar previsto, sinto-me fraca. As pílulas mágicas se misturam em meu sangue. O segundo policial me olha com estranheza. Tranco o Audi e me apresso a deixá-los para que meu estado não desperte suspeita.

Ainda aguento, sou uma sobrevivente.

Entro no prédio sem olhar para Revel. A porta corta-fogo se fecha num estalo semelhante ao da grade de um túmulo de família.

As almas dos mortos e dos condenados se lançam sobre mim e agarram minhas roupas. Minhas pernas estão pesadas, meu corpo pesa toneladas. Arrasto-me até o consultório e desmorono como uma massa em minha cadeira. Mergulho num sono repleto de uma lenta sucessão de pesadelos em que Patrick Soulier se balança na ponta de uma corda. A seus pés, dezenas de ratos.

Ratos com cabeças humanas e rostos deformados pela dor. Alain Vuillemenot, Fraysse, Richard Revel, a Beretta na minha mão, que os mata um por um, enquanto eles se multiplicam. Um guincho longo e aterrorizante, o de uma corda que oscila conforme o vento e parece querer me dizer: pesadelos!

*

Meia hora depois acordo, esgotada, com a cabeça prestes a explodir. Dez longos minutos se passam antes que eu entenda onde estou. Malditas misturas. Anfetaminas e tranquilizantes se assemelham e se juntam em meus bolsos. E então os quatro últimos dias se sucedem depressa.

Uma certeza: cada segundo ganho é uma vitória sobre eles.

Terça-feira, dia 17 de março de 2009.

Um impulso elétrico. Abro os olhos para valer. Corro até o banheiro, jogo dois comprimidos de aspirina no fundo de um copo plástico. Engulo sem esperar que os comprimidos estejam totalmente dissolvidos. O gosto é amargo, faço uma careta.

Digo a mim mesma: mais provas, mais xerox, mais triagem e organização. Antes que Richard Revel coloque as algemas em mim e diga: "Você assassinou Vincent Fournier, lamento". Antes que a investigação oficial oculte o significado dos fatos e de seus resultados.

Minha investigação.

Minha culpa: Patrick Soulier precisa se livrar de qualquer suspeita.

Minha própria interpretação dos fatos e dos resultados.

Minha visão da *outra história*, atrás do palco, das condições de trabalho e das consequências da corrida à rentabilidade.

Por onde começar?

De volta a minha mesa de trabalho, alongo os músculos antes de me dedicar mais uma vez às pastas. Abro a gaveta e pego a primeira da pilha.

HERVÉ SARTIS

Os fatos (1). De 1991 a 2004, o sr. Sartis fala de um verdadeiro prazer no trabalho. Em janeiro de 2004, em decorrência do fechamento do seu departamento, aceita um cargo com período de experiência no *call center* do Departamento de Pós-Venda (DPV). Alerto meus superiores: sobrecarga de trabalho, astenia, depressão de 2005 a 2007 que requer quatro licenças médicas de quinze dias. Apresento propostas concretas: mudança de cargo.

Os fatos (2). Em janeiro de 2008, o sr. Sartis descobre, durante uma assembleia do pessoal, que seu próprio cargo está vago. Não havia recebido nenhuma informação a respeito disso. Outro cargo lhe é imposto sem aviso prévio.

Os resultados: em 21 de janeiro de 2008, ocorre a primeira tentativa de suicídio. Alerto meus superiores, apresento propostas concretas: responsabilização da empresa, mudança urgente de ambiente de trabalho.

Os fatos (3). Em outubro de 2008, Hervé Sartis é informado de que parte importante de sua atividade será suprimida e transferida.

Os resultados: em 28 de janeiro de 2009, ocorre a segunda tentativa, por ingestão de remédios no local de trabalho. Em 29 de janeiro de 2009, às sete e meia, é encontrado desacordado pelo vigia, Patrick Soulier, que está encerrando seu turno da noite. Levado ao pronto-socorro, salvo *in extremis*. Desde então: ideias sombrias persistentes, tramas mórbidas autoagressivas, vontade de acabar com tudo. Alerto meus superiores a cada semana, apresento propostas concretas em cada relatório.

Balanço: estado crítico.

Todas as provas já estão em meu relatório, mas ninguém as lê porque a diretoria departamental, a Previdência, a Inspeção do Trabalho e o Conselho Superior não sabem lidar com a complexidade do fenômeno e pensam tratar-se de um caso isolado. Os superiores, por sua vez, não estão preocupados porque veem nelas consequências de problemas pessoais. Pensam: o suicídio é assunto privado e não tem nada a ver com a empresa, que, por sua vez, não gerencia nem emoções nem distúrbios psíquicos, mas números e metas a serem alcançadas.

Doravante, eis meu trabalho: criar um vínculo entre cada paciente, cada funcionário, cada evento, cada medida gerencial e cada laudo médico. Evidenciar o vínculo entre Vincent Fournier e Patrick Soulier. Entre essas duas histórias individuais. Entre a degradação de suas condições de trabalho, as medidas gerenciais, as injunções paradoxais, suas tentativas de suicídio e as de seus colegas. Porque um funcionário não se suicida diretamente por causa de um chefe rígido demais ou de um colega que o persegue. Isso não basta. O sofrimento nasce do desaparecimento progressivo de todos esses minúsculos espaços de liberdade necessários e vitais que a alta gerência mina para aumentar as margens de produtividade: o minuto de pausa a menos, cada segundo de resposta aos clientes devidamente cronometrado – nenhum a mais –, a pausa para fumar reduzida pela metade, o telefone diretamente ligado ao do superior hierárquico, cada palavra do *script* padronizada no intuito de servir para todos os clientes, o sorriso programado.

Dou motivos de reflexão para Richard Revel. Quero que entenda cada ínfimo detalhe e, para tanto, devo encaixá-los previamente. Fatos, resultados e provas. Pôr em evidência de forma simples e irrefutável o que ele ainda não entendeu. Faço o trabalho que ele deveria fazer *se fosse formado* para ler laudos de perícia médica e entender os mecanismos de trabalhar em uma empresa. Quero que Revel leia todos esses laudos e que entenda. Ele, os outros médicos, os jornalistas e, após eles, o mundo todo. Para que isso finalmente acabe.

Leio mais uma vez a pasta de Sartis. Seleciono, organizo várias vezes. Percorro cada formulário, cada anotação, cada laudo pericial, escolho e separo o que também pode alimentar a *outra história*.

VINCENT FOURNIER

Percorro rapidamente sua pasta, que já conheço de cor. Em 23 de junho de 2008, tentou estrangular Christine Pastres; em 28 de dezembro de 2008, tentou se suicidar. Apenas anoto na primeira página o seguinte comentário: Vincent Fournier e Hervé Sartis eram bons colegas de trabalho. Eram amigos – sublinho com dois traços. O sofrimento de um afeta o outro.

Coloco a caneta na mesa e esfrego os olhos. A parte interna das órbitas está coçando. São seis e cinquenta e cinco, minha enxaqueca está sumindo lentamente. Estiro-me, engulo metade de uma pílula mágica e pego a pasta seguinte.

A *outra história* de:

PATRICK SOULIER

Os fatos (1). Em 11 de junho de 2008, às treze e quarenta e cinco, três homens surgem no estacionamento do *call center* que Patrick Soulier está vigiando e o agridem com socos na mandíbula e golpes de estilete nas costas. Cerca de vinte testemunhas presenciam a cena. Patrick Soulier está com medo, levou uma "surra". Alerto meus superiores e os dele, proponho que seja posto em licença médica, acompanho-o por causa de choque pós-traumático e sugiro que um segundo vigia seja temporariamente contratado para que ele não fique mais sozinho.

Os resultados: em sua volta ao trabalho, apesar de minhas recomendações, ele foi designado para o turno das vinte às oito horas.

Os fatos (2). Durante uma consulta, Patrick Soulier me explica que recebia ameaças de morte havia muito tempo. Pergunto de quando datavam. Ele permanece evasivo nesse ponto. Insisto várias vezes. Ele fica calado. Leio nas minhas notas: *p.s. está febril, olha para suas mãos e evita meu olhar*. Insisto mais uma vez. Ele acaba por me dizer que as primeiras cartas datam do mês de março do mesmo ano. Garante não saber onde estão. Pergunto-lhe se as mostrou à polícia. Ele meneia a cabeça. Pergunto: onde estão, agora? Ele afirma tê-las queimado.

Volto a questionar sobre a identidade do terceiro agressor, mas ele garante não ter visto seu rosto. Fico calada e faço novas anotações: *amnésia parcial decorrente do traumatismo da agressão*.

Resumo: em março de 2008, Patrick Soulier recebe ameaças de morte em casa na forma de cartas anônimas, e, em 11 de junho de 2008, é agredido com socos e golpes de estilete.

Anoto: qual é a origem dessas ameaças que acabaram por ser executadas?

Será que Richard Revel se faz as mesmas perguntas? Ele já teve acesso ao relatório de investigação da época? Para antecipar suas perguntas, anoto abaixo: *Qual é o vínculo com o* call center? e *Por que essa primeira agressão no* call center? Sublinho várias vezes as palavras *call center*.

Pego de novo a pasta de Hervé Sartis, comparo as datas e, sem encontrar nada de convincente, recoloco-a em seu lugar. Volto a Patrick Soulier.

Os fatos (3). Em 26 de julho de 2008, ele é agredido pela segunda vez diante da mulher e dos filhos na escadaria de sua casa. Numa consulta, Patrick Soulier me explica que seu agressor é o pai de um dos dois homens então detidos. Ele o teria acertado com socos e chutes. Patrick Soulier não abre queixa e diz que nunca quis fazê-lo. Como pergunto o motivo, ele diz que, a seu ver, trata-se de um ato de desespero e raiva por parte de um pai de família cujo gesto ele entende, mesmo que lamente o ocorrido. Acrescenta que no lugar dele talvez tivesse feito a mesma coisa. Em minha folha de anotações da época, vejo um grande ponto de interrogação ao lado de sua resposta.

Pergunta: quem é o terceiro indivíduo?

Resultados: a seu pedido, Patrick Soulier muda de horário de trabalho, para o turno diurno. Nenhuma explicação foi dada.

Porém, a história não acaba aqui.

Os fatos (4). História bastante semelhante. Em 4 de setembro de 2008, em seu domicílio, durante o dia, pouco tempo depois que seus horários de expediente foram modificados mais uma vez contra sua vontade – ele voltou para o turno da noite –, Patrick Soulier é vítima de nova agressão. Dois homens, conhecidos dos três primeiros agressores, um Peugeot 206 e uma *van* que esperava nas proximidades. Eles teriam dito: "A gente vai furar você!". Socos no rosto, chutes. Alerto meus superiores e os dele, apresento propostas, mas recebo como resposta que o que acontece fora do trabalho não pertence a minha alçada nem à deles.

Resultados: edema labial, contusão auricular e occipital, contusões mandibulares bilaterais. Interrupção temporária de trabalho de um dia. Sem licença médica. Tratamento até 12 de setembro de 2008. Também encontro em sua pasta, e fora da ordem, um atestado do dr. Coche, datado de 9 de outubro de 2008, que menciona que os dedos IV e V foram atingidos. Os atestados que possuímos são imprecisos em sua redação e na cronologia dos eventos, pouco compreensível. Memorizo: tenólise, transplante e reeducação ativa, em circunstâncias mal descritas.

Anoto: não houve boletim de ocorrência.

Pergunta: por quê?

Resumo: Patrick Soulier faz um boletim de ocorrência na primeira agressão, mas não na segunda nem na terceira.

Acrescento às minhas notas, com caneta vermelha e na margem: "será que existe um vínculo entre o terceiro indivíduo não identificado, as duas agressões que se seguiram e as ameaças de morte?" Sublinho três vezes as palavras "terceiro indivíduo" antes de desenhar uma flecha que as liga à data de março de 2008 e ao *call center*.

Pergunta: o que aconteceu em março?

Bocejo, me estiro e reviro minha mente em busca de uma resposta a essa pergunta. Levanto-me para beber dois copos de água. As anfetaminas me desidratam, estou com dor nos rins, não tenho coragem de olhar para a cor da minha urina ao me levantar do vaso sanitário. Acomodo-me de novo atrás da mesa. Pego a pasta de Sartis mais uma vez, mas não encontro nada nela. Guardo-a no fundo da gaveta e volto a me dedicar a Patrick Soulier.

Apesar de tudo, a história continua:

Os fatos (5). Entre setembro e dezembro de 2008, Patrick Soulier afirma em consultas ter cometido duas tentativas de suicídio por ingestão de aspirina e água sanitária. De maneira confusa, evoca uma terceira tentativa no mesmo período, com faca, e fala de uma hospitalização que ele teria recusado por medo de ficar "drogado" e de "se parecer com um cadáver". Quando pergunto o nome do médico que teria recomendado a hospitalização, ele fica evasivo.

Os resultados: Patrick Soulier está inquieto por causa do terceiro indivíduo e da saída da prisão dos outros dois. Fala a respeito deles como se fossem pessoas oriundas do mundo do crime. Digo que ele não corre nenhum risco, que pode pedir a proteção da polícia se abrir uma queixa. A consulta acaba em uma série de digressões vinculadas a seu medo de perder o emprego.

Estiro-me, bebo mais dois copos de água e volto para o trabalho, que ainda não acabou.

A *outra história*, minha única razão de viver desde a morte de Vincent. A *outra história*, uma mistura de pesadelos e realidade.

Os fatos (6). Tentativa de suicídio por enforcamento, terça-feira, dia 17 de março de 2009, uma e meia da manhã, em decorrência de sua interpelação por suspeita de ter assassinado Vincent Fournier.

Resultados: estado crítico, ressalvas de Richard Revel quanto às motivações do assassinato de Vincent Fournier.

Perguntas: por que ele não me denunciou e por que não fez o possível para que o terceiro indivíduo fosse identificado? Existe um vínculo entre mim e esse indivíduo?

Releio minhas notas sem encontrar resposta para essa última pergunta. Escrevo as palavras *call center*, "indivíduo número 3", "março de 2008" e "cartas anônimas" e as sublinho, procurando em vão concordâncias. Patrick Soulier pode ter se recusado a me denunciar para me proteger, por causa do afeto que sente por mim ou por tudo que fiz por ele no último ano. Mas, nesse caso, por que também acobertar o indivíduo número 3? Outra hipótese: está me acobertando como faz com o indivíduo número 3. Pergunta: quais são seus motivos? Proteger-se contra retaliações? Isso não faz sentido. Já mandou dois caras para a cadeia.

Penso e repenso em perguntas e hipóteses na minha mente sem encontrar respostas. Minha enxaqueca volta a latejar. Levanto-me para tomar mais duas aspirinas, pedindo aos céus que, em minha volta à mesa, a solução apareça como num passe de mágica.

Se Patrick pudesse acordar.

Pesadelo.

Penso: tenho tantas perguntas a lhe fazer antes que Revel o encontre!

A realidade: Patrick, desmaiado, provavelmente hemiplégico, com o pescoço inchado como uma bexiga e o rosto dilatado, talvez já em coma, logo fará companhia a Vincent Fournier.

Chorando, fecho a pasta e escrevo na capa: o indivíduo número 3 é a chave. Desenho dois círculos em volta dessa frase, fitando-a por mais de dois minutos na esperança de que ela me revele o que quero saber.

Pego a pasta seguinte. O telefone toca, fazendo-me saltar na poltrona.

Olho para o relógio acima da porta: sete horas e vinte e cinco minutos.

*

Atendo no décimo toque. Richard Revel está do outro lado da linha.

Ironizo:

— Você sente minha falta tanto assim?

Ele não ri. Está fazendo o trabalho pelo qual é pago: encontrar o assassino de Vincent Fournier. Essa investigação é *sua* realidade. Esse crime é *seu* pesadelo.

Digo a mim mesma que ele e eu temos o mesmo objetivo.

Ele: identificar os culpados pelo assassinato de Vincent e entregá-los nas mãos da justiça.

Eu: acumular provas suficientes contra os responsáveis pela morte de Vincent e dos outros para entregá-las nas mãos de Richard Revel.

O tenente explica que está me ligando da delegacia, para onde voltou para consultar os arquivos. Fala sobre Soulier, dizendo que essa história de agressão o preocupa e que gostaria de conhecer minha versão. Informa que Soulier fez boletim de ocorrência nas duas vezes em que foi agredido em casa, em julho e setembro, mas que em ambos os casos acabou retirando a queixa.

Ele pergunta:

— Patrick lhe disse que se sentia ameaçado?

— Ele foi agredido três vezes, uma das quais com faca. Você acha que isso não é suficiente para alguém se sentir ameaçado?

Revel pigarreia do outro lado da linha:

— Quero dizer: ele se sentia ameaçado por alguém em particular, alguém que não seja um dos dois homens encarcerados e libertados depois?

— Ele não me disse nada.

— Vamos admitir que você tenha razão. Isso não explica por que, para as agressões números 2 e 3, as pessoas indicadas por Soulier eram conhecidas dos dois condenados, algo que, aliás, elas negaram totalmente, e por que então ele desistiu de sua queixa contra elas no dia seguinte.

Permaneço calada. Finjo não acompanhar seu raciocínio. Patrick mentiu para mim ao dizer que não abrira nenhuma queixa nas duas últimas agressões. Isso muda tudo: ele os denuncia, depois recua porque não estavam lá no momento dos fatos. Quem ele está escondendo, quem o leva a proteger o culpado? Imediatamente, Revel me dá a resposta:

— Nem por que o indivíduo número 3 é protegido pelo silêncio de Patrick Soulier.

Chegamos lá.

É isso: vamos nos concentrar no indivíduo número 3.

Finjo não ter pensado nisso antes. Quero conhecer *seu* ponto de vista.

Os indivíduos número 1 e número 2 saíram da prisão e refizeram sua vida em outro lugar. Pelo que sabemos, não procuraram se vingar, embora tivessem bons motivos para tanto.

Pergunto:

— Você acha que há um vínculo com o *call center*?

Ele responde:

— Você acredita que Patrick Soulier seja inocente?

— Sim.

— Então, diga-me o que ele procura esconder e por quê.

Engulo em seco.

— E você, diga-me qual é a relação com o *call center*.

— Vincent Fournier.

Engulo mais uma vez.

— Não está falando sério.

— Por quê? Soulier tenta pôr fim a sua vida dois dias após ter encontrado o cadáver de Vincent Fournier, e algumas horas após ter sido claramente informado de que era considerado implicado, de uma maneira ou outra.

— Mas vivo lhe dizendo que ele é inocente!

— Nesse caso, é porque você sabe algo que ignoro, já que, para mim, ele ainda está na lista de suspeitos.

— Ele quase está em coma, o que mais você quer?

— Provas, Carole, provas.

Repito:

— Provas.

— É isso mesmo. Agora, se você me desse aquelas que tem para a defesa dele...

Estou trabalhando nisso. Pode confiar em mim, sr. tenente de polícia Richard Revel, estou trabalhando nisso incansavelmente.

— Não vai responder?

— Lamento.

— Como quiser.

— O que significa?

— Que vou assumir minhas responsabilidades.

— Você suspeita que eu o esteja acobertando?

Ele suspira.

— Não sei.

— Saco! Você realmente não entende nada!

— Faço o que posso. Deste lado do telefone, os fatos não estão a favor dele.

Reflito e então digo, com o coração disparando:

— Preciso de tempo.

Ele não reage imediatamente.

— Não tenho tempo a lhe oferecer.

Permaneço calada. Ele está fazendo seu trabalho.

— Outra coisa. Quando você me falou no carro que se enchia de comprimidos para aguentar o tranco, o que quis dizer exatamente?

Seu trabalho de tira.

— Quer saber se uso drogas, é isso?

— Não foi exatamente isso que eu disse.

— Não esquente a cabeça. Apenas tomo drogas com receitas.

— Nada ilegal?

— Ainda está me interrogando ou é algo pessoal?

— Simples curiosidade.

— Vá se foder!

Desligo na cara dele.

Ignoro se é porque suas investidas não me deixam indiferente ou porque ele está suspeitando de mim.

Ou ambas as coisas ao mesmo tempo.

*

O *call center* está deserto. Em algum lugar, dois policiais de farda fazem ronda. Escadarias e pó suspenso, corredores e cheiro de tinta e água sanitária. Às pressas, atravesso a grande sala. Fileiras de margaridas e telas de computador em modo de espera, fones de ouvido e microfones devidamente arrumados nas mesas de trabalho. Daqui a meia hora, dezenas de funcionários estarão sentados aqui, dizendo "Bom dia, senhora" e "O senhor tentou desligar o *modem*?", "A senhora conhece nossa oferta de 29,90 euros, com internet ilimitada?" e "Tenha um bom dia, senhor!"

Farão o trabalho pelo qual são pagos. Assim como Revel, como eu.

Vão mentir, enganar, se esquivar, iludir, tranquilizar, remexer e perdoar. Como Revel e eu.

Porém, não vão esquecer.

Nunca.

Cada procedimento, marcado com ferro em brasa. Cada regra da profissão, inscrita na carne. Cada injunção paradoxal, impressa em preto e branco. Os vexames e as frustrações, o medo e a angústia, a negação de si mesmo e dos outros, os rancores e as guerrinhas de escritório, as pequenas vergonhas diárias e a culpa.

Apresso o passo. Estou quase correndo. Passo diante da sala de trabalho de Vincent Fournier, vedada por uma faixa amarela com os dizeres "Acesso proibido". Não viro a cabeça, não desmaio. No fundo do corredor, a máquina vermelha estende os braços para mim. Insiro o cartão magnético no leitor. A tela mostra: Créditos: 36. Seleciono um café grande. Muito grande. O copo de plástico cai. Créditos: 35. Um líquido opaco corre soltando vapor de água. Dou uma olhada pela janela, atrás do cartaz com os dizeres

"Proibido fumar" rasgado nas beiradas e que um espertinho tentou arrancar sem sucesso. Entrevejo o maciço do Vercors como uma simples silhueta, bem a leste. Uma luz fraca clareia o céu e desenha as barreiras rochosas dos contrafortes dos Alpes.

Murmuro:

– Que calmo, lá em cima!

Embaixo: que merda!

Repasso o filme de trás para frente e, enquanto o copo se enche de líquido, pergunto-me quando parei de acreditar que havia esperança. Um breve momento de lucidez oferecido pelas anfetaminas. Eu poderia sonhar que tudo isso ainda é possível. Deixo minha mente correr. Um sinal sonoro rasga o silêncio. O café está pronto, a máquina cuspiu o que se esperava dela. Pego o copo fumegante, queimando os dedos e a ponta dos lábios, e olho novamente para as montanhas, mas o encanto se rompeu.

Desço em direção a meu consultório.

*

Outros laudos periciais para percorrer, *e-mails*, folhas soltas, mensagens telefônicas, notas manuscritas. No meio dessa documentação deve haver um vínculo entre Soulier, o *call center* e o indivíduo número 3. Daqui a vinte e cinco minutos apenas, a sala de espera de novo estará lotada. Ainda me resta algum tempo.

Volto à pasta de Christine Pastres. Nada. À de Cyril Caül-Futy. Nada. Retiro da gaveta as pastas de Vincent Fournier, Patrick Soulier, Hervé Sartis, Jean-Louis Faure, Jean-Jacques Fraysse, Sylvain Pelicca, Claude Goujon, Hafid Ben Ali, Jacqueline Vittoz, a enfermeira. E também de: Simon C., Élodie S., Sophie G., Marie F., Sandra S., Vladen K., Alirio A. e outros. Até a de Eric Vuillemenot, que, assim como os demais, submete-se ao exercício da consulta médica.

A superfície da mesa de trabalho é pequena demais para todas elas. Pego-as nos braços e as espalho no chão. Puxo o fio elétrico da luminária, oriento a lâmpada para o piso e recomeço tudo do zero.

Repito para mim mesma: quando Revel tiver a prova de minha culpa, a única coisa que ele vai destacar será: Carole Matthieu é uma assassina. Essa será sua versão oficial. Porém, matei Vincent Fournier para aliviá-lo do fardo que carregava e lhe devolver a dignidade que Vuillemenot, Pastres e seus semelhantes o fizeram perder. Investigo simplesmente para provar a Revel e a todos que aquela que aperta o gatilho não é a única culpada.

Percorro as pastas:

Pastres, Sartis, Soulier, Vittoz, Fraysse...

Leio e comparo, desenho círculos com lápis, traço flechas, faço conexões, classifico por ordem cronológica e tento encontrar o elo comum. Não acho. Então, pela terceira vez, retomo todas as pastas, desmembrando-as, desestruturando-as, distribuindo-as não mais por nome, mas por patologia. Não está funcionando. Tento de novo por datas. Mesmo impasse.

A cada nova tentativa, faço-me uma única pergunta: como demostrar a responsabilidade da empresa?

A resposta está aí, debaixo dos meus olhos, inscrita em algum lugar com tinta industrial em uma destas folhas. Um único fio condutor cuja ponta preciso encontrar para poder desenrolá-lo.

Repito para mim mesma: sou eu que preciso fazer isso. Sozinha. Revel não pode encontrar nada. Nem os sindicatos. Nem a diretoria. Nem os funcionários.

A única que os conhece todos. A única que durante meses e anos percebeu a mais ínfima de suas fraquezas, a menor transformação fisiológica e psíquica. A única que conhece os desafios, de dentro, sem outro interesse senão a saúde deles e o desejo de que estivessem melhores, quando afundavam de modo cada vez mais irremediável.

A única que sabe o que há dentro deles, do almoxarife ao gerente, do telefonista ao atendente, do encarregado da comunicação à diretora dos Recursos Humanos, da enfermeira à psicóloga.

A única, a única, a única.

Meu trabalho: ordenar montes de detalhes, formatá-los e elaborar, pedra por pedra, a *outra história*.

Mergulho de novo na papelada, deitada de bruços, seguindo as linhas com o dedo, como uma aluna aprendendo a ler, sílaba por sílaba, palavra após palavra, ideia após ideia.

Nova tentativa, por ramificação.

Evidenciar as relações humanas, não mais as pessoas, as funções e as datas. Quem trabalha com quem. Quem odeia quem. Quem fez investida em quem. Quem espalha rumores sobre quem. Quem ama e quem detesta. Quem ignora e quem cora. Quem chora e quem evita. Quem chega cedo e quem vai embora tarde. Quem fala e quem se cala. Quem chupa e quem transa. Quem usa saia e quem fecha a braguilha. Quem pede para mudar de sala e quem requer um lugar em frente à máquina de xerox. Quem se dedica e quem sai antes da hora. Quem ganha bônus e quem está pouco se lixando. Quais são os nomes em cuja direção converge a maior quantidade de flechas. Quais são aqueles que não têm contato com ninguém. Quem não entra no quadro e quem está no centro.

Quem e por quê?

As perguntas que um médico do trabalho não costuma fazer. Não tem *o costume* de fazer. Porque não foi formado para tanto. Porque deve apenas: medir a temperatura, anotar o peso e a altura, contar os dedos, aplicar vacinas e voltar para casa depois do expediente.

Quem e por quê?

Sinto intuitivamente uma sombra se desenhar. Mais uma vez mergulho nos documentos, dopada com Isomeride, chapada de Redux, anestesiada com Prozac e aspirina. Os traços de lápis representam galhos de árvore no piso branco. As perícias, as folhas. Mergulho de novo e acabo por encontrar.

*

Deitada no piso, com a barriga e as mãos geladas e meu ritmo cardíaco mal controlado, leio. Uma folha, papel simples timbrado, ainda dobrada em seu envelope.

Datada de 10 de fevereiro de 2009.

Carta manuscrita de uma colega, a dra. Évelyne Garrey-Charra. Médica do trabalho em uma empresa de serviços ao lado do *call center*. Atividade: revenda de moldes de pequenas séries de poliuretano para as indústrias automobilística e aeronáutica, setor em pleno crescimento.

Objeto: pedido de conselho após aviso do Consultório de Psiquiatria Bon & Faure, de Guilherand-Granges.

Assunto: um funcionário de vinte e oito anos, de licença médica após desferir socos e xingamentos contra outros funcionários.

Os fatos: "Não sabemos o que fazer em relação a Roger V., que, segundo o RH e seus colegas, quase esmagou com um grande molde metálico o funcionário com o qual estava em conflito. Todos ficaram muito assustados. Foi realizado um boletim de ocorrência".

Os resultados: "Roger V. declarou um acidente de trabalho (psicotrauma no trabalho), aceito pelo médico parecerista.

"Foi consolidado e apresentou-se hoje de manhã ao trabalho sem consulta médica prévia ao reinício. Disse à diretoria do RH que gostaria de continuar a trabalhar até a aposentadoria e se pergunta como a empresa poderia funcionar sem ele.

"Não há acompanhamento médico nem tratamento.

"Está de férias anuais até a consulta marcada para quinta-feira à tarde.

"Estava muito agitado durante os incidentes, há alguns dias. Ainda não o vi, mas, segundo a diretoria do RH, continua muito agressivo."

A dra. Garrey-Charra me implora: "Ouvi falar várias vezes de seu trabalho e resultados. Agradeço-lhe por me dar alguns conselhos. Cordialmente".

Roger V. Por que esse nome me é familiar?

Um número de telefone está escrito no alto da carta, à esquerda. Levanto-me, sinto um pouco de tontura. Pego o telefone e digito o número. Cinco toques, secretária eletrônica. A dra. Garrey-Charra está ausente até segunda-feira, dia 23 de março, por motivos pessoais.

Antes de desligar, apresento-me e peço que me ligue de volta com a maior urgência.

Sento no chão com as pernas cruzadas no meio das pastas e tento fazer um balanço. Um funcionário violento de vinte e oito anos. Um homem que amedronta seus colegas. Um homem prestes a dar socos e chutes quando um deles o contesta. Um homem que joga um grande molde metálico em outro funcionário para descarregar sua raiva. Um homem que não tem mais limites.

Estabeleço uma lista de possibilidades: pulsões homicidas, paranoia, agressividade, deficiência afetiva, necessidade de reconhecimento.

Está ali, bem diante de meus olhos.

Posso descobrir.

Roger V.

Um homem agressivo. O indivíduo número 3. Patrick Soulier. O vínculo que estou procurando desde o início. Tento visualizar um rosto, uma fisionomia geral, sem conseguir.

O toque do celular interrompe minhas reflexões. Deixo tocar. Depois de cinco *bips*, a ligação cai na caixa postal, porém o celular volta a tocar. Cinco toques, caixa postal, sinal sonoro.

Ranjo os dentes e tento me concentrar.

Esbravejo:

— Não estou aqui para ninguém.

Cinco toques, caixa postal, sinal sonoro.

Dou um berro de raiva e atendo no quarto toque.

— O que é?

— Doutor Lucas, Centro Hospitalar de Valence-le-Haut, Pronto-Socorro.

Engulo minha raiva.

— Patrick Soulier acordou e quer vê-la.

Meu coração para de bater.

— O senhor avisou mais alguém?

— Ainda não.

Meu pulso volta a funcionar.

— Daqui a pouco estou aí.

27

Valence, 25 de julho de 2008

Para: Carole Matthieu
De: Vincent Fournier
Assunto: mundo cão

Espero que sua nova conexão aguente.

Tento sobreviver neste mundo de loucos. Felizmente, ainda conseguimos brincar neste call center. Degustação de balas, por exemplo. Até experimentamos incenso um dia e foi bem divertido. Se tivesse visto a cara de meus colegas quando entravam na sala em que pairava um cheiro digno de 1968.

Então, houve muito "estardalhaço" nos últimos quinze dias. Tudo começou numa tarde em que uma amiga pirou. Depois de uma conversa telefônica tensa com um cliente, ela desligou explicando que não entendia mais nada, que estava agressiva com seus familiares, e foi parar no médico, que lhe deu três semanas de licença. Imagino que já saiba disso.

Na segunda-feira, dia 21 de julho, outra colega recebeu um e--mail de Éric Vuillemenot porque havia se recusado a sofrer escuta por parte de um "chefão" e chamou de vendido um representante sindical, Alain Pettinotti – algo que ela nunca disse e que de fato foi dito por Hervé Sartis, que ao que parece estava brincando –, portanto mais uma licença médica.

Na quarta-feira, dia 23 de julho, outro colega deixa o expediente e quer processar o call center *na Justiça do Trabalho.*

A sra. bem conhece o ambiente, mas não sei se todas essas informações chegaram a seus ouvidos – afinal, a sra. não pode estar em todos os lugares ao mesmo tempo.

Além disso, o call center *– nossa equipe! – venceu involuntariamente um desafio – segundo lugar, no nível nacional –, portanto, tivemos direito a tomar um café com bolachas para o anúncio de nosso prêmio.*

Ontem vi Jacqueline, a enfermeira, ao sair do trabalho. Ela tem medo que aconteça um drama na unidade. Passei bem perto da catástrofe, em junho passado, e hoje sei que podemos temer pelo pior.

Até breve, para novas notícias do front.

Amigavelmente,

Vincent

*

Valence, 20 de novembro de 2008

Para: Carole Matthieu
De: Vincent Fournier
Assunto: semana 30

Quinta-feira, dia 20. Nada a assinalar. O call center *está tranquilo. Vários atendentes de* telemarketing *estão de licença médica. A calmaria antes da tempestade. Um novo gerente chega na semana que vem. Talvez isso traga certa animação.*

Sinto-me cada vez pior. Ainda não me recuperei do suicídio de Marc Vasseur. Entretanto, já se passaram três meses, e eu não o conhecia tão bem assim. Não durmo direito há dez dias. Não sei se vou aguentar. Acho que sim. A sra. teria como encaixar uma consulta antes do final de semana?

E a sra., está melhor? Achei que parecia cansada na semana passada, ou talvez fosse apenas uma impressão minha por causa de meu próprio cansaço.

Até amanhã, espero.

Amigavelmente,

Vincent

28

Uma chuva torrencial despenca sobre Valence. Mais ao norte, em Tournon, o céu está preto. Relâmpagos se espalham sobre as montanhas de Ardèche, formando rajadas brancas, amarelas e roxas.

Dirijo a toda velocidade.

Minha visibilidade está reduzida a dez metros. As vias de acesso e os anéis rodoviários estão engarrafados por motoristas a caminho do trabalho. O trajeto demora quinze minutos a mais.

A carta da dra. Garrey-Charra passa e repassa como um filme B sem começo nem fim. Repito incansavelmente "Roger V., Roger V., Roger V." na esperança de um súbito entendimento que não chega. Amaldiçoo os comprimidos que engulo há dias.

Estou com sede. Dores musculares trituram os músculos de minhas coxas e costas. A região lombar grita por cuidados e o desejo de fumar um cigarro não me abandona desde ontem à noite.

Deixo um recado na secretária eletrônica da enfermeira, pedindo-lhe para anular as consultas até as nove e meia ou dez horas.

A saída 7 aparece na minha frente. Esqueço de dar a seta e giro o volante sem avisar. Uma buzina ruge à direita, seguida por uma freada de pneus.

Não vejo nada, não ouço nada. Sigo adiante.

Repetidamente, em minha cabeça: Roger V., Patrick Soulier e o indivíduo número 3.

O estacionamento, os plátanos, o pavilhão da meningite, o cartaz azul com fundo branco e o dizer "Urgências", e meu nome, escrito num registro que me dá acesso direto ao quarto número 9.

O mesmo policial que estava de plantão três horas antes. Ele me reconhece e me deixa entrar sem fazer perguntas. Baixo a maçaneta da porta e a puxo.

Ele retira o quepe e diz:

– O tenente Revel não deve demorar a chegar.

Dou uma olhada no meu celular.

Revel não sabe que estou aqui e não me avisou quando o hospital ligou para ele.

Agradeço ao policial, entro no quarto e fecho a porta atrás de mim.

*

Patrick Soulier está com os olhos abertos.

Enfim, se for possível chamar de *abertas* pálpebras inchadas que não deixam filtrar mais do que meio centímetro de luz e uma esclera injetada de sangue.

E ele fala.

– Doutora.

O tubo do respirador artificial foi retirado, mas o monitor ainda está conectado a seu peito.

Bip-bip, bip-bip.

Sua voz soa rouca e cavernosa. Quase inaudível.

Ele levanta a mão.

Apresso-me a pegá-la.

Assopro:

– Está vivo!

Ele meneia a cabeça.

– Não devemos perder tempo.

Sua elocução é terrivelmente lenta. As palavras saem mastigadas, mal articuladas.

Aproximo meu rosto do seu.

O sinal sonoro se amplifica, como se o coração dele e o meu batessem na mesma cadência.

Bip-bip, bip-bip.

A pressão de seus dedos sobre minha mão se acentua.

— Acho que foi a senhora que matou Vincent.

Fico calada. Ele vê em meu silêncio uma confissão e se limita a acenar com a cabeça positivamente.

Bip-bip, bip-bip.

— Não parei de pensar nisso. Por que a senhora? Por que Vincent? E então acabei entendendo.

Seguro a respiração.

Ele diz:

— Poderia ter sido eu.

Retoma o fôlego.

— Poderia ter sido Hervé, Christine ou outra. A senhora sabe e eu sei que isso não pode continuar assim, e acredito que poderia ter sido a senhora. Mas pouco importa quem foi. O que conta é que não a estou julgando. É por isso que eu não disse nada àquele tira que me interrogou ontem, a tarde toda.

— Sei, mas...

Ele faz um sinal para que eu não o interrompa.

— Eu gostava bastante de Vincent.

— Sei.

— Mas ele estava fodido havia muito tempo.

— Eu acreditava que você ia contar tudo. Eu esperava...

Ele faz uma careta.

— Não sou juiz. Não sou eu que vou decidir quem é culpado ou não. Mas quero algo em troca.

Aproximo-me ainda mais.

— Foi somente por causa disso que eu não disse nada.

Mal consigo respirar.

Já sei o que ele vai pedir. Leio isso em seus olhos. Faço um movimento negativo com a cabeça.

Ele diz:

– Quero me juntar a Vincent.

– Não!

O grito saiu por si. Viro a cabeça em direção à porta, esperando que o policial de plantão não tenha ouvido nada.

Bip-bip, bip-bip, bip-bip.

O barulho é insuportável.

Seus dedos esmagam a minha mão. Deixo acontecer. Meneio a cabeça.

– Eu me recuso.

– A senhora me deve isso.

– Eu... eu não posso.

– E Vincent?

– Não é a mesma coisa!

Ele olha em direção ao monitor.

Bip-bip, bip-bip.

– Basta desligá-lo. As enfermeiras não vão receber nenhum sinal.

Então, ele mostra a perfusão.

– A senhora dobra a dose de tranquilizantes. Ou pode triplicá-la. Faça o que for necessário.

– Você não sabe o que está dizendo. Está atordoado.

– Eu lhe peço.

Digo *não* com a cabeça, mas meu coração diz *sim*. Faço recusas, protestos, mas dentro de mim digo *sim*.

– Seja rápida.

Digo:

– Não.

– Depressa.

Bip-bip, bip-bip.

Digo *não*, mas retiro a mão, levanto-me e apago o monitor. Digo *não*, mas meus dedos procuram o botão de regulagem da perfusão para aumentar a dose de morfina em um ou dois níveis.

O que importa: meus atos, não as palavras.

Lágrimas correm no rosto de Patrick Soulier.

Digo:

– Daqui a pouco vou me entregar.

Ele acena com a cabeça.

– Sei.

– Vou confessar tudo.

– Sei.

– Mas ainda não acabei.

Suas pupilas se dilatam progressivamente. A morfina faz efeito. A dose não é fatal. Patrick está voando para um mundo melhor, povoado por *lindos* sonhos. Não vai mais sofrer. Reduzo o volume, o essencial já está em seu sangue.

Pergunto:

– Por que você me acobertou?

Ele começa a responder, mas coloco um dedo sobre seus lábios.

– Não minta para mim. Sei que está protegendo alguém e quero saber quem é. As agressões...

Novas lágrimas, um cheiro de urina, o efeito da droga.

– As três agressões, as queixas que abriu antes de recuar, o indivíduo número 3. Diga-me quem você está protegendo!

Ele consegue articular:

– Lamento.

Ligo o monitor de novo, dou um beijo na testa de Patrick e saio, arrasada, no lento ritmo das batidas de seu coração.

*

Richard Revel aparece no final do corredor, sem fôlego, no exato momento em que fecho a porta. As palavras "Indivíduo número 3" aparecem sobrepostas em sua testa. Ele parece contrariado por não ter sido o primeiro a ser avisado.

Retenho o peso que está obstruindo minha garganta.

Atrás dele se apressa um interno, fazendo gestos grandes com os braços – provavelmente aquele que me informou por telefone que Patrick estava acordado. Tem cerca de trinta anos, jaleco branco sobre camisa azul, aliança e pulseira de ouro, cabelo impecavelmente penteado de lado e unhas bem cuidadas. Seus lábios dizem: "Lamento" e "Eu não sabia", seus olhos expressam o contrário.

Sentindo que a situação vai mudar, o policial de plantão vira a cabeça no sentido oposto, deixando-me sozinha diante da matilha.

Revel se aproxima e aponta o indicador em minha direção.

Um murmúrio em meus ouvidos:

– Você, não saia daqui!

Então entra no quarto número 9, seguido pelo sr. Não-faço--nada-mais-que-meu-trabalho.

Cinco minutos depois, duas enfermeiras surgem correndo. Pela porta entreaberta, enquanto elas entram, percebo a martelada do monitor cardíaco, mais lenta do que nunca. Uma imagem fugaz do peito de Patrick Soulier que se levanta de maneira quase imperceptível, e depois mais nada. A porta se fecha sobre os ruídos do corredor, os gritos de uma garota e o tinido dos carrinhos que anunciam o fim do café da manhã.

Patrick não me disse nada, porém:

Ele protege alguém e se recusa a entregar o nome. Ele não protege o indivíduo número 3, mas uma pessoa que teme as reações do indivíduo número 3. Seus medos são tamanhos que é obrigado a ficar calado e prefere se juntar a Vincent Fournier a dar um nome e dizer por quê. Patrick Soulier testemunha e recua por um motivo maior.

Não um pesadelo.

Fatos que começaram em março de 2008, com as cartas de ameaça de morte, e cujos resultados perduram até hoje. Até o final com um nó feito com o cabo telefônico e suspenso no portão de entrada do *call center*. Até a cama do quarto 9.

Pergunta: qual é a causa dessas cartas?

Uma dor de estômago mais dolorosa que as outras interrompe meus pensamentos.

Levanto a cabeça.

Ruídos de passos abafados vêm do quarto. Móveis são deslocados.

Solto o ar.

Percebo que cada músculo de meu corpo está tenso a ponto de se romper.

Aspiro um longo bafio de ar carregado de água sanitária e bactérias do corredor, e corro a me abrigar no toalete. Tranco a porta, abaixo a tampa do vaso e sento para chorar, chorar e amaldiçoar meu medo.

*

Quando volto, Richard Revel e o interno estão sozinhos no corredor. O policial de plantão despareceu e a porta do quarto está escancarada sobre uma cama aberta, ainda manchada de urina.

O tenente se mostra distante e me observa de soslaio ao mesmo tempo em que escuta o médico.

Para ser exata:

Ele olha somente para mim. Toda a sua atenção está concentrada em minha chegada. Quanto mais eu me aproximo dele, maior é o meu sentimento de que a sentença "Carole Matthieu é culpada" acabou de ser declarada. A luz crua dos neons parece menos violenta. O estrondo das urgências fica abafado. As batidas de meu coração parecem ecoar no corredor como um rufar de tambores. Sob o efeito das anfetaminas, ignoro os parasitas e apenas o vejo, Richard Revel, gritando: "Culpada!".

Quando retomo consciência, estou diante dele, e do interno, que desaparecera de meu campo de visão, encarando-me com ar estranho.

Revel diz:

— Patrick Soulier entrou em coma.

Engulo saliva com dificuldade. A luz e os ruídos retomam seu lugar. Volto a enxergar melhor.

— Quando?

— Pouco tempo depois que comecei a interrogá-lo.

— O que ele disse?

— Sou eu que tenho que lhe fazer perguntas, você estava aqui antes de mim.

Ele está me medindo, do alto de seu metro e oitenta e cinco. Opto pela sinceridade.

— Ele queria que eu o ajudasse a morrer...

— Está em coma.

— Ele esperava minha ajuda, mas recusei.

Revel morde a parte interna das bochechas. Seu principal suspeito não vai mais falar, salvo um milagre. A versão oficial está capenga. Patrick Soulier manteve sua palavra: não disse nada. O tenente está bem encrencado, mas não estou preocupada com ele. Vai acabar encontrando o indivíduo número 3 e então, quando tudo estiver acabado, a assassina de Vincent Fournier. Cada coisa em seu devido tempo, paciência. A *outra história* ainda não foi escrita. Os funcionários do *call center* ainda não contaram todos os seus ressentimentos.

O interno está parado no meio do corredor. Mostra sinais de impaciência. Silenciosamente, viro a cabeça em sua direção antes de voltar a Revel.

– Você me dá um cigarro?

– O que ganho em troca?

Fito-o sem responder. Ele não pisca. Está avaliando minha resistência. Adivinho seus pensamentos. Ele hesita entre me dar um cigarro e me deter por obstrução à investigação e supressão de provas. Ele teme:

O escândalo midiático.

O sigilo médico.

O erro judiciário.

As mulheres.

Posso entender isso. Revel é um homem com experiência de campo. Mal conhece *o call center*, diz-se que está avançando em um terreno minado. Vê inimigos por todos os lados. Imagina as mentiras, os segredos, as omissões. Pensa que os sindicalistas estão contra ele, que a diretoria não abre o jogo, que os funcionários têm algo para dissimular, que todo mundo tem algo a esconder, que a empresa é algo secreto.

Como todos os policiais de campo, ele teme:

Minha reação.

O tamanho de meu vínculo com os sindicatos.

Uma greve.

A imprensa de esquerda.

As mulheres.

Puxo-o pela manga e agradeço ao interno, esforçando-me para sorrir. Este corre em direção à sala das enfermeiras sem acrescentar mais nada.

Próximo paciente.

Levo Revel para fora do prédio.

*

Uma cortina de chuva esconde as últimas vagas do estacionamento. Abrigamo-nos em um lugar protegido, atrás da vidraça do saguão, ao lado de um vaso de flores convertido em cinzeiro. Revel está nervoso, não sabe como lidar comigo. Deixo-o emaranhado em suas contradições. São seus problemas, não meus.

Aceito o cigarro que ele me oferece e fumamos em silêncio por um momento. Rajadas de vento carregam a chuva até nossos pés. Nossos sapatos estão mergulhados na água, aproximamo-nos um do outro, de forma quase instintiva.

Ele joga o toco no vaso de flores e lança:

— O que descobriu sobre o indivíduo número 3?

— Patrick Soulier não o está protegendo.

— O que quer dizer com isso?

Preciso escolher as informações, que entrego com parcimônia.

Respondo:

— Patrick é inocente.

— Está se repetindo.

— Acho que o indivíduo número 3 não passa de um fenômeno secundário.

— Você acha ou tem certeza?

— Patrick não é o tipo de homem que tem medo de alguém. Não é covarde. Já o vi brigar com um cara que tentava arrombar um dos carros do estacionamento. Posso lhe garantir que aquele cara ficou com medo, embora carregasse uma faca e pesasse dez ou vinte quilos a mais que Patrick.

— Patrick Soulier não é covarde, mas nós o encontramos balançando na ponta de um cabo elétrico.

Irritada, meneio a cabeça.

— Você não sabe o que está dizendo! Um homem que tenta se suicidar não é obrigatoriamente covarde!

— Esse é seu ponto de vista!

— Pare de raciocinar como um tira!

Revel faz uma careta, magoado. Peço desculpa.

Ele diz:

— Faço meu trabalho.

— Sei.

— Então?

— O que quero dizer é que Patrick não teme nem os socos nem as brigas. É até o que ele prefere no trabalho. O tipo "exibo meus músculos e inflo os bíceps". Entendo do que estou falando?

— É possível. E então?

— Não sei mais do que isso. O tira aqui é você.

Revel fica calado. Ainda hesita em relação à atitude que deve seguir.

Emendo:

— E o que você descobriu?

Ele não responde imediatamente. Reflete no que eu lhe disse. Pesa minhas hipóteses, comparando-as com as suas.

Mudo de método:

— Pelo que entendi, o indivíduo número 3 era bastante jovem.

Ele levanta a cabeça com um movimento brusco.

— Como sabe?

— Foi o que ele me contou, na época.

— E o que mais sabe?

— Que Patrick é inocente.

— Está me aborrecendo com isso. Preciso...

– De provas – corto.

E agora?

Dou duas longas tragadas no cigarro e viro a cabeça para o estacionamento. As visitas já começaram. As vagas são ocupadas, uma após a outra. Crianças, parentes, colegas de trabalho e amigos, com semblantes fechados ou ar feliz, saem dos carros e entram depressa no saguão. A valsa das boas e das más notícias. Enfermeiras de jaleco chegam para seu turno. Um interno apressado esbarra em mim ao sair. A sirene de uma ambulância, os risos de duas enfermeiras assistentes fumando durante o intervalo e a tosse rouca de um paciente de camisa, chinelos e roupa de baixo, que veio fumar seu último cigarro antes da ablação de dois terços de seus pulmões. O zumbido dos carros passando na via expressa chega até nós a cada rajada de vento. Estou sonhando com uma boa ducha para me lavar das impurezas da noite e dos miasmas do pronto-socorro, como se existisse um risco de contaminação.

Jogo o toco do cigarro no chão e o apago com o salto.

Com um segundo cigarro nos lábios, Richard Revel passa pelo meu campo de visão e dá alguns passos na escadaria da frente. Algo profundamente erótico emana dele. Involuntariamente. Por um instante, Revel parece tão perdido quanto uma criança num mundo de adultos. Sinto-me tomada por uma irresistível vontade de pegá-lo pela mão. Esboço um movimento em sua direção, mas mudo de ideia. Para disfarçar meu incômodo, faço o gesto de levar um cigarro até a boca, antes de perceber que não estou segurando um cigarro e que devo parecer ridícula.

Fournier está morto, Soulier está em coma. Onde estão Richard Revel e Carole Matthieu?

Na terra.

Diante da porta de entrada do pronto-socorro, na escadaria do purgatório. Nem no macio paraíso morfínico de Patrick

Soulier. Nem nos infernais abismos de Valence com: Christine, Claude, Alain, Salima, Jean-Louis e os outros.

Revel coça a nuca e dá meia-volta, virando-se para mim.

Digo a primeira coisa que me passa pela cabeça:

— Qual é seu ponto fraco, tenente Richard Revel?

Ele se retesa, surpreso por minha pergunta, franze as sobrancelhas e me corrige:

— Não me chame dessa maneira.

— Você não está respondendo.

Ele fica imóvel, finge refletir, porém sei que já sabe o que dizer.

— Você.

— Pode gozar da minha cara, tenente Richard Revel.

Ele se irrita:

— Pare de me chamar assim!

Penso: aqui nesta cidade todo mundo me chama de "doutora Matthieu".

Afago seu rosto com a ponta dos dedos.

— Diga-me.

Ele fica calado e, nesse exato momento, tenho certeza de uma coisa: ninguém age de forma gratuita. Tanto Richard Revel, com sua cara de anjo, traços finos e mãos de pianista de concerto, como os outros. Está procurando algo. A verdade não é o que ele deseja acima de tudo no mundo. Nem a mim, nem a verdade.

Seu ponto fraco.

Ele me beija e deixo-o agir. Depois de um minuto, afasto-me de repente, fitando seus olhos, incerta, sem encontrar nada senão o vazio e a vontade de preenchê-lo, e então fujo correndo, amedrontada pelo que entrevi.

O tenente Richard Revel também teve um pesadelo.

E, por um motivo que ignoro, estou nele.

*

Percurso de volta. Pílula mágica e semáforos. Faço zigue-zagues entre os carros, sem prestar atenção às buzinas, avanço dois sinais, desrespeito a prioridade de uma *van* de entregas em um trevo e quase derrubo uma bicicleta, cujo proprietário me xinga. Pílula mágica e linhas retas. Engato a terceira, depois a quarta. Sessenta quilômetros por hora, oitenta, cento e dez em pleno centro da cidade. Diminuo a marcha e freio de repente ao passar por uma lombada. Volto a acelerar até que os prédios do *call center* estejam visíveis.

Enquanto isso, dopada com anfetaminas e insensível ao barulho externo:

Questiono-me a respeito de Richard Revel, suas motivações, seu trabalho de policial. Quero saber mais sobre ele. O gosto de sua saliva sobre meus lábios. Passo a língua neles, surpresa ao sentir um arrepio de adolescente correr por minhas costas. Sei que estou agindo como uma idiota, mas não percebo mais os limites.

Quando chego a meu consultório, jogo as chaves sobre a mesa, percorro minha agenda e pego o telefone.

Primeiro toque.

Dra. Ève Astier, antiga colega de classe. Perita no foro de Valence e médica do trabalho na Brigada Criminal.* Richard Revel talvez seja um de seus pacientes. Espero obter informações.

A ligação cai na secretária eletrônica. Deixo um recado pedindo-lhe que me ligue de volta, com um tom de voz que, espero, é o mais neutro possível. Ou ela acompanha as notícias e vai retornar por curiosidade, ou não sabe de nada e mesmo assim

---

*   Brigade Criminelle é o departamento da polícia francesa encarregado dos crimes, principalmente homicídios e estupros, sequestros e atentados. (N. do T.)

vai me contatar. Termino com "é bastante urgente" pontuado por "você pode ligar no meu celular".

Em seguida, digito o número de minha filha, que ainda não atende.

Hesito entre preocupação e alívio.

Desligo sem deixar recado. Por um momento, meus pensamentos se misturam. Os tranquilizantes e os estimulantes, Revel e Soulier, a versão oficial e a *outra história*. Fecho os olhos por alguns minutos, perguntando-me se não inventei tudo.

Quando os abro de volta, a enfermeira está na soleira da porta e me informa que a sala de espera está vazia.

Como eu a olho sem entender, ela acrescenta:

– Ninguém veio desde que a senhora saiu, há pouco.

Recebo a notícia sem fazer comentários, agradeço-lhe e peço que feche a porta ao sair.

Ligo para Éric Vuillemenot para saber se não está por trás dessa manobra, mas a linha está ocupada. Não deixo recado.

Contato Alain. A mesma coisa. Nenhum recado.

Mais um golpe baixo.

Levanto-me, minhas pernas tremem, mas não falham. Apoio-me na mesa para não perder o equilíbrio. Meu olhar desce até as mãos, depois aos sapatos, antes de percorrer as pastas e perícias espalhadas no piso. Solto a mesa e me agacho lentamente, vacilando um pouco. Uma leve vertigem, nada grave. Nesse ritmo, não vou aguentar por muito tempo. Tento me reerguer, quando meus olhos ao acaso encontram a pasta médica de Salima Yacoubi.

Em algum lugar de minha mente algo se encaixa.

Longínquo no começo e então cada vez mais concreto: Salima Yacoubi, de pé no saguão do pronto-socorro do hospital de Valence-le-Haut, segurando a bolsa contra o peito, no meio da noite, os olhos cansados e vermelhos de tanto chorar.

Murmuro para mim mesma:

– Não sonhei.

Penso: Salima Yacoubi, tentativa de estupro em 14 de março de 2008. No mesmo momento, Patrick Soulier recebe as primeiras cartas de ameaça de morte. Três meses depois, é agredido por três homens no estacionamento do *call center*.

Salima Yacoubi, Patrick Soulier.

Uma voz baixa sopra em meu ouvido:

– Coloque as palavras na ordem correta e preencha os espaços em branco.

Salima Yacoubi, aos prantos no pronto-socorro após Patrick Soulier ter tentado se matar.

Os fatos são evidentes.

Basta agora preencher os espaços em branco: Salima Yacoubi, aquela que Patrick Soulier protege.

Pego o maço de folhas e sento encostada na parede para reestudar tudo desde o início.

*

Abro a pasta na primeira página e prendo a respiração. Leio a *outra história* de:

SALIMA YACOUBI

Os fatos (1). 14 de março de 2008, por volta das vinte horas. Salima Yacoubi, encarregada da limpeza, começa seu expediente no *call center*, que ela pensa estar vazio. Vê entrar um jovem funcionário de vinte e oito anos na sala que está limpando. Ele lhe pede detergente porque as chaves do armário de produtos de limpeza estão com ela. Ele a segue até o local, tenta abordá-la, ela o esbofeteia e grita. Ele pergunta se ela o ama, irrita-se quando apesar do medo ela responde "não". Ele a joga no chão e se deita sobre ela, que sente o sexo dele através da roupa. Ele coloca um dedo no ânus dela através do vestido. Ela se debate, consegue fugir. Por três vezes ele quase a alcança. Ela consegue escorregar debaixo de uma mesa, onde se encolhe. Ele profere insultos de caráter racista e sai batendo a porta. Salima Yacoubi pensou que fosse morrer. Não consegue deixar de pensar que seu marido, morto onze anos antes, estava presente. A vergonha se mistura ao medo.

Os fatos (2). Ela diz que ninguém a ouviu.

Os fatos (3). Esse homem é Roger Vidal. O mesmo funcionário da empresa de serviços ao lado do *call center* sobre o qual a dra. Évelyne Garrey-Charra fala em sua carta. Roger V., um homem violento, capaz de estuprar e machucar. Capaz de matar.

Interrompo minha leitura para refletir. Digo em voz alta:

— Ela e Roger Vidal não estão sozinhos.

Hipótese (1). O vigia, Patrick Soulier, está fazendo sua primeira ronda. Não ouve os gritos de Salima Yacoubi, não é testemunha da agressão, mas se depara com Roger Vidal quando este foge e depois encontra Salima Yacoubi em estado de choque.

Os fatos (4). Salima Yacoubi diz não ter encontrado o vigia.

Hipótese (2). Essa agressão é o segredo deles. Isso explica o silêncio de Patrick Soulier na cama de hospital, antes de ficar em coma, e o mutismo de Salima Yacoubi.

Pergunta: por que não fazer um boletim de ocorrência e por que mentir?

Os fatos (5). Após a agressão, Salima Yacoubi volta para casa, perto do trabalho. Imediatamente, ela vai se lavar, por muito tempo. Debaixo da água quente e depois da água fria. Joga suas roupas na lixeira. Sente-se invadida por um sentimento de vergonha. Não se acha mais capaz de visitar o túmulo de seu marido. Jogar fora as roupas e esfregar seus membros com sabonete não é suficiente. Sua honra deve ser lavada.

A agressão ocorreu numa sexta-feira. Salima Yacoubi é incapaz de falar sobre isso com os filhos. Na terça-feira seguinte, ela vai trabalhar porque sabe que Roger Vidal não estará de serviço. Na quarta-feira, ele tenta falar com ela, que o rechaça. Fingindo não saber o que ela tem, Vidal pergunta a outros funcionários o que há de errado, *diante dela*. Então ela chora aos prantos, sem conseguir falar. Sempre essa vergonha misturada ao medo. Salima volta para casa e conta tudo à filha primogênita, que imediatamente a leva a uma consulta no clínico-geral. Ela fala de "agressão" no local de trabalho, sem dar outros detalhes. O médico lhe prescreve uma licença médica de oito dias. Ela registra um boletim de ocorrência na delegacia, antes de retirar a queixa dois dias depois. Recebo-a em meu consultório na sua volta ao trabalho e ela me conta tudo.

Tudo, salvo:

Patrick Soulier estava na unidade na noite da agressão e a apoiou.

Patrick Soulier e Salima Yacoubi são amantes.

Patrick Soulier quer proteger Salima Yacoubi.

Hipótese (3). Salima Yacoubi se recusa a delatar o responsável para Patrick Soulier, mas o vigia viu Roger Vidal furioso pouco antes de encontrar sua amante chorando. Patrick Soulier quer fazer justiça com as próprias mãos e ameaça Roger Vidal de retaliação.

Pego uma caneta e uma folha em branco e escrevo na parte de cima, no meio da página:

A *OUTRA HISTÓRIA* DE S. YACOUBI E P. SOULIER

Patrick e Salima são amantes. Roger Vidal tenta estuprar Salima. Enlouquecido, Patrick quer vingá-la, mas Roger Vidal é perigoso.

Doravante, ele sabe a respeito da relação de Patrick com Salima. Roger Vidal *é* o indivíduo número 3. Começa a escrever cartas de ameaça de morte a Patrick e Salima. Patrick está com medo, mente para Salima, dizendo-lhe que o problema foi resolvido, mas no dia 11 de junho de 2008, às treze horas e quarenta e cinco minutos, horário de grande movimento no estacionamento, ele é agredido por Roger Vidal e dois homens em seu local de trabalho. Mas não se deixa abalar. Talvez Roger Vidal tenha tentado se aproximar novamente de Salima, mas Patrick o tenha impedido. Ele quer salvar a honra da mulher que ama e sofre nova agressão, por duas vezes, em casa.

Coloco meio comprimido de Stilnox na língua, deixando-o derreter enquanto reflito.

Escrevo: por que Patrick Soulier se suicida agora?

Levanto os olhos. A enfermeira bate à porta. Ela passa a cabeça pelo batente para me perguntar se estou bem, me vê sentada no chão, perdida no meio das pastas, e imediatamente sai, como se tivesse visto o diabo em pessoa.

Pego novamente a folha e, com um gesto furioso, sublinho com dois traços a minha pergunta. Por que Patrick Soulier se suicida agora? Colocar as palavras na ordem correta e preencher os espaços em branco.

Não há resposta.

Remexo a pasta, na esperança de encontrar os horários de trabalho de Salima, mas não há nada. Levanto e telefono para a recepção do *call center*. A secretária me responde com voz atonal que em geral, às terças-feiras, os encarregados da limpeza só começam o expediente às catorze horas. Consulto meu relógio. Dez e vinte. Mais de três horas e meia de espera. Pergunto-lhe se por acaso ela teria as escalas de cada funcionário. Ela retruca que não tem fichas de presença do pessoal terceirizado e que preciso resolver isso com Éric Vuillemenot. Agradeço e desligo.

Hesito, mas entro em contato com o diretor da unidade para perguntar se ele sabe onde posso encontrar o quadro de horários dos funcionários terceirizados. De novo, a ligação cai na caixa postal. Deixo um recado no qual explico que meu consultório está vazio e que isso me surpreende. Não digo nada a respeito de Salima e de Patrick.

Preciso falar com Salima Yacoubi antes de Richard Revel.

Passo mais dez minutos procurando em vão respostas às minhas perguntas.

Um sinal sonoro me avisa que um *e-mail* chegou a minha caixa de entrada.

Importância: alta.

Estendo o braço para acessar o computador e faço deslizar o cursor do *mouse* até a caixa de entrada. Remetente: Alain Pettinotti. Abro-o e leio, cerrando dentes e punhos.

Originalmente, uma mensagem de Éric Vuillemenot para todos os funcionários do *call center*.

Todos os funcionários, exceto:

A dra. Carole Matthieu, a enfermeira Jacqueline Vittoz e os representantes sindicais.

Conteúdo da mensagem: uma célula de escutas foi implementada pelos gerentes da unidade de Valence, e cada funcionário está sendo convidado prioritariamente a consultar seus superiores para fazer um balanço em decorrência dos eventos que abalaram o *call center* desde sexta-feira à noite, e avisar as medidas de trabalho a serem tomadas.

Bato com a mão sobre o teclado num gesto de raiva.

As baixarias continuam.

A diretoria está dificultando meu trabalho. Também está dificultando a ação dos sindicatos. Jean-Jacques Fraysse trabalhou direito, depois da reunião do CHSCT ontem à noite. Alain Pettinotti, os representantes dos funcionários e a médica do trabalho foram deixados de fora. Carole Matthieu foi deixada de lado como um parasita.

Penso: depois de tudo o que fiz por eles.

Atravesso o consultório às pressas e abro a porta. A sala de espera está vazia. Tranco-a e vou até a sala da diretoria.

29

Não cruzo com ninguém nos corredores nem na escadaria. As portas dos escritórios e das salas de *telemarketing* estão fechadas, como por milagre. Não há ninguém fumando por trás das vidraças. O zumbido das máquinas de xerox, da ventilação dos postos de informática e do ar-condicionado. Os toques de telefone, abafados pelas divisórias e pelas paredes. A cena do crime foi reabilitada em sala de trabalho. De novo, os clientes estão descontentes e os atendentes precisam se desculpar e dizer "obrigado, obrigado e obrigado por ter ligado".

Sala do diretor.

Entro sem bater.

A carcaça desencarnada de Éric Vuillemenot gira sobre si, com o celular grudado no ouvido.

— Ligo de volta...

Ele enfia o aparelho no bolso. Estou atordoada pela mistura de cólera, Stilnox e Isomeride. Vacilo levemente. Ele acha que é por causa de minha raiva. Aponto um dedo acusador.

— Vou abrir uma queixa por causa do que fez.

— De que está falando?

— Estou falando de sua maldita célula de escutas! Dessa história de ordens dadas aos gerentes.

— Você está delirando!

— Escute!

Minhas pernas tremem. Minhas mãos desenham círculos diante de mim. Não consigo me controlar. Vuillemenot está relaxado.

– Você está pouco se lixando para os relatórios alarmantes que mando há meses, anos! Não respeita o sofrimento de seus funcionários. A situação é catastrófica. Mas não basta exigir e obter a retomada imediata do trabalho, você ainda encontra um meio de romper o vínculo que existe entre os funcionários e a única pessoa que os escuta nesta empresa!

– Mas a senhora não tem o monopólio do diálogo.

– Porém, trata-se de uma medida estúpida e perigosa!

Por um instante ele fita os movimentos desordenados de minhas mãos, meneia a cabeça e calmamente vai até sua poltrona.

– Discordo.

– A maior parte dos atendentes da unidade sofre com o poder exorbitante que repousa nas mãos dos gerentes. São verdadeiros feitores, como você sabe perfeitamente!

– São agentes e executivos que fazem um esforço admirável para superar a crise que atravessamos.

– Você pede a esses indivíduos sofredores que confiem suas emoções a seus chefes. E esses chefes a seus próprios chefes. Qualquer psicólogo de quinta lhe diria que se trata de uma aberração médica!

– Não recebi nenhuma queixa.

– Eles temem pelo emprego! Pela família! Pelos empréstimos que devem pagar!

– A senhora está subestimando a capacidade de julgamento deles.

– Alguns não estão em condições de pensar!

Éric Vuillemenot não para de tamborilar no telefone da mesa, evitando cuidadosamente cruzar o olhar com o meu.

– A senhora está levando esse assunto a sério demais, doutora.

— Faço meu trabalho, *senhor diretor.*

— Jean-Jacques Fraysse me relatou o que a senhora disse durante a reunião extraordinária do CHSCT de ontem à noite.

— Para a qual você corajosamente o mandou em seu lugar!

Seus dedos se crispam no telefone, mas ele ainda mantém a calma.

— Acho que a morte de Vincent Fournier a afetou muito.

— Isso significa o quê?

— Hoje de manhã enviei aos meus superiores e aos seus uma carta em que expresso a preocupação que sinto a seu respeito.

— Você fez o quê?

Ele continua, imperturbável, tirando e colocando de volta o receptor do telefone na base, como se quisesse esconjurar a má sorte ou verificar que o aparelho funciona caso eu tente agredi-lo.

— A senhora precisa de descanso, isso é óbvio. Olhe para si mesma! Olhe o estado em que se encontra! Mal consegue ficar em pé, está tremendo, e as olheiras que carrega mostram que não está dormindo o suficiente. Sinceramente, estou muito preocupado!

— Duvido!

— E também tenho certas ressalvas quanto a sua aptidão para cumprir sua missão.

— Seu safado!

Coloco as duas mãos sobre a mesa. Ele não se deixa abalar. Está calmo. Mais calmo do que nunca, ele *domina* a situação com perfeição; tão frio quanto Christine Pastres quando Vincent Fournier foi procurá-la para falar de suas pulsões suicidas e ela lhe respondeu que não aceitava chantagem. Tão frio quanto aquele que não ultrapassa os limites de seu cargo. Regra matemática: quanto mais calmo ele fica, mais fico agitada. Quanto mais ele finge estar preocupado com minha saúde, menos estou em condição de cuidar de mim mesma. Quanto mais ele cuida dos funcionários do *call center*, mais eles ficam doentes a ponto de morrer.

– Vá se foder, Éric Vuillemenot! Você não vai acabar comigo!

Ele engole saliva várias vezes. Meneia a cabeça como se *lamentasse de verdade*.

Tremores sacodem meus antebraços. Cerro os punhos para disfarçar, e os dentes para me conter. Sinto começar uma crise de angústia.

Ele não vai parar por aí. Não quando está a meio caminho. Quer me curar. Quer acabar comigo enquanto estou a sua mercê.

– Veja sua reação! Não é mais capaz de diferenciar seus inimigos de seus aliados. Não estamos em guerra, doutora Matthieu. Somos funcionários de uma mesma empresa, que tentamos fazer funcionar da melhor maneira que conseguimos. Estou aqui para fazer escolhas e garantir que ela vá em frente. A senhora está aqui para garantir que cada funcionário possa desempenhar um bom trabalho. Sei que é uma médica excelente, mas todos nós temos nossas fraquezas. Descanse por um tempo. Consultei a planilha da unidade e vi que a senhora tirou apenas uma semana de férias nos últimos dezoito meses.

– Os funcionários da unidade precisam de mim.

– Claro, claro.

– Vou... denunciar suas...

Ele pega o telefone sem tirar os olhos de mim e digita um número.

As palavras travam em minha garganta. Estou sufocando. Espumo de raiva. Minha cabeça gira. Vertigens. Sinto-me empalidecer. Um véu vermelho passa diante de meus olhos. Atrás desse véu, distingo cada vez menos a silhueta de Éric Vuillemenot. Parece que ele está sorrindo. Seu rosto se deforma. Ele dá gargalhadas, apontando para mim, dizendo que ninguém pode confiar em mim.

Pesadelo ou realidade?

Com a mão, afasto essas imagens. Perco o equilíbrio. Divago. Tento retomar o controle, mas me desequilibro e divago ainda mais. Sinto as mãos do diretor sob meus braços, impedindo-me de cair. Solto-me violentamente. Sou tomada por convulsões. Ainda consigo andar. Atordoada, saio da sala. O véu vermelho me precede. Sigo pelo corredor, desço a escada agarrando-me ao corrimão como minha salvação. Superestimei minhas forças. Minha investigação, as provas, os fatos e os resultados. Patrick Soulier, em coma. Hervé Sartis, no limbo. Christine Pastres, no banco dos réus. Vincent Fournier, morto à toa. Dra. Carole Matthieu, louca, louca, louca e incapaz de se controlar. Louca, louca, louca e assassina.

Um sopro de ar. Movimentos, em algum lugar no meu campo de visão.

Percebo a voz de Alain, longe, longe acima de mim.

Os berros de Vincent, Hervé, Patrick e Salima. E os outros, ainda mais acima.

*

— Está tudo bem?

Alain Pettinotti está inclinado sobre mim. Viro a cabeça para ver onde estou. De volta ao consultório. A enfermeira está atrás, no batente da porta.

Endireito-me e passo a mão pelo cabelo com um gesto lento, porém seguro.

Pergunto que horas são. Jacqueline levanta a cabeça e diz com voz pausada:

— Onze e dez.

— Obrigada.

Levanto-me para testar meus reflexos. O chão não está balançando. O teto não está dançando.

Voltei a ser eu mesma.

– Éric Vuillemenot, esse safado!

Alain faz um sinal à enfermeira como para lhe dizer que está tudo bem. Ela se retira imediatamente.

Ele se aproxima mais. Recuo, irritada.

– Tudo bem! Foi apenas uma queda de pressão. Vuillemenot me tirou do sério.

– Você não parece bem. Precisa pegar mais leve.

– Ei, você também não vai bater nessa mesma tecla! Já disse que estou muito bem. Não comi nada desde ontem à noite, ponto final. Vá até a cafeteria e me traga algo para beliscar, por favor, enquanto isso coloco a cabeça embaixo da água. Tem algum trocado na minha bolsa.

Ele acena a cabeça com ar conivente.

Antes de sair:

– Não se preocupe, ninguém a viu nesse estado, fora o diretor, a enfermeira e eu.

E fecha a porta atrás de si. Eu me seguro para não correr até a porta e arrebentá-la com socos e chutes, mas desta vez consigo me dominar. Respiro profundamente e remexo no bolso em busca das pílulas mágicas. Desaparecidas. Por um momento, fito a porta fechada com os olhos no vazio. Imagino: Alain, o Xereta, que encontra as cartelas de anfetaminas e tranquilizantes no meu jaleco e as guarda para me proteger. Mais uma vez me seguro para não bater na porta, dou meia-volta e vou em direção à farmácia em busca de algo que me dê novo ânimo.

Inibidor de fome e produtos anorexígenos. Dexedrina, Strattera 60 mg e Ixel. Caixas vazias. Distúrbios de concentração. Ritalina, Vyvanse, Adderall e Desoxyn. Vazias. Antidepressivos.

Effexor e Zyban. Vazias. Descongestionante nasal, simpatomimético anfetamínico: Rhinadvil, derivado da efedrina. Duas cartelas completas. Coloco três compridos na língua e engulo. Guardo o restante no bolso.

Enxáguo o rosto na pia, bebo três copos de água um atrás do outro e lavo demoradamente as mãos com antisséptico debaixo da torneira. Meu reflexo no espelho trinca. Inclino a cabeça para trás e encho os pulmões com o ar do consultório. O teto se racha, mas aguento firme. Nenhuma náusea. Bom sinal. Acomodo-me de volta diante da tela do computador para consultar minha caixa de entrada. A imagem está nítida. Boletins informativos, notificações, um recado breve de Alain, que deseja me ver e pergunta se estou bem. Horário de envio: dez e cinquenta e cinco. Vinte minutos antes. Logo após ter me encaminhado o anúncio do diretor da unidade sobre as células de escuta dos funcionários.

Murmuro:

— Sentimento de culpa, compaixão.

Um barulho de vozes na entrada do consultório. Alguém batendo na porta. Alain está de volta com uma bandeja cheia de *croissants*, de pães recheados e uma grande xícara fumegante que ele coloca sobre a mesa de exames.

Levanto-me da cadeira a contragosto.

*

— O que é isso?

— Chá com hortelã e três torrões de açúcar.

Ele sorri. Quer se mostrar atencioso e gentil. Não estou enganada. Culpa e compaixão, nada mais. Talvez eu esteja errada: atração sexual, sentimento protetor, amizade.

Eu como para lhe agradar, enviando preces ao apóstolo grego Lucas, terceiro evangelista, padroeiro dos médicos e médico também, para que meu estômago não lhe devolva integralmente a refeição na cara. Tomo pequenos goles do chá muito quente, como fazem as pessoas de mente saudável e os médicos comuns. Tento não deixar meus pensamentos correrem para: Patrick Soulier, Salima Yacoubi e o indivíduo número 3. Quero que Alain vá logo embora e possa dizer: a doutora Carole Matthieu está melhor, foi apenas um problema de cansaço decorrente do estresse dos últimos dias, ela engoliu três *croissants* e um quarto de litro de chá de hortelã adoçado até a *overdose*.

Empurro a bandeja vazia.

Digo:

— Obrigada.

Alain abre um sorriso. Tranquilizo-o, expressando minha gratidão, dizendo que estou melhor e que gostaria de descansar um pouco antes de começar o trabalho da tarde. Ele me faz prometer comer algo no almoço com Jacqueline. Concordo educadamente. Coloco-o para fora sem apressá-lo, e então me lembro do *e-mail* que ele me mandou. Pergunto-lhe o que desejava me dizer. Ele meneia a cabeça, hesita. Já não está mais me olhando nos olhos. Insisto.

— É a respeito desse tenente de polícia.

— Richard Revel.

Ele me olha de forma estranha.

— É isso. Revel. Ele veio me fazer perguntas sobre Fournier. Perguntou-me onde poderia encontrar a lista de seus colegas de trabalho do ano passado.

— E então?

— Vincent mudou de cargo com frequência.

— Mas vocês têm as listas, não é?

— Sim.

— Você as deu para ele?

Ele confirma com a cabeça.

— Não era obrigado a fazer isso.

— De um ponto de vista legal, acho que sim. De qualquer modo, o tira tinha a aprovação de Vuillemenot.

A pergunta sai sozinha:

— Ele estava procurando o quê?

Alain dá de ombros.

— Ele deve ter falado alguma coisa.

— Ele falou de Vidal.

Sinto um nó no estômago. Lá estamos nós de novo. Richard Revel está seguindo minhas pegadas, está a dois passos de mim. Posso sentir sua respiração na minha nuca.

Com a mão no batente da porta, de repente Alain está apressado para sair.

Sem fôlego, acrescenta:

— O Roger Vidal da agressão contra Salima Yacoubi.

— Agressão, não: *estupro*.

— Ela não deu queixa.

Contenho-me para não insultá-lo por ainda duvidar, um ano depois, da versão da senhora Yacoubi.

— O que ele queria com Vidal?

— Apenas disse que ele e Vincent estavam na mesma equipe, de janeiro a março de 2008.

— Só isso?

Sondo Alain com o olhar. Ele se irrita:

— O que quer que eu lhe diga? É ele quem faz as perguntas, não eu. Ele fez uma cópia da lista e foi embora.

— Ele poderia ter perguntado se você o conhecia, por exemplo.

— E eu teria respondido que não exatamente.

– Vidal e Fournier se davam bem.

Alain está incomodado. Agora, seus dedos se agitam na maçaneta da porta.

– Mas?

– Eles brigaram uma ou duas vezes.

– Por que motivo?

Penso: nada grave, Fournier nunca fez menção de problemas entre ele e Vidal.

– Histórias de escritório, coisas do gênero. Não lembro mais.

– Revel está sabendo?

Alain suspira:

– Sim.

Não pergunto mais nada. Já sei o que se passa no cérebro em ebulição do jovem tenente de polícia. *Adivinho* seus pensamentos como se fossem meus. Muitas hipóteses brotam simultaneamente. Uma única se sobrepõe a todas elas: Roger Vidal seria um culpado ideal. Ignoro por que e como, mas Revel certamente já tem uma ideia sobre o assunto. Vingança, rivalidade entre funcionários, bônus de fim de ano desiguais, crime passional, segredo escondido no fundo do armário. Tanto faz. Um osso para roer a ser descoberto em algum lugar. Se Vidal tiver algum tipo de culpa, Revel vai acabar descobrindo.

Penso em Salima. Levanto os olhos em direção ao relógio. Onze e vinte e cinco. Ainda preciso esperar duas horas e trinta e cinco minutos antes que ela chegue para seu turno. Preciso ser a primeira a vê-la. Antes de Richard Revel. Antes que ele faça seu trabalho de policial e chegue a conclusões apressadas demais.

Empurro Alain para fora do consultório. Ele dá uma olhada por cima do ombro em direção à sala de espera. Vazia.

Diz:

– O que vai fazer agora?

Reprimo um bocejo, perguntando-me se a cartela de Stilnox ainda está no seu bolso ou na lixeira.

Respondo:

– Dormir um pouco.

Tranco a porta, programo o despertador para as treze e quarenta e cinco, tiro o telefone do gancho, deito na cama destinada aos pacientes e logo durmo, esgotada. No sono, cruzo uma multidão de fantasmas e sombras antropofágicas contra as quais luto em vão.

*

Salima Yacoubi começa o expediente cinco minutos antes do horário, com um pequeno jaleco branco imaculado, luvas de plástico azul, carrinho com lixeira, vassouras e detergentes. Quando ela sai do depósito, os funcionários do *call center* já voltaram ao serviço, as equipes do turno da manhã foram se misturar aos engarrafamentos e o corredor está vazio. Com um ricto nervoso nos lábios, fico diante dela, vacilando sobre minhas pernas anestesiadas. Ela está desagradavelmente surpresa por me encontrar ali. Mexe-se nervosamente.

Tenta dissimular seu mal-estar.

– Tudo bem, doutora?

Afasto a pergunta com um gesto da mão. Meu ricto se amplia. Esforço-me para me dominar e não rir. Efeito colateral do Stilnox encontrado no fundo da lixeira, atrás da máquina de xerox.

– Precisamos conversar.

Ela mostra o carrinho com o queixo. Meneio a cabeça. Estendo a mão e roço seu antebraço com a ponta dos dedos.

– Agora.

Ela hesita e se mexe ainda mais.

Insisto:

– É a respeito de Patrick.

Finalmente consigo captar seu olhar. Ela vê determinação em meus olhos. Não protesta mais. Com um sinal, convido-a a me seguir até o consultório. Ela concorda. O plástico das luvas que ela tira estala. Ela as coloca em uma sacola. Guarda o material no depósito, tranca a porta e segue meus passos sem proferir nenhuma palavra. Seguimos pelo corredor. Ela atrás, eu na frente. Os saltos de nossos sapatos deslizam sobre o linóleo, estalam na escadaria e depois no concreto do corredor de acesso. Abro a porta do consultório e me afasto. Ela na frente, eu atrás. A enfermeira me lança um olhar inquisidor que ignoro. Tranco a porta atrás de mim.

Digo:

– Já sei a respeito de Roger Vidal.

Ela cai em prantos. Nesse exato momento, Salima Yacoubi, agente de limpeza, cinquenta e oito anos, parece ter quinze anos a mais. Vinte. Cem. A idade de minha mãe. A de minha avó. É velha o suficiente para ter gerado cada um dos funcionários do *call center*. O suficiente para ter tirado cada um de nós, um por um, de sua barriga e para chorar nossos erros e desesperos como se fossem seus. O suficiente para esperar que a dor do parto, cem vezes repetida, não fosse a nossa. O suficiente para desabar ao entender que foi em vão. Eis a impressão que tenho dela. *Eis exatamente o que sinto* ao observá-la alcançar minha mesa e desmoronar na cadeira reservada aos pacientes. E então também começo a chorar como uma criança pega no ato. Com esse desejo mais forte do que tudo de lhe confessar o que fiz e lhe prometer que nunca mais vou fazer de novo. Nem eu nem os outros. Que todos nós vamos consertar as coisas e voltar à estaca zero. Que Patrick, Marc e Vincent vão ressuscitar entre os mortos e também vão se sentar em torno dessa mesa e abençoar Salima, mãe, grande irmã e tia deles, por ela ter rezado e suplicado tanto por eles. Que vamos parar de fazer besteiras, vamos chorar para valer, beber, comer, transar, respirar, beber de novo, rir, berrar e dormir, e depois acordar, amanhã, como se esse maldito pesadelo nunca tivesse acontecido.

Então meu olhar encontra a pilha de pastas no chão atrás de minha mesa, folheadas, espalhadas, como se uma explosão tivesse removido o conteúdo das gavetas e projetado boa parte dele pela sala. Escancaro os olhos e a boca. Retenho as lágrimas salgadas que haviam começado a escorrer por minha face e endireito-me com um arrepio.

Debruço-me para Salima e lhe murmuro no ouvido:

— Você vai me contar tudo.

Ela soluça:

— Não posso.

— Tenho garra por nós duas.

*

Salima Yacoubi está fungando. Escuta-me enquanto fita a lapela de seu jaleco. Seus longos cabelos cinza-avermelhados pela hena mal se escondem por baixo do lenço de cabeça. Falo de Patrick, do hospital, do coma, da esperança de vida de um homem cujo cérebro não está suficientemente alimentado com oxigênio, do sofrimento no trabalho. Não digo nada a respeito de: minha investigação, a *outra história*, a Beretta, meus projetos, minhas dúvidas, a caixa de Stilnox no bolso de meu jaleco. Falo sobre os fatos e os resultados. Escondo minhas soluções e motivações. Salima fica calada, e vejo seu busto encolher lentamente contra o encosto da cadeira, como se o oxigênio saísse aos poucos de seus pulmões e qualquer rastro de energia desertasse de seu corpo. Quanto mais falo, menos sua respiração fica perceptível. Quanto mais digo, mais ela desaba.

Quando finalmente minha voz se cala, ela levanta a cabeça, endireita-se e coloca as mãos sobre os joelhos. Por um instante, um raio cinza e dourado ilumina seu rosto. Os músculos de sua mandíbula se crispam.

Acrescento:

— O que ignoro?

Salima Yacoubi faz uma careta.

— Patrick vai acordar se eu falar?

Respondo que não com a cabeça.

— Preciso saber.

— O que isso vai mudar para a senhora?

Minto:

— Vai evitar que haja outras mortes.

— Tem certeza?

Não tenho coragem de mentir de novo. Ela desvia o olhar.

— Nós nos aproximamos no começo do ano passado. As faxineiras e os vigias têm muitas coisas em comum, horários difíceis. Ele fazia a ronda e eu limpava os vasos sanitários de vocês. Ele vigiava os computadores e eu esvaziava o conteúdo das lixeiras. Nós nos encontrávamos de manhã e de noite, quando a empresa está vazia. Ele precisava falar, e passei a vida escutando homens se queixarem. Ele não tinha mais gosto por nada e eu, esperança nenhuma. Tínhamos sido feitos para nos encontrar.

Pigarreio e me apoio na mesa, ao lado dela.

Ela acrescenta ao me ver fazer isso:

— Está errada do começo ao fim.

— A respeito de quê?

– Patrick ama sua mulher. É como se fosse meu filho...

Ela hesita:

– Como um irmão.

– Então, o que aconteceu?

– Fournier tinha uma queda por mim. Quando eu passava em seu posto de trabalho, ele sempre dava um jeito de me segurar alguns minutos a mais do que era preciso. Dava-me pequenos presentes. Um dia, convidou-me para comer no restaurante com ele. Recusei. Ficou zangado, e foi lá que tudo começou.

– Você quer dizer o problema com Roger Vidal, certo?

Salima Yacoubi levanta a mão em um sinal para que eu permaneça calada e a deixe continuar.

– Ele contou a seus colegas de trabalho coisas não muito boas a meu respeito. Estou acostumada. Você sabe, faxineira é pau para toda obra, não é muito diferente. Então, deixei a coisa correr. Houve coisas um tanto racistas também. Disse que as mulheres como eu depilam o púbis, que usam *lingerie* debaixo das djelabas.* Nem preciso lhe dar mais detalhes. Depois, as coisas se acalmaram...

Ela retoma o fôlego.

– Mas isso não caiu em ouvidos moucos, e outro cara tomou a dianteira.

– Roger Vidal.

Ela concorda, com ar de nojo.

– Fournier era um imbecil, mas Vidal é um safado. Entendi de cara. Isso durou duas semanas... Piadas perniciosas, camisinhas nas lixeiras, absorventes íntimos.

– Por que não fez boletim de ocorrência?

---

* Túnica longa com capuz, usada por homens e mulheres no Norte da África. (N. do T.)

Ela meneia a cabeça e cerra os lábios.

– Foi mais ou menos nessa época que a gente se aproximou, eu e Patrick. Uma noite em que eu estava cansada, ele conversou comigo, e lhe confessei meus problemas com Vidal. No dia seguinte, Vidal me agrediu mais uma vez.

– Sexta-feira, dia 14 de março.

Salima passa a mão na testa.

– Depois, a senhora já sabe. Não dei seguimento à queixa, mesmo quando ele foi mandado embora.

– Mas as coisas não pararam por aí...

– Homens como ele nunca param.

Ela engole saliva com dificuldade.

– Ele não gostou que Patrick me defendesse. Começou a espalhar rumores sobre nós entre seus antigos colegas.

– Fournier?

– Acho que eles não se viam mais.

– Quem, então?

– Não sei e não estou interessada. Para mim, ficou mais suportável. Vidal esperava que eu terminasse meu expediente e me abordava na rua, até no ponto de ônibus. Eu também cruzava com ele de manhã. Mudei meus horários várias vezes, mas mesmo assim ele conseguia me encontrar. Isso durou meses. Quanto mais eu me defendia, mais ele insistia. Fui ver Patrick outra vez. Ele se envolveu e o ameaçou. Dois dias depois, Vidal voltou ao estacionamento da empresa com dois caras para acertar as contas com Patrick. Para que ele entendesse claramente que precisava ficar calado de uma vez por todas... Para que ele entendesse claramente quem mandava.

As pastas espalhadas atrás de minha mesa. O individuo número 3. Uma data aparece na minha cabeça.

– Dia 11 de junho.

260

– É isso.

– As cartas de ameaça eram de Vidal?

Salima me encara com ar surpreso.

– A senhora também sabe a respeito disso?

– Eu ignorava quem era o autor.

– Eu queria que Patrick o denunciasse, mas ele conseguiu me persuadir a ficar calada e não testemunhar. Ele tinha medo.

– Por ele mesmo?

– Por mim. Por meu trabalho. Ele não queria que eu ficasse constrangida publicamente.

– Medo de não poder mais vê-la.

– Talvez.

– E depois?

– Patrick decidiu que não ia mais me deixar sozinha. Ele me acompanhava até o ônibus, esperava por mim de manhã. Vidal havia desaparecido. Até a noite em que o encontrei na porta de minha casa conversando com minha filha de dezesseis anos. Tive muito medo por ela. Patrick se irritou. No dia seguinte, esperou Vidal na saída do trabalho. Eles brigaram.

– E isso não resolveu?

– Foi o que achei, mas Vidal é uma pessoa doente. Voltou a provocar, desta vez na casa de Patrick.

– E você não sabia?

– Patrick não me contou nada. Eu achava que o assunto estava encerrado.

– Por quê?

– Para me proteger. Isso pode parecer difícil de entender, mas, enquanto Vidal o perseguia, ele me deixava em paz.

– Mas agora Patrick não pode mais protegê-la.

Ela aperta o lenço com um gesto cansado.

Insisto:

— Como você descobriu?

— Adivinhei. Por acaso. Patrick estava cada vez pior. Ele ficava falando de morte e de coisas horríveis. Disse que ia se matar, que queria morrer. Só pensava nisso. Não suportava mais o trabalho nem a vida. Não era mais capaz de cuidar de mim. Acho que eu já sabia disso desde o início, mas não conseguia admitir. Ele aguentou por um tempo, mas estava esgotado. Assim que eu soube que ele havia sido solto, depois do assassinato de Fournier, entendi que ele ia pôr fim a seus dias. Cheguei tarde demais. Os tiras e a ambulância já estavam lá.

Patrick não lhe disse nada a meu respeito, não se viram mais desde então.

Suspiro:

— Amigos. Apenas amigos.

— Acabou.

Salima Yacoubi abre a boca para falar. Interrompo-a secamente.

— Você precisa contar tudo ao tenente Revel.

— Não posso, Patrick...

Perco a cabeça:

— Patrick está morrendo! Pagou o preço de seu silêncio. Vidal, não. Não depois do que ele fez com você.

— Não vou contar nada.

— É necessário!

— Já sofri demais. Eu não suportaria outro confronto. Nem um processo. Está além das minhas forças.

Uma voz na minha cabeça vocifera. Acabar com a cultura do segredo. Fazer barulho. Bater com as mãos sobre as mesas e, com os pés, dar chute nas portas. Quebrar a espiral da denegação e da culpa. Resistir.

Digo:

— Faça isso por Patrick.

Em silêncio, ela se levanta sem deixar de me olhar. Recua até a porta. Adianto-me para destrancá-la. Salima se afasta para me deixar sair.

*

A sala de espera está vazia. Consulto o relógio e apalpo a caixa de Stilnox através do tecido do bolso. Sobram sete comprimidos, e ainda não são nem catorze e trinta. Fecho os olhos e visualizo os comprimidos de anfetamina, na gaveta da mesa de cabeceira. Em casa. A cinco quilômetros daqui. Hesito em dar um pulo até lá. Parece-me que minha mão direita está tremendo, mas é possível que sejam meus olhos que não conseguem fixar nenhum ponto. Efeitos colaterais. Conheço. Garganta seca, desidratação, efeitos colaterais. Conheço, conheço. Cólicas, sorriso nos lábios, lágrimas nos cantos dos olhos, efeitos colaterais. Conheço, conheço, conheço.

Para romper o círculo sombrio de meus pensamentos, volto a minha mesa e maquinalmente abro a caixa de entrada.

Nada.

Voltar para casa e me abastecer.

Vou até o banheiro para trocar o absorvente. Levanto a cabeça. Meu reflexo no espelho me observa.

Ele cospe:

– O que está fazendo aqui?

Uma voz responde, a minha:

– Está querendo se justificar.

Por quê?

Fecho os olhos e visualizo a cena. No meu bolso, meus dedos apalpam nervosamente a cartela de comprimidos. É impossível mentir para si mesmo.

Matei Vincent Fournier.

Penso: eles vão julgar o assassinato de Fournier e a mim também, como culpada, e então logo vão esquecer a *outra história*.

Olho-me no espelho de novo.

Digo em voz alta:

– Princípio de realidade.

Ainda tenho trabalho a fazer.

Vai chegar o momento em que Revel estará remexendo nas minhas gavetas e pastas. É melhor que ele encontre apenas o essencial. Passo os vinte minutos seguintes pondo ordem nas minhas coisas. Separar, organizar, classificar, triturar. E tirar uma cópia de cada laudo importante, cada síntese. Pego uma pilha de envelopes de papel pardo no estoque de material da enfermeira, nos quais anoto uma série de nomes e endereços. Conselho da Ordem, Diretoria Nacional, Inspeção do Trabalho, o jornalista do France 3 que me ligou na segunda-feira e outros que conheço pessoalmente, a viúva de Vincent Fournier e Richard Revel. Em cada um coloco conscienciosamente uma cópia, fecho-os e me encarrego de levar os envelopes até o correio da empresa. O funcionário está jogado em sua cadeira, com um celular grudado no ouvido. Dou duas batidas rápidas e secas no vidro. Ele responde com um sorriso, fala algo no celular e abre a porta do corredor.

– O que quer?

– Tenho cartas para enviar.

Ele faz um sinal para que eu as deixe na caixa azul. Não me lembro de ter visto seu rosto na reunião de ontem de manhã.

Penso: ele também é culpado.

O funcionário levanta o indicador e me pede para esperar um instante, depois me entrega a correspondência do dia, que pego sem dizer nada.

– Boa tarde – lança ele, enquanto vou embora pelo corredor.

Nem me preocupo em responder. Subo até o topo da Torre B e saio para tomar ar no terraço.

*

O mistral varre meu cabelo, não minhas ideias sombrias. Eu me aproximo do parapeito e subo na beirada de concreto. A rua abaixo de mim. Valsa de carros e de simulacros. Então me inclino para fora. Cerca de quinze metros. O suficiente para pôr fim ao meu calvário.

Sinto um nó no estômago e digo a mim mesma: ainda não, agora não.

Uma rajada me desequilibra. Endireito-me bruscamente e dou um passo para trás.

Não estou pronta.

Viro a cabeça para a esquerda. A luz de dois giroflex silenciosos rodopia abaixo. Duas viaturas de polícia fecham a entrada de um prédio da rua. Daqui, não distingo qual. Uma multidão, jornalistas, três homens de farda, ruídos de vozes. Vou até o canto norte para me aproximar alguns metros. O cascalho range sob meus pés. Inclino-me novamente. Percebo a silhueta de Richard Revel na calçada. Atrás dele, distingo mais dois homens de farda. Um homem algemado entre eles.

Roger Vidal.

Finalmente Revel encontrou seu rastro.

Pergunto-me se Salima Yacoubi resolveu falar. Sua agressão, o processo do caso Soulier, os vínculos entre Vidal e Fournier.

Não posso deixar de sorrir.

O tenente de polícia deve estar satisfeito. Conseguiu seu primeiro culpado. Sou a única a saber que mais uma vez ele está enganado. Vidal é um canalha, um estuprador de mulheres, mas não tem nada a ver com o assassinato de Vincent Fournier. Não diretamente. Revel está enganado, mas escreve a história oficial.

Cada um com seu trabalho.

*

Dou meia-volta e entro depressa no *call center*. No meu bolso, a caixa de Stilnox contém apenas alguns comprimidos. Duas pequenas cápsulas para comemorar agora, outras cinco de reserva para mais tarde. A escadaria é interminável. Seguro no corrimão para não cair.

Jacqueline anda de um lado para outro diante da porta do consultório. Corre em minha direção assim que apareço no final do corredor. Seus gestos são bruscos e traem sua agitação. Demoro alguns segundos para entender as palavras que pronuncia.

– O quê?

– Hervé Sartis desapareceu.

Olho-a sem entender. Ela repete a frase. Respondo, com voz pastosa:

– Hoje de manhã ainda estava em casa, de licença médica.

– Ele mandou uma mensagem, um *e-mail*, para todos.

Ela me puxa pela manga para que eu a acompanhe até seu computador. Obriga-me a sentar diante da tela. Minha visão está embaçada. Ela começa a ler em voz alta, sem perceber que estou fora do eixo.

30

Valence, 17 de março de 2009

Bom dia,

Meu nome é Hervé Sartis, tenho quarenta e nove anos e decidi pôr fim a minha vida hoje.

Por quê?

Por causa do assédio e das humilhações por parte de:

Sr. Éric Vuillemenot, Sr. Jean-Jacques Fraysse, Sra. Christine Pastres e Sr. Vincent Fournier.

Esses bons apóstolos do call center de Valence me obrigaram a isso.

Minha responsável, a sra. Christine Pastres, por chamar vários responsáveis, entre os quais o sr. Fraysse e o sr. Vuillemenot, que validaram seu procedimento, e notificá-los de que eu nunca terminava nada e não era uma pessoa de confiança.

O melhor: o sr. Fournier. O simpaticíssimo colega, um dos mais antigos da empresa, o depressivo, jogado para lá e para cá, apoiado pela medicina do trabalho, determinado a tomar meu lugar, cobiçando meu cargo havia meses, invejoso de minha posição, aproveitando-se da tenacidade de Christine Pastres contra mim e do silêncio cúmplice do diretor da unidade e de seu assistente.

O estratagema dele foi o seguinte. Primeiro, deu um jeito de ser responsável pela carteira de um dos nossos maiores clientes. Depois, fez o possível e o impossível para ser aquele que ia me trei-

nar em relação a essa carteira e distribuir as tarefas dentro da equipe. Isso lhe dava poder sobre mim. Assim, durante várias semanas ele pôde me encarregar de uma lista importante de tarefas, sem nunca me dar os meios de finalizá-las corretamente, nem de poder respirar entre cada ação. Enquanto ele se queixava com quem quisesse ouvir do pseudoassédio que sofria por parte dos superiores, reproduzia a mesma coisa comigo.

E isso não acaba aí.

Fui filmado sem saber e posto em dupla escuta por Vincent, já que ele tinha o direito. Em nenhum momento consegui ter acesso ao servidor do call center. *Meu computador estava equipado com uma* webcam *que funcionava, mas nunca suspeitei que ele a usasse. Ao descobrir, fui imediatamente me queixar a Christine Pastres, e depois ao diretor da unidade, que negaram categoricamente. Porém, sei que é impossível fazer tamanha vigilância sem a autorização deles, por um simples motivo: eles têm os códigos de acesso ao servidor. Vincent Fournier, não.*

Também cuidei de ações de assistência por telefone para esse importante cliente, mas demorei duas semanas para entender, depois de uma conversa com um dos responsáveis dessa empresa, que meu nome não estava em lugar nenhum, e que, na verdade, eu trabalhava à toa. Toda manhã, Vincent Fournier fazia uma reunião de atualização comigo, felicitando-me por meus progressos, embora ao mesmo tempo soubesse que a tarefa a mim confiada era uma farsa e não fazia parte do contrato firmado com o cliente. Era apenas para que eu ficasse ocupado, conforme ele me disse quando percebi o esquema. Vincent afirmou não ser responsável por isso, e disse que eu deveria falar com Christine Pastres, o que fiz. E vocês sabem o que ela respondeu? Que eu precisava entender que não havia mais trabalho para pessoas em fim de carreira como eu. Que eu devia aceitar os fatos: eu não era qualificado o bastante, nem suficientemente graduado e competente para executar meu trabalho no call center. Velho demais, obtuso demais, gasto demais. Ela citou o exemplo de jovens funcionários que se adaptam depressa às condições de trabalho. Disse: "Você precisa entender, Hervé. Você precisa entender que não é mais capaz de fazer esse trabalho. A diretoria o mantém porque sua demissão sairia caro demais, não por causa de sua competência. Então, encontraram pequenas coisas para você fazer. E eu estou encarregada de pedir que você as execute". Acrescentou: "Faço o possível para que você não sofra com essa situação, pode acreditar nisso. E Vincent Fournier também. Ele se candidatou porque o conhece muito bem, e há bastante tempo".

Esse foi o tiro de misericórdia. A conversa aconteceu no último dia 13 de março, dia da morte de Vincent Fournier. Digo "conversa", porém penso "humilhação".

Execução pelo quarteto infernal Vuillemenot, Fraysse, Pastres e Fournier.

Naquela sexta-feira, após minha conversa com Christine Pastres, tudo ficou claro para mim: as informações erradas, as tarefas que mudam a cada dia, as chamadas telefônicas sem resposta, os sorrisos, os olhares de soslaio, os cochichos.

Acima de tudo, entendi que Vincent Founier era o pior dos canalhas.

Pastres, Vuillemenot e Fraysse são marionetes cuja única ambição é receber salário e bônus causando o mínimo possível de problemas. Não Fournier. Ele se empenhou em destruir um colega. Para ocupar seu lugar. Enquanto deveria ter sido solidário, fez circular na intranet do call center vídeos filmados durante meu treinamento que me mostram gaguejando e errando. É isso que chamo de humilhação. Não há outra palavra.

Esse bravo homem, apreciado e defendido por todos, é um canalha, e não tenho medo de dizer isso, mesmo que agora ele esteja morto. Ele teve o que merecia e peço desculpas se isso chocar alguém. Esse cara não pertence à raça humana.

Eis o que eu queria dizer antes de pôr fim aos meus dias. É meu minuto de verdade. Aquela verdade que todos devem conhecer e entender. As vítimas nem sempre são as que acreditamos ser. E sou eu que hoje pago o preço alto por isso.

Deixo a cargo, daqueles que ainda vivem, e continuam dando ordens e conselhos, um excelente ano de 2009, com ótimos bônus e boas noites de sono com um único ouvido tapado. Porque agora todos os funcionários vão saber e serão testemunhas de meu fim. Todos os funcionários poderão ver minha mulher e meus filhos chorando e pensar: foi por nossa causa, porque não fizemos nada para impedi-los.

Em anexo, vocês vão encontrar as provas, já que guardei todos os e-mails e gravei todas as ligações que eu recebia de meus superiores. Além do mais, existem todos os rastros de rede e as pontes de áudio e videoconferência de cada reunião com o cliente. Ninguém poderá dizer que ignorava os métodos dignos das mais elaboradas técnicas de tortura mental e manipulação.

Deixo esta terra sem ódio. Sei de antemão que nunca mais encontrarei nenhuma dessas quatro pessoas. Porém, eu poderei assombrar vocês. A brincadeira acabou. Os comprimidos vão fazer seu efeito. Senhores Vuillemenot e Fraysse, sra. Pastres, se tiverem filhos que hoje à noite lhes perguntem como foi seu dia de trabalho, vocês poderão responder: "Matei um colega, mas isso representa uma demissão a menos para fazer".

Ao contrário de outros, estou plenamente ciente do que escrevo e faço.

Hervé Sartis

31

A carta de Sartis tem em mim o efeito de um chute no estômago. Corro até o toalete. Ajoelhada, debruçada, os dedos agarrados ao vaso sanitário. Bile e comprimidos parcialmente comidos por ácido.

Hervé Sartis escreve: *A brincadeira acabou.*

A enfermeira me pergunta se estou bem. Mando-a passear antes de cuspir outra salva de bile.

Sartis repete: *Humilhação.*

Sei exatamente a que se refere, e me encolho de dor, com um forte cheiro gástrico no nariz, um gosto amargo na boca e baba no queixo.

Mas, sobretudo: *As vítimas nem sempre são as que acreditamos ser.*

Patrick Soulier mentiu para mim. Hervé Sartis mentiu para mim. Vincent Fournier mentiu para mim. As vítimas nem sempre são as que acreditamos ser. Neste momento, com o nariz no vaso, ignoro se ajudei uma vítima a pôr fim a seus sofrimentos ou se aliviei um carrasco de sua culpa. Tudo se confunde.

Levanto a cabeça, escovo os dentes, lavo as mãos e vou até a sala de Jacqueline para pedir desculpa. Ela aceita com a cabeça, esboça um sorriso de compaixão e me observa da cabeça aos pés.

A única coisa que consigo dizer para esconder meu incômodo:

— Dormi mal esta noite.

— A senhora deveria voltar para casa e descansar.

Resmungo uma vaga explicação. O telefone do consultório toca a tempo de evitar que eu volte a ser desagradável.

O número de Alain; atendo. Voz rouca e formal:

— Você recebeu a mensagem?

— O que acha?

— O que vamos fazer?

— Você entrou em contato com os representantes dos funcionários da unidade?

— Sim.

Reflito um instante antes de continuar.

— É necessário encontrá-lo antes dos tiras e da diretoria.

— O quê?

— Vuillemenot e Fraysse devem estar histéricos. Vão tentar minimizar o caso.

— Eles não têm como!

— Imagina se vão abrir mão disso!

— Vou enviar as informações para os representantes da agência Drôme e Ardèche.

— Repasse-a em âmbito nacional.

Alain se exalta.

— Eles vão ficar furiosos! Respeito à vida privada, investigação em andamento.

— E a não assistência a pessoas em perigo, isso lhe diz algo?

Hervé Sartis, já com o pé na cova.

— Quer que eu cuide disso?

— Tudo bem, tudo bem.

— Vou informar minha rede de médicos do trabalho.

— E a mídia?

— Já está no local.

Revejo Richard Revel na rua, e Roger Vidal algemado, cercado por um bando de jornalistas. Percebo o sentimento de triunfo do tenente e de onipotência do estuprador de Salima Yacoubi. Sartis fugindo, o sangue repleto de remédios, deixando para trás uma carta em que nomeadamente acusa Vincent Fournier. A pista do complô de vingança volta a ser considerada. Quem sabe o que se passa na cabeça de um jovem policial? Os fatos: acerto de contas, Sartis assassino, Vidal cúmplice. Todas as combinações são possíveis. Os resultados: a mecânica de sofrimento no trabalho foi relegada a segundo plano. Só valem os culpados de carne e osso. Excluídos os planos contábeis e as reestruturações. Sei o que me resta fazer.

Devo terminar o trabalho.

Percebo que Alain ainda está do outro lado da linha. Ele me pede para encontrá-lo no escritório do sindicato. Antes de desligar, diz:

— Como está levando isso?

— E você?

Ele pigarreia.

— Até já.

— É isso aí.

Ele é o primeiro a desligar. Preciso de um estimulante. Saio do consultório, resmungo algo como "enxaqueca" ao passar diante de Jacqueline e vou até o armário de farmácia da enfermaria.

Curativos, seringas, vacinas, uma caixa de Doliprane 1000 mg, antissépticos, nada do que eu esperava. A enfermeira observa meus gestos de soslaio. Finjo ignorá-la e continuo minha exploração. Nada, nada e nada. Bruscamente dou meia-volta e ergo um comprimido de Doliprane, fingindo ter encontrado o que procurava. A julgar por seu ar evasivo, acho que Jacqueline não se deixou enganar, embora eu não possa ter certeza.

Coloco o comprimido sobre a língua e o engulo a seco, calculando mentalmente quanto tempo sou capaz de aguentar sem remédios.

Então, vou depressa até o andar de cima.

*

Sentada de costas para a parede, Christine Pastres exibe um ar descomposto. Os olhos arregalados, cravados no *laptop*, posto diante dela, fechado. Ela está prestes a sair. Sobressalta-se com minha irrupção na sala.

Com o dedo, mostro o computador.

— Reunião da diretoria?

Minha voz é mais agressiva de que eu gostaria. Não muito.

— Vocês pensam em enterrá-lo antes que o corpo seja descoberto?

— O que está acontecendo com a senhora, doutora? — balbucia ela ao mesmo tempo que puxa o *laptop* para si.

Devo parecer uma louca, mas ela está tão mal que nem se dá conta disso.

— Você recebeu a mensagem de Hervé.

Ela confirma com a cabeça.

— Todos nós estamos muito preocupados com ele.

— Papo furado!

Ela se ofende:

— A senhora não tem o direito de dizer isso!

— E você não tinha o direito de empurrá-lo para uma situação sem saída!

Como ela não responde, acrescento:

— Cuidei de você como dos outros, Christine! Eu a recebi em meu consultório, fiz mais do que deveria ter feito. Eu a escutei, enxuguei suas lágrimas, acalmei sua raiva. Eu... tomei sua defesa, há anos, quando ainda não era chefe de equipe e seu próprio superior se mostrava excessivamente cauteloso a seu respeito. Fechei os olhos e tentei encontrar desculpas quando você criticava Vincent Fournier. Eu a apoiei em cada uma de suas gravidezes, quando meus superiores pressionaram seus responsáveis para que você fosse transferida para um cargo de meio período ou para uma unidade mais distante da cidade.

– Eu cumpria ordens. Não sou eu que determino meus objetivos semanais. É Vuillemenot, eu...

Dou um soco na mesa. Ela dá um pulo de susto na cadeira. Começa a chorar aos prantos.

– Você poderia ter se recusado a executar ordens injustas!

– Não... enfim, sim! A senhora não entende.

Outro soco. Ela soluça.

– Ninguém a obriga a executar ordens sem pensar! Onde está seu senso moral? Até onde está disposta a ir por alguma porcentagem de bônus a mais?

– Ele não atingia suas metas.

– Não estava em condições de fazê-lo!

– Não sou médica, não tenho competência para...

Berro:

– Pare de me falar de metas e competências, porra!

Agarro seus pulsos e a puxo para mim.

– Você viveu a mesma coisa que ele, Christine! Talvez pior até porque é mulher, e as mulheres sempre apanham mais do que os homens. Você teve que ser forte nas duas vezes em que engravidou. Para subir de cargo. Para ter sua própria equipe. Para não ser transferida para trezentos quilômetros daqui. Para suportar as gozações e as piadas machistas. Você aguentou as mãos na bunda de seus colegas de escritório que acreditavam lhe fazer um favor. Você aceitou as horas extras, os finais de semana trabalhando duro em suas pastas. Nenhum homem teria aguentado! Nenhum! Você disse "sim" a tudo o que outro funcionário teria considerado injusto, e agora está fazendo a mesma coisa, poxa!

Solto-a. Ela desmorona na cadeira, quase perdendo o equilíbrio. Inclino-me para mais perto.

— Você foi chorar em meu consultório e, enquanto isso, Hervé Sartis sofria algo igual.

Meneio a cabeça. Ela tenta recuar para escapar a minha cólera, mas as rodas de sua cadeira estão bloqueadas contra o rodapé. Meu olhar lhe dói, ela desvia os olhos. Abro a boca para lançar novo ataque, mas não encontro mais a energia necessária. A fonte secou. Por enquanto. Afasto-me dela e alcanço a porta. Ela grita nas minhas costas:

— A senhora não pode me ameaçar!

Dou meia-volta, obrigando-a com meu olhar a baixar o dela.

Penso: nas minhas costas, sim, mas não na minha frente, ela é incapaz disso.

Apesar de tudo, ela profere, com ar desafiador:

— Vincent não era quem a senhora pensa! Também tem sua parte de responsabilidade.

— Vincent está morto.

— Ele denunciou Hervé Sartis várias vezes! A senhora o defende como se ele tivesse sido um anjo. Não é porque morreu que...

Olhando para meu rosto, ela entende que ultrapassou os limites.

Com voz de além-túmulo, entoo:

— Vincent está morto, e você é tão responsável quanto os outros!

Dessa vez, Christine Pastres me encara como se de repente eu tivesse enlouquecido. E talvez seja o caso. Sinto um fogo me consumir a testa e as faces.

— A senhora faz acusações sem fundamento!

— Hervé...

— A senhora...

— Hervé Sartis desapareceu.

— Talvez ele esteja tranquilamente em casa, rindo do medo que espalhou por todos nós.

Desconecto. Não a escuto mais. Nenhum som chega até meu cérebro. Em meus olhos, o vermelho. Debaixo de minha pele, o vermelho. Em minha cabeça, o vermelho. Respire, respire, respire! Preciso me controlar. Respire, respire, respire. O vermelho se dissipa. Mais um pequeno esforço. Respire. Devagar. Quando volto a abrir os olhos, em parte acalmada, Christine Pastres parou de falar.

Sorrio. Ela acha que se trata de uma trégua ou de um sinal de remissão.

Diz:

— Todos nós estamos com os nervos à flor da pele.

Confirmo com a cabeça e acrescento:

— Se acontecer qualquer coisa que seja a Hervé, vou responsabilizá-la pessoalmente e farei um relatório nesse sentido.

Saio antes que ela tenha tempo de reagir.

*

Passo ao lado da sala principal, com as portas escancaradas. Os telefones tocam sem parar. Dou uma olhada de soslaio. Diminuo o passo. Todos estão lá. As mulheres e os homens que fazem a empresa funcionar. Aquelas e aqueles que passam por meu consultório.

O computador mais próximo do corredor está ocupado por um homem de cerca de trinta anos cujo nome não lembro mais. Roupa correta, costas retas, fones nos ouvidos. Está vendendo uma oferta de internet. Pelo som de sua voz, adivinho que o interlocutor é uma mulher. Ele sorri intermitentemente, mas não como se faz com uma pessoa de quem se zomba. Trata-se do vendedor usando o charme como truque. Ou de uma cliente com voz calorosa e macia. Talvez até amigável.

Paro e observo a cena, subjugada.

O funcionário parece estar feliz. Consigo mesmo, com seu trabalho, mas não somente isso. Pressinto algo mais sutil. Um tipo de conivência entre ele e a pessoa do outro lado da linha. Suas respostas às perguntas são pacientes e calmas. Ele faz o possível, não para vender o produto, mas para informar a cliente. Como se, para ele, o trabalho significasse algo mais do que uma simples peça de engrenagem na máquina perfeitamente azeitada de um *call center*.

Os segundos passam.

Um tique nervoso lhe percorre o rosto. O mostrador do cronômetro indica que ele já ultrapassou em cerca de um minuto o tempo regulamentar de atendimento. Ele continua sorrindo, mas o timbre da voz mostra que está contrariado. A magia se rompeu. Um sinal luminoso aparece na tela, e por suas costas corre um arrepio que posso sentir como se tivesse chegado até mim.

Três minutos, nenhum segundo a mais.

O sinal luminoso aumenta, uma janela laranja se desenha no meio da tela como uma advertência. O funcionário se desculpa com a cliente. Agora, ele a pressiona para que ela escolha. O tom de voz da mulher deve ter ficado mais ácido, já que os traços do rosto do homem se crispam. Finalmente, a comunicação se interrompe sem que a negociação tenha sido concluída. Ele se recosta na cadeira, esfrega os olhos e lança um olhar circular que cruza o meu por acaso. Posso ler:

– Fiz tudo o que era possível.

Mas isso não foi suficiente.

Meu celular toca ao mesmo tempo em que seu telefone IP. Não respondo imediatamente. A poucos metros de mim, o fun-

278

cionário recomeça sua arenga com o próximo cliente, mas seu sorriso não é mais o mesmo. Ouço-o dizer:

– Vejo que o senhor é nosso cliente há cerca de doze anos.

Essa frase banal provoca em mim o efeito de uma descarga elétrica. Com o olhar, varro a sala atrás dele e perco o chão. Os quatro últimos dias passam em alta velocidade perante meus olhos. O que estou fazendo aqui? Por que estou lutando? E contra quem? Os rostos se misturam e se emaranham. Os traços emagrecidos de Fournier, Soulier, Sartis, Yacoubi, Pastres, Vuillemenot e Vasseur se revezam em uma dança infernal. Todos culpados, todos inocentes. Juro que fiz tudo o que podia.

Meu celular continua a berrar. Tiro-o do bolso e o levo ao ouvido.

A voz de Alain:

– Já começamos há dez minutos! O que está fazendo?

– Estou fazendo o melhor que posso.

A única resposta que me vem à mente.

*

A reunião tem poucos participantes: Alain, Claude Goujon, Sylvain Pelicca e Anne-Maris Gouy, gorducha de quarenta anos de óculos rosa-choque e *tailleur* de estampa florida. Jean-Louis e Hafid não foram convidados. Mais uma vez, faço o papel do patinho feio, e minha chegada é recebida por um silêncio incomodado, logo rompido por Alain, que retoma o debate.

Não estou em meu ambiente.

O anúncio do desparecimento de Hervé Sartis pegou todo mundo de surpresa. E sua mensagem cria dissensões porque desperta antigas querelas. É testemunha de seu mal-estar, do que ele sofreu durante vários anos. Sartis é uma dessas pessoas que vemos mas que nunca realmente enxergamos. Assim como o ceguinho, o gordinho ou o rapaz cheio de espinhas da escola, ele faz parte da paisagem, é objeto de piadas, tranquilizando-nos sobre nossa própria condição. "E não é um cara ruim, gostamos dele..." Claude Goujon olha para as mãos, Anne-Marie Gouy encolhe a barriga e Alain evita meu olhar.

Segundo Sylvain, desde o envio do *e-mail* alguns destinatários logo reagiram e responderam a Sartis para convencê-lo a não fazer besteira; tentaram contatá-lo, em vão. Neste exato momento, três de seus colegas estão tentando tudo para localizá-lo e ajudá-lo.

Claude acrescenta:

— A diretoria avisou a polícia. Vão iniciar uma busca de testemunhas.

— Ele não deve estar muito longe. A que horas o *e-mail* foi enviado?

— Às catorze e cinquenta e cinco.

— E a mulher dele?

— Também o está procurando.

Meu braço esquerdo está tremendo um pouco, meu estômago me lembra que contém apenas água e comprimidos. Minha cabeça está girando. Mal consigo prestar atenção no que dizem. Sinto-me cada vez pior. Estou desabando.

Penso: agora não, ainda não, por favor!

Anne-Marie faz a pergunta que todo mundo tem em mente:

— Vocês acham que isso está relacionado ao assassinato de Fournier?

Os rostos se fecham.

Encontro energia suficiente para abrir a boca. Esforço-me para não perder o chão.

— Não me digam que ainda se trata disso!

– O que propõe, então?

Viro a cabeça. Sylvain está me medindo. Cravo meus olhos nos dele e digo em voz alta, para mim mesma:

– É preciso encontrá-lo. É a única coisa a fazer.

– Ele pode estar em qualquer lugar ou até na estrada. Já faz vinte minutos que ele foi embora! Se estiver de carro...

Fico paralisada.

Penso nas palavras de Hervé Sartis, da última vez que o vi. Uma curva, dois quilômetros abaixo da casa dele, acima de Saint-Romain-de-Lerps. Curva de cento e oitenta graus. Abaixo, o vazio. O carro que destrói a barreira de proteção.

Digo:

– Preciso ir embora.

Afasto-me da mesa. Os pés da cadeira rangem no linóleo. Por pouco não bato na cabeça de Anne-Marie Gouy com o cotovelo. Alain tenta me segurar. Empurro-o com um gesto brusco.

– Pare de bobagens, Carole!

Não respondo, bato a porta. Digo a mim mesma que, se ele tentar me impedir de deixar a reunião mais uma vez, vou ceder. Suplico-lhe mentalmente que o faça. Agarro-me a essa esperança. Ao chegar ao fim do corredor, dou uma olhada para trás. A porta da sala ficou fechada. Ele não veio atrás de mim.

*

O trânsito está carregado. Grande parte das rodovias principais de Valence está engarrafada. Vinte minutos depois, com uma mão na buzina e a despeito de vários sinais fechados, alcanço a grande ponte que cruza o rio Ródano. O nível do aquecedor está no máximo. Mesmo assim, bato os dentes. Identifico os sintomas da abstinência. No espelho interno, meus olhos imploram para que eu dê meia-volta, mas meu pé direito aperta o pedal do acelerador e avanço em zigue-zague entre os carros.

Entro em Guilherand-Granges e me deparo com um engarrafamento na Avenue de la République, que leva à zona comercial sul. A meio caminho, viro à direita para ganhar tempo cortando pelos bairros residenciais, indiferente às manifestações de irritação e aos xingamentos. Após os loteamentos vêm os campos de árvores frutíferas. À direita, o Ródano, invisível atrás da valeta. À esquerda, a ferrovia reservada aos trens de mercadorias e, mais atrás, os contrafortes do planalto de Ardèche. Diante de mim, o mistral bate violentamente contra o para-brisa. Atrás: Valence, o *call center*, Salina e os outros.

Engato a quinta. O velocímetro indica cento e vinte quilômetros por hora. À primeira lombada, o carro parece que vai voar. A adrenalina produz seu efeito, a sensação de abstinência desaparece momentaneamente. Não a cólera. Diminuo a velocidade ao chegar perto das primeiras casas de Cornas, entro na D 86 e fecho uma caminhonete, na qual não bato por pouco. Dois minutos depois, o Audi começa a subir a pequena estrada sinuosa que leva a Saint-Romain-de-Lerps. Vales profundos, encostas nas quais crescem acácias e castanheiros famélicos, comidos pela hera e pelo mofo. O motor está esquentando, engato a segunda.

Fazer meu melhor, na esperança de chegar a tempo.

Em cada curva, procuro com os olhos o carro de Sartis. Diminuo a velocidade diante de cada barreira de proteção danificada. Já percorri dois terços da subida quando meu telefone toca. Não tenho tempo nem vontade de responder. Enfio a mão direita no bolso para tirar o aparelho e desligá-lo, porém interrompo meu gesto ao ver o número de Richard Revel. Junto com a abstinência volta a lucidez.

Hesito e então coloco o telefone no assento do passageiro.

Penso: você está ligando para dizer que Sartis desapareceu e que Vidal é canalha, mas não assassino. Adivinhou e já está me interrogando – talvez até desde o primeiro minuto de nosso encontro – sobre meu papel em toda essa merda. Faça um bom trabalho, tenente Revel. Continue fazendo um bom trabalho, porém, me deixe terminar o que comecei. Você vai acabar entendendo, mas não vai me deter. Agora não.

Levanto os olhos para a estrada, um carro descendo faz um sinal com as luzes. O Audi está no meio da estrada. Viro o volante para a direita, os pneus patinam na estrada de cascalhos. A traseira do carro dá uma guinada, as laterais quase se tocam, mas consigo restabelecer a direção, e o outro carro passa zumbindo e buzinando.

Descubro o carro de Sartis duas curvas acima, estacionado em um acostamento de terra, do lado da montanha, com as luzes e o motor desligados. Diante dele, do outro lado da estrada, a barreira de proteção. Abaixo: um declive de duzentos metros.

Suspiro:

– Encontrei você.

Fazer meu melhor, mesmo que isso não seja suficiente.

32

Valence, 23/11/2008

Caro colega,

Obrigada pela consulta especializada que me encaminhou sobre a sra. Carole Matthieu, a qual recebi em meu consultório em 10/07/2008.

A sra. Matthieu é pontual. Sua apresentação logo evidencia um alto nível de tensão psíquica.

Quero reproduzir aqui a espontaneidade de sua fala, que foi a seguinte: "A meta deles é me botar para fora; quanto a mim, estou feliz de voltar a trabalhar [...] Se me pedirem para mentir de novo aos meus pacientes, sou capaz de tudo [...] Meus pacientes precisam de mim, visto o que está acontecendo neste momento no call center. Sou um dos últimos bastiões diante da política de mobilidade obrigatória e de demissões que foi implementada há vários anos e que não vai parar senão com o fechamento do call center. Pierre Exertier não passava de um peão".

Isso foi dito sem nenhuma intenção de chantagem. A autenticidade do discurso e os sinais clínicos que a acompanham deixam pairar uma dúvida quanto à viabilidade de um gesto heteroagressivo.

Peço a ela que me explique quais são as pessoas que, a seu ver, desejariam "botá-la para fora", *mas ela não responde e repete várias vezes que o sr. Exertier não passa de um peão, e que é ela o alvo deles. Acredito adivinhar que se trata de seus empregadores, mas não posso afirmar isso com certeza.*

Contudo, a sra. Matthieu acaba se acalmando e volta a se controlar no meio da sessão. A partir daí, sua atitude muda completamente. Ela pede desculpas pelo que disse no começo da sessão, chora aos prantos, e então explica que está esgotada e que foi apenas um momento de intensa fadiga, mas que agora está melhor. Pergunto se isso lhe acontece com frequência, mas ela afirma que é a primeira vez.

Em seguida, ela fala sobre um acidente de moto que teria sofrido durante seu tempo de internato, em 1990. Conta que foi muito grave no aspecto traumatológico, obrigou-a a ficar de cama durante três meses, deixando-a com angústias recorrentes porque não tinha certeza de poder ter de volta o uso das pernas e do braço direito, o que ameaçava diretamente sua carreira de médica. Demorou mais de dois anos para se recuperar disso.

Segundo a sra. Matthieu, a agressão de seu paciente teria despertado esse estado de angústia, o que explicaria a violência de sua reação. Temeu por seu cargo e sua carreira. Assegura-me de novo que está melhor. Para sustentar sua afirmação, mostra-me cicatrizes bastante extensas na coxa direita, no joelho esquerdo e no antebraço. Ela não trouxe seu histórico médico, mas, vistos seus ferimentos, não posso duvidar de sua palavra.

Síntese: a sra. Matthieu apresenta um estado de sofrimento psíquico preocupante, com leve risco de comportamento impulsivo se a situação não evoluir depressa. Consequentemente, parece-me importante recomendar outra licença médica de no máximo quinze dias, com fins terapêuticos, com balanço médico obrigatório no fim do ciclo. Seu estado geral não me parece ser de natureza a questionar suas capacidades de exercer a profissão. Entretanto, uma mudança de cargo e de empresa pode ser considerada no final.

Queira receber, caro colega, a expressão de minhas distintas saudações.

Dra. Maryam Sarthes

33

Hervé Sartis está sentado na parte dianteira do carro, as duas mãos sobre o volante e os olhos no vazio. Bato no vidro. Ele não reage. Abro a porta. Ele gira a cabeça devagar. Examino suas pupilas à procura de um sintoma medicamentoso, mas não encontro nada senão uma profunda apatia. Está usando um colete de lã azul, uma calça de agasalho rasgada no joelho, um par de tênis novos e um boné manchado que contrastam com a roupa padronizada em que costumo vê-lo no *call center*. Um forte cheiro escapa do compartimento. Reprimo um movimento de recuo ao entender que ele urinou na calça. Aproximo meu rosto do seu. Qualquer sinal de vida desapareceu de seus traços. Até a cólera e a angústia sumiram.

Engulo saliva e entendo: já está morto.

A única pergunta é: qual o meio mais rápido para pôr fim a tudo isso?

Estendo o braço e esbofeteio seu rosto. Ele não reage. Outra vez. Nenhuma reação. Cerro o punho e lhe dou um soco, violento desta vez, desejando machucá-lo. Ele recebe o golpe, recua e agarra o volante para não cair. Então, depois de um lapso de tempo indeterminado, endireita-se, leva a mão até a maçã do rosto, olhando-me com ar que quer dizer: "E agora?".

Dou dois passos para trás, mais surpresa por meu gesto do que pela reação. Volto à realidade como se eu estivesse acordando brutalmente.

Ele entreabre os lábios e diz, com voz fraca:

— Você está querendo me impedir de pular?

– Sim!

Gritei. Como se eu quisesse me persuadir de que se trata da única coisa *razoável* que posso fazer, enquanto uma voz murmura na minha cabeça: ele já morreu, você fez o melhor que podia, mas não pode fazer mais nada por ele.

Grito para mim mesma:

– Não!

Sartis acha que estou falando com ele. Faz uma careta, desvia o olhar e volta a contemplar a barreira de segurança. Tem uma luz fraca nos olhos. Mas, mesmo assim, uma luz. Meu soco o despertou momentaneamente.

*

Dou a volta no carro pela frente e me acomodo no assento do passageiro, tomando o cuidado de deixar a porta aberta. Franzo as sobrancelhas. O cheiro de urina é insuportável. Sufoco. Sartis parece ter-se acostumado ao odor.

Pergunto:

– Por que me contou no consultório que Vincent Fournier era seu amigo e que sua morte o comoveu, quando a carta que você mandou a todos diz exatamente o contrário?

Ele não responde de imediato. Parece meditar sobre a pergunta como se ela tivesse múltiplos significados ocultos. Sua respiração está curta e a voz, cavernosa:

– Eu o odiava.

– Por que ele queria seu lugar?

Ele meneia a cabeça.

– Ele nunca cobiçou meu cargo, nunca me assediou moralmente.

– Não estou entendendo. Na sua carta, você disse...

– Esqueça a carta.

– Porra, o que quer dizer com essa baboseira?

Ele engole em seco e com dificuldade, como se esse gesto exigisse dele um esforço violento e doloroso.

Insisto:

– Quero saber!

Ele fecha os olhos.

– Acho que não quero falar sobre tudo isso agora. Fournier está morto e, no meu caso, trata-se apenas de uma questão de segundos.

– Porra, Hervé!

– Porra, Hervé. Porra, Hervé. Parece que estou ouvindo Christine Pastres, aquela safada, quando eu me recusava a executar as coisas estúpidas que ela me impunha para, segundo ela, me ajudar e me dar outra chance.

– Lamento...

– Não venha fazer o papel da médica do trabalho cheia de compaixão, por favor. Isso eu também não aguento mais.

Não encontro nada para responder.

– De qualquer modo, com minha carta, os tiras não vão demorar a descobrir a verdade sobre minha relação com Fournier. Vão suspeitar que eu o matei porque tinha um motivo. Afinal de contas, tanto faz. É necessário ter um culpado.

– Do que está falando? Não foi você que o matou!

Ele arregala os olhos e me olha, como se eu fosse transparente.

– Todos nós já passamos por seu consultório, mas você não sabe quase nada a nosso respeito.

– Sei mais do que você, pode acreditar nisso.

– Bobagens! Você apenas sabe o que lhe contamos! Sabe nossas mentiras e traições, ponto final. Baboseiras. Falsas lágrimas e crises de nervos para obter uma licença médica ou um recado para o chefe.

Sinto o sangue corar em minhas faces.

– Você sabe muito bem que não é verdade!

Ele não diz nada.

Gotas de suor correm em minhas costas. Rajadas de vento gélido entram pela porta aberta. Procuro no bolso. Tomo meus últimos comprimidos. A falta de droga é insuportável. O Stilnox não faz mais efeito. Preciso de algo mais forte.

– Talvez – ele acaba murmurando. – Talvez. Talvez seja verdade, em parte. Não com frequência. As pessoas mentem o tempo todo. Para salvar a própria pele. Para receber bônus. Para serem bem vistas por um chefe ou colega. Para agradar o médico do trabalho...

– É nojento dizer coisas assim.

Ele me olha enquanto me debato em meio a sentimentos contraditórios.

– Quando fomos informados da morte dele, todos nós pensamos que um de nós é que era responsável. Mas juro que não tenho nada a ver com isso. Talvez seja Alain, Claude ou Sylvain, não sei. Provavelmente Claude, sim. Ontem, ele agia de modo estranho... De qualquer modo, não é mais problema meu.

As vítimas nunca são quem acreditamos. Aqui está minha *outra história*! Aqui estão meus fatos e resultados! Um ninho de cobras levadas a brigar entre si. Histórias de homens e mulheres. De máquinas e procedimentos desumanos. De ordens e contra-ordens. De metas e regras contábeis. Coloque sessenta homens numa sala, alimente-os de injunções paradoxais e bônus por mérito, e não obterá nada senão um imenso cemitério de mortos--vivos a céu aberto. Soulier, Sartis e Fournier, assim como os outros. E eu, perdida no meio, drogada até o último fio de cabelo graças a receitas, roída por dentro. Uma história que não para de ser escrita e reescrita.

Debruço-me para fora do carro. Inspiro profundamente, à beira da náusea. Hervé Sartis me observa em silêncio. Ele parece esgotado com nossa conversa. Seus olhos não são mais que duas pequenas bolas de chumbo cravadas no meio de um rosto inexpressivo.

Dou uma olhada pelo para-brisa. Devo confessar que o vazio também me atrai.

*

O lugar é tomado por um silêncio denso, rompido a intervalos regulares pelo rugido dos motores de carros que sobem a ladeira e, ofegantes, passam a nosso lado. Um sedã passa mais lentamente que os demais carros. É de alta cilindrada. No volante, uma velha senhora que por um instante olha para nosso carro e para os ocupantes, como se fosse perguntar: o que vocês dois estão fazendo aí? Vejo-a virar a cabeça para observar o Audi antes de seguir adiante, como se não tivesse visto nada. Talvez tenha reconhecido o carro de Hervé Sartis. Talvez pense que se trata de um encontro amoroso depois do expediente. Talvez acredite que ele tem uma amante. Talvez ache que sou uma puta ou uma travesti. Talvez não imagine nada ou, ao contrário, como acontece na idade dela, esteja gravando cada detalhe da cena num canto de sua memória gasta, caso possa servir.

Suspiro. Ele diz:

— E você?

Eu o encaro sem entender. Ele se irrita, procura as palavras, acaba encontrando-as:

— Qual é seu papel em tudo isso? Por que está aqui?

— Para impedi-lo de fazer uma besteira.

— Quero dizer: por que faz esse trabalho se sabe perfeitamente que não é capaz de lutar contra eles?

– Porque é meu trabalho de médica – balbucio.

Ele faz que não com o indicador.

– Para mim, isso não basta.

– Como, *isso não basta* para você?

– Porque é tão estúpido quanto responder a ligações telefônicas o dia inteiro para vender pacotes de internet! Isso... isso não faz sentido, doutora!

– Claro que faz! E não estamos aqui para falar de mim!

Ele dá uma risada.

– Parece que não está acostumada a se deitar no divã. Seu negócio consiste em fazer perguntas, em tranquilizar, em rabiscar em seus caderninhos, em escrever lindas cartas de recomendação para colegas psiquiatras ou médicos especializados.

– Mas, porra, o problema não é esse!

Sua cabeça oscila da direita para a esquerda, lentamente.

– E por que não? Quanto a mim, estou interessado em saber por que você passa de doze a catorze horas por dia no *call center* ouvindo nossas lamúrias, e as noites e os finais de semana elaborando notas, entupindo-se de antidepressivos e chorando.

– Não admito!

– Hoje, posso tudo.

– Minha vida pessoal só diz respeito a mim.

Ele vira a cabeça em minha direção para me encarar. Leva um tempo antes de lançar, com ar de desafio:

– Não estou enganado, estou?

Não respondo, porém não abaixo os olhos.

– Talvez esteja se perguntando como eu soube.

– Estou pouco me lixando.

Ele continua sem notar meu comentário.

– Sei porque fiz a mesma coisa durante meses e anos. Todos os dias. Todas as semanas. Trabalhar como um louco para nada, chegar em casa à noite, me servir um copo ou dois de bebida, tomar as porcarias que seus colegas psiquiatras me prescreviam e chorar durante horas, até cair esgotado e finalmente dormir, pouco antes de o despertador tocar e tudo recomeçar.

— Cuidei de você. De você e de dezenas mais.

— Você adiou o prazo alguns meses. Nada mais.

— Amei vocês do fundo de meu coração. Não fiz isso por causa do salário.

— Acredito em você.

Ele me encara. Seu rosto não denuncia nenhum tipo de emoção. Sei que tem razão em todos os pontos. Sei, mas me recuso a acreditar nisso.

— Porém, isso é suficiente?

— Claro que é!

— Então me diga o que estou fazendo aqui, perguntando-me o que está me segurando para eu não ligar o motor, engatar a primeira e acelerar.

Não encontro nada para responder.

Pego sua mão esquerda, debruço-me em sua direção e com carinho dou-lhe um beijo na testa, como uma mãe faria com o filho doente, antes de delicadamente acomodar sua cabeça sobre meu ombro.

*

Sua respiração está regular; seus olhos, semicerrados. Arrepios percorrem meu corpo em ondas sucessivas. Permanecemos imóveis e calados por cerca de dez minutos. Talvez mais. Talvez menos. O tempo parece durar uma eternidade. Até eu dizer:

— Está na hora.

Solto-o, e ele retoma a posição anterior. Mãos agarradas ao volante e olhar fixo no céu.

Prendo a respiração.

– Eis o que vai acontecer. Vou sair do carro lentamente, e então vou voltar até o meu carro e ir embora como se não tivesse visto nada.

Ele concorda com a cabeça. Algo em seus olhos me assusta. Algo terrível.

O toque de meu telefone chega até mim. Não me mexo. O que eu deveria fazer: tirar a chave do contato, atravessar a estrada e jogá-la no declive, depois telefonar para o tenente Revel para que ele venha resgatar Hervé Sartis.

Isso é o que eu deveria fazer.

Cuidar, curar, consolar e salvar.

Inclino a cabeça para trás, fecho os olhos por alguns segundos, solto o ar e então me endireito e saio do carro tomando o cuidado de fechar a porta atrás de mim. Sem olhar para trás.

Dez minutos depois, chego ao centro de Cornas. O leitor de CD reproduz as primeiras notas da abertura para piano de *Firth of Fifth*, da banda Genesis. Viro a cabeça. O ruído da explosão não chega até mim, mas uma luz viva seguida por uma espessa nuvem de fumaça negra escapa de uma ravina, nos contrafortes da montanha. Cerro os dentes. Diante de mim, a linha reta da Avenue du Colonel-Robert-Rousset e uma fila ininterrupta de luzes traseiras parecem levar diretamente ao pé da silhueta fantasmagórica das ruínas do Castelo de Crussol, quinhentos metros acima.

Embora eu esteja transpirando como se tivesse corrido uma maratona, tenho a impressão de que meus dedos estão gelados. Acho que estou enlouquecendo, mas, ao pensar bem, vejo que ainda não. Se apenas...

Penso: voltar para casa a qualquer custo.

Rápido.

34

Acordo, atordoada e batendo os dentes, deitada no carpete da sala, no meio de uma miscelânea de papéis e caixas de papelão desmontadas. Pastas médicas, laudos periciais, folhetos. As provas, espalhadas a meu redor como uma camada de folhas secas que um furacão varreu e remexeu por todos os lados. Pelo amor de Deus, o que fiz?

As persianas e as janelas estão escancaradas. Lá fora, está totalmente escuro. A temperatura caiu mais, porém não está ventando. O relógio de parede indica dezoito e vinte e dois. Por um instante, pergunto-me o que estou fazendo aqui, e então minha volta pelos engarrafamentos me vem à mente. As substâncias tóxicas, o suicídio de Sartis, a explosão, a abstinência, a chave que se recusa a entrar na fechadura da porta de entrada, a reserva de remédios, os comprimidos de Isomeride e de Redux, a impressão de pairar e de voltar a respirar. Devo ter tido um mal-estar.

Endireito-me com dificuldade.

Uma dor irradia em meu joelho direito e meu cérebro lança inúmeros sinais de alerta. Deito de novo por um minuto, esperando melhorar. Finalmente, encontro energia para fechar as janelas e me arrastar até o banheiro. Minhas cólicas pararam. Não sei se devo me alegrar ou me preocupar. Estou esgotada demais para pensar nisso. De volta à cozinha, encontro uma lata de raviólis que despejo em um prato e coloco no micro-ondas. Parada diante do aparelho, mal consigo ficar em pé. Vejo meu reflexo no vidro do aparelho, em parte deformado. Imediatamente, desvio o olhar. Minhas roupas estão impregnadas de um cheiro acre, mistura de suor e umidade. Eu me dispo, jogando as roupas no cesto antes de vestir um roupão, o corpo tremendo de arrepios. Ligo o rádio, sintonizo uma frequência de música clássica e como os raviólis insípidos de pé, diante da mesa, com as nádegas grudadas no aquecedor elétrico.

A comida esquenta minha barriga, mas meus pensamentos permanecem gelados. Não sei em que ponto estou. Recuso-me a planejar. Os ponteiros do relógio giram num ritmo desenfreado. O mínimo movimento provoca gemidos de dor. Os fatos. Meu corpo não passa de um monte de carne sofrendo, intoxicado pela droga até a náusea. Os resultados. O teto dança por um instante antes de se estabilizar. Os raviólis parecem aguentar. Acabo o prato, finalmente saciada, lavo-o com água quente na pia e volto a sentar no sofá.

As pastas espalhadas no chão me encaram. Digo a mim mesma que deveria pôr ordem nelas. Por um minuto, contemplo a ideia de voltar ao consultório, mas não consigo encontrar um único motivo válido. Entendo que bem provavelmente nunca mais pisarei lá. Risco da mente esse período de minha vida. Era algo que já germinava havia meses. Finalmente conseguiram acabar comigo. O princípio da realidade retoma o controle.

Bocejo.

Sentimento humano.

Sorrio.

Pego o celular. Cerca de dez chamadas em minha ausência. Minha filha procurando por mim. Está preocupada com meu silêncio. Cinco ligações, dois recados. Jacqueline, a enfermeira, intimada a dar minhas pastas de pacientes aos tiras para a investigação. As coisas estão se esclarecendo. Duas ligações, um recado. O tenente Revel, por fim, e sua voz tranquilizadora. Ele quer notícias minhas e deseja fazer algumas perguntas sobre Hervé Sartis. Suas palavras e o tom de voz me falam do policial e de sua atração por mim. Três ligações, três recados.

Digito o número de minha filha.

Caixa postal.

Aspiro o máximo de ar possível.

– Olá, sou eu, mamãe. Você tentou falar comigo. Está tudo bem, não se preocupe.

Um momento de hesitação, e então acrescento:

– Amo você.

Desligo dizendo a mim mesma que sempre é mais fácil falar com máquinas do que com indivíduos. Após colocar o telefone na base, eu me estiro e dou uma olhada para o chão coberto de papéis. Chamas surgem diante de meus olhos. O fogo. Uma grande limpeza pelo fogo. Eis a solução.

*

Passo os quinze minutos seguintes fazendo pilhas de documentos, e levo a maior parte até o fundo do jardim, perto do muro de trás, sobre um monte de galhos secos lá abandonados há anos. A chuva encharcou a madeira, porém, encontro na garagem um vasilhame de gasolina, que data da época em que eu tinha um cortador de grama, e um pneu, que vai servir para vencer a umidade. Em seguida, entro em casa e recomeço o mesmo processo no escritório, tomando o cuidado de conservar minha agenda de endereços e algumas fichas de pacientes. A maior parte delas acaba numa grande caixa de papelão que deixo na entrada, antes de me dedicar à prateleira do corredor, onde às vezes armazeno algumas pastas importantes – que agora acabam seguindo o mesmo caminho.

Sem fôlego, enxugo a testa com a borda da manga. O esforço físico me faz transpirar ao mesmo tempo que traz um sentimento de bem-estar. As anfetaminas insuflam nas minhas veias uma dose suficiente de energia. Fora, o céu preto e as paredes da casa tingem-se aqui e ali de matizes rosa e ouro, decorrentes, como bem sei, dos efeitos da droga, mas finjo que esses fenômenos são naturais.

Dou-me direito a uma pausa e encho um grande copo de martíni branco, que beberico no canto do terraço, com os pés descalços e sujos e os olhos perdidos em direção à massa informe do amontoado de lixo que estou prestes a queimar. Os rostos sorridentes de Hervé, Vincent e Patrick flutuam no ar, diante de mim. Acho que é a primeira vez há séculos que me sinto tão bem. O toque do telefone ruge atrás de mim. Uma, duas, três vezes. Interrompe-se e volta a tocar várias vezes, mesclando-se ao ronronar de um trem que passa na ferrovia, do outro lado do anel rodoviário. Não dou atenção, como se fosse um vago ruído de fundo. O ciclo acaba parando sozinho.

Terminado o martíni, tomo outro e me deito de novo no sofá, dizendo a mim mesma que esta casa ficaria bem melhor se eu passasse o aspirador e fizesse uma faxina. Tomo um gole do aperitivo, deixo o copo na mesa de centro e vou até o armário em que guardo os produtos de limpeza. O gesto traz a lembrança de Salima Yacoubi e sua história. Abro a porta do armário. As manchas rosa e ouro diminuem. Sinto um nó na barriga, leve e depois doloroso. Os músculos de minha mão direita se crispam no cabo do aspirador. A angústia está de volta. Levanto a cabeça.

Um barulho de chaves. A porta de entrada se abre num rangido. Passos no piso, ruído de saltos, um jeito de andar que eu reconheceria entre mil. Tarde demais para que eu me esconda. Ela aparece do outro lado do corredor, o rosto contrariado, com ar esgotado. Lindíssima, porém fria como gelo, ela diz:

– Mamãe, está tudo bem?

Onde encontrar as palavras para lhe dizer que não adianta mais fazer tal pergunta?

*

Estamos sentadas no sofá, sua cabeça no meu ombro, minhas mãos em volta das suas. Ainda estou de roupão. Ela usa um desses paletós da moda, com uma pequena blusa branca e uma elegante saia de duzentos euros. Jovem e despreocupada, da mesma forma que estou velha e já morta. Cheiro a transpiração e pó. A água sanitária, também. O piso da sala e da cozinha está resplandescente. Estou fazendo um café cujo amargor enche o ar. Surrealismo.

Eu não lhe disse nada. Ela não vai saber nada. Não de minha boca. Lamento. Lamento mesmo.

Na minha cabeça, nomes e rostos passam sem parar. Involuntariamente, continuo estabelecendo conexões entre os fatos e os resultados. Entre a história oficial e a *outra história*. Patrick e Salima, unidos por um mesmo destino. Vidal e Fournier. Sartis e Fournier. Pastres e Fournier. Pettinotti e Fournier.

Vincent Fournier.

A chave do esquema como um todo. As encruzilhadas do labirinto. Como se eu tivesse sentido isso antes de libertá-lo. Como se inconscientemente eu tivesse entendido que era o nó que bastava desatar para que o novelo se desenrolasse. Como se eu soubesse.

Vejo: Fournier e eu, de pé, cada um numa extremidade da mesma sala. Nós nos olhamos com hostilidade, mal nos mexendo, respirando apenas o necessário e sorrindo um pouco. Nosso único prazer consiste em ver os contadores e gestores servindo de decoração e, de vez em quando, batendo na cara dos funcionários para lembrar-lhes de suas obrigações, subjugá-los e se vangloriarem para as jovens estagiárias que mal saíram da adolescência.

– Mamãe?

Volto ao planeta Terra.

– Mamãe, está dormindo?

Abro os olhos e inclino a cabeça para Vanessa. Ela está chorando.

– O que foi, minha linda?

– Posso ajudá-la, mamãe?

– Está tudo bem, garanto. Está preocupada à toa.

Eu a consolo, afago-a, abraço-a mais forte. Ela se deixa embalar por minhas ilusões.

Não encontro nada a dizer senão:

– Obrigada por ter me ajudado com a faxina.

Ela sorri e enxuga as lágrimas.

– Quer que eu prepare algo?

– Já comi antes de você chegar.

Ela me encara com ar de suspeita e depois acredita que não estou mentindo.

Penso: pelo menos uma vez.

Ela se levanta e dá uma olhada pela janela, consulta o relógio de pulso uma vez e depois outra.

– Você marcou algum encontro?

– Daqui a uma hora, com uma amiga.

– Pode ir.

– Não, não. Ainda há tempo. Quer que eu cancele para ficarmos juntas?

Não respondo de imediato. Hesito. Eu gostaria tanto que ela insistisse, mas já começo a sentir os sintomas da abstinência. A garganta está seca, os brônquios estão dilatados e estou com um furioso desejo de morder o couro do sofá. Mais uma vez, ela olha o relógio. Não tenho nenhuma ilusão. Fujo do assunto.

– O que vocês planejaram?

– Cinema. *O dia da saia*, de Lilienfeld, com Adjani.

Faço um esforço:

– De que se trata?

– De uma professora de subúrbio que enlouquece e faz sua classe de refém.

Faço uma careta. Ela percebe meu incômodo. Outra olhada para o relógio.

– Pode ir!

Ela protesta sem convicção, remexendo-se.

– O que vai fazer com seus pacientes?

Suspiro.

– Não há muito mais o que dizer.

– Não diga isso. Você vive para o trabalho.

– Diga isso aos patrões e aos acionistas!

– Mamãe! – exclama ela em tom de crítica. – Você parece uma comunista!

– E daí?

– Se papai ouvisse você falando assim...

– Ah, aquele lá...

Um silêncio incômodo toma conta do lugar. Assunto tabu. O pai é diretor de um escritório de descobridores de talentos perto de Paris. Vender e comprar forças produtivas como se fossem cabeças de gado. Mais uma pedra no edifício que ameaça desmoronar. Qualquer que seja o ponto de vista em que eu me situe, o mundo do trabalho de baixo custo e alto teor de agentes tóxicos está me olhando. Estou cercada por todos os lados. Passado, presente, futuro. Sem saída. Está inscrito em meus genes.

O telefone toca. Minha filha se levanta para atender. Faço um sinal para dissuadi-la. Ela sorri.

Arrumo uma mecha de seu cabelo.

Percebo que ela vestiu o casaco e segura a bolsa com a ponta dos dedos. De repente, sinto-me fraca, extremamente fraca, como se, em alto-mar, eu estivesse perdendo a última boia de salvação. Procuro algo para dizer.

— Você está elegante.

— Pare com isso.

Meu elogio lhe agrada. Nem preciso fazer esforço.

— Então, vá. Sua amiga vai acabar perdendo a paciência.

— Quando a gente vai se ver?

— Ligo para você.

— Promete?

— Prometo.

— Tem certeza de que vai ficar bem?

Limito-me a dar um passo adiante e abraçá-la. Abraço, abraço, abraço como se fosse sufocá-la. Dê-me sua vida, Vanessa. Mal nos conhecemos, nós duas, mas eu a carreguei, alimentei, limpei e consolei durante todos esses anos. Agora, é sua vez de insuflar em mim sua energia, para que eu possa aguentar algumas horas ainda.

Sinto seus braços me apertarem, então ela se afasta rapidamente, antes que eu tenha tempo de suplicar que fique mais uma hora ou duas — a noite toda!

Um pequeno sinal com a mão, uma piscada no momento em que desce a escadaria da frente. A porta já está se fechando, e só me restam meus olhos de louca para chorar as poucas lágrimas que meu corpo ressecado ainda guarda. Dou um soco na parede, um chute, outro soco. Grito e bato de novo, e então deixo meu corpo deslizar sobre os degraus de mármore da escadaria, prostrada.

*

Meia hora depois, o telefone me tira desse estado. Reconheço a voz de Jacqueline Vittoz, a enfermeira. Ela não me dá tempo de lhe perguntar por que está me ligando tão tarde.

— A senhora viu os noticiários?

— Não, eu...

— Depressa, ligue a televisão. Canal 2. Jornal nacional.

— Ligo para você de volta.

Encontro o controle sobre a cômoda e aperto o botão. Imagens de um veículo calcinado em uma ravina. Reconheço o carro de Hervé Sartis pela placa, na qual a câmera dá um *zoom*. Meu coração dispara. O jornalista fala em "trágico acidente", que acontece em um contexto "difícil" para o *call center* de Valence, já marcado pelo assassinato de um funcionário na noite de sexta-feira para sábado. As palavras "onda de suicídios", "gestão de salários insustentável", "globalização" e "Hervé Sartis" penetram com dificuldade em meu cérebro. Meu ritmo cardíaco acelera ainda mais. O jornalista encerra com uma tomada mostrando o tenente Richard Revel fugindo das câmeras e murmurando que não tem nada a declarar.

Desligo a televisão, desamparada.

O telefone toca de novo. Meu celular, dessa vez. Minha mão treme quando pego o aparelho e vejo o número de Revel. Abro o celular e o levo até o ouvido.

— Richard?

— ...

— Richard, é você?

— Hervé Sartis está morto.

— Sei, vi você no jornal das vinte horas. Foi suicídio.

— Assassinato.

Fico calada. Ele acrescenta:

– Encontramos marcas de pneus ao lado do lugar em que o carro dele saiu da estrada.

35

Tomo meio comprimido e um gole de água, visto roupas escolhidas ao acaso no armário e levo uma caixa repleta de livros e pastas até o fundo do jardim. Atravessar o terraço, descer os degraus de concreto, pisar no gramado ralo e nas ervas daninhas, e então soltar tudo, sem fôlego. Amasso as folhas de papel, que enfio entre os galhos. Tomo meio comprimido a seco, pego o vasilhame de gasolina e derramo um quarto do líquido sobre o amontoado de documentos. Por um instante contemplo o resultado e retorno à casa para pegar outras caixas. Minhas pupilas estão dilatadas, a luz crua do neon do terraço me fere, meus gestos parecem prisioneiros de uma sequência de vídeo em câmera lenta. Recomeço a manobra, uma, duas, três vezes, até que a sala e o corredor estejam vazios. Sinto-me flutuar um pouco. Tomo dois copos de água, um atrás do outro. Transpiro, as vidraças da sala estão escancaradas. O termômetro externo marca menos dois graus. Não sinto mais nada. A voz do tenente Revel ecoa em meu crânio, como que multiplicada, cobrindo em parte a de Patrick, de Vincent e de Hervé. Agitada, não paro de resmungar.

Visualizo a cena, a estrada de Saint-Romain-de-Lerps, e escrevo minha própria história de acordo com as revelações de Revel no telefone, alguns minutos antes:

À esquerda, o corpo carbonizado de Hervé Sartis, estendido em uma maca, dentro de um invólucro branco, abaixo da estrada, à luz dos faróis dos veículos oficiais e do giroflex dos bombeiros.

Uma grua, uma alavanca, centenas de metros de cabos e cordas para trazer os vestígios até a estrada.

À direita, o aterro, cercado por uma barreira de segurança improvisada com corda e dois cones de trânsito. Um perito, agachado, cutuca o chão à luz de uma lanterna para identificar marcas de pneu e traçar o percurso do carro antes do salto final. Dois policiais o observam, esfregando as mãos e pulando para se esquentar.

No meio, a estrada. Temperatura negativa, dedos de mãos e pés congelados e para-brisas embaçados. No caminho da volta do trabalho ou de uma tarde de compras, os curiosos reduzem a marcha ao passar e torcem o pescoço para avaliar o tamanho da tragédia. Quantos mortos, quantos feridos, quantos carros. Na pista central, três agentes cuidam do trânsito até que o acesso seja bloqueado no começo da subida e seja implementado um desvio por Saint-Péray, ao sul, ou Mauves, ao norte. Um agente resmunga em um *walkie-talkie* e dá ordens para acelerar a instalação da sinalização. Um carro passa a seu lado, quase raspando, ele grita com o motorista, que para dez metros adiante. Segue-se uma conversa tensa. O motorista não o viu, pede desculpa, pergunta o que está acontecendo, o agente número 3 manda-o seguir adiante e volta a sua conversa telefônica, porém seu colega, mais afável, fala do carro, do morto e da explosão, antes de lhe pedir para seguir seu caminho.

O carro de Hervé Sartis foi identificado duas horas depois da explosão. Os bombeiros chegaram ao local em menos de dez minutos, as chamas foram dominadas e o corpo calcinado, tirado da carcaça. Os policiais rodoviários fizeram seu trabalho, o perito científico tomou anotações, incluiu o número de série do motor no registro central. Às dezenove e vinte e cinco, o nome do proprietário havia sido encontrado e a viúva de Hervé Sartis, avisada, estava indo até o local para reconhecer o corpo, escoltada por dois policiais. Richard Revel chegou quase no mesmo instante que ela.

Eu poderia ter evitado isso, porém fiz exatamente o contrário.

Penso: sou culpada. Vuillemenot é culpado, os sindicatos são culpados. Todos deixaram que isso acontecesse, todos cruzaram os braços há muito tempo. Os fatos e resultados, um morto a mais, dois órfãos de pai, uma esposa e colegas de luto.

Imagino: a viúva aos prantos, os tiras dando assistência a ela, Revel abaixando com gesto seco o zíper do invólucro branco do cadáver e puxando para fora o braço esquerdo. O branco dos ossos, o preto da carne carbonizada e o cheiro de carne grelhada. Uma aliança de ouro ainda no dedo anular. Revel a retira e imediatamente fecha o invólucro. Dá uma olhada na parte interna do anel, confirma com a cabeça para si mesmo e afasta a viúva da cena para lhe mostrar.

Hervé e Simone Sartis, 18 de junho de 1981.

Diz a si mesmo: as análises dos dentes e, se for preciso, o DNA confirmarão as primeiras conclusões.

A viúva grita, bate freneticamente os pés antes de desabar nos braços do tenente. Com delicadeza, Revel lhe pede para dar a mão esquerda. Ele tira a aliança dela, ela resiste, ele insiste. Mesmo metal, mesma liga, mesma data e mesmos nomes. Vinte e oito anos de vida em comum varridos com o dorso da mão, impulsionados no abismo, duzentos metros abaixo. Ela volta a gritar. Revel pede desculpa, diz algumas poucas palavras de conforto e entrega a viúva a um agente fardado. Ele diz: "Anote o depoimento dela e leve-a para casa".

Então, ele vai em direção aos peritos da polícia rodoviária para fazer um primeiro balanço.

Os fatos: o carro de Hervé Sartis estaciona por um momento no aterro, do outro lado da estrada, de frente para o abismo, antes de ele decidir pular no vazio por volta das dezessete e quinze, hora da explosão, que pôde ser vista do vale do Ródano. Um segundo veículo, provavelmente de tipo sedã, para ao lado dele. Pergunta: antes, depois, ou ao mesmo tempo? Inicia-se uma busca de testemunhas.

Engoli em seco enquanto ele me contava tudo isso.

Por enquanto, a versão oficial diz que se trata de um acidente ou suicídio. Sua outra história, a dele: outra pessoa foi vista no carro de Sartis, pouco antes da explosão, por uma testemunha anônima, uma moradora da região que voltava de uma visita a amigas. Lembro-me: a velha senhora. Pergunta de Revel: assassinato ou não assistência a pessoa em perigo? Resta saber por que e como.

Perguntei:

— Qual é a relação com Fournier?

— Nenhuma. Na hora do crime, sexta-feira à noite, Hervé Sartis estava com a mulher e dois amigos em casa.

Três testemunhas. Álibi infalível. Sei algo a respeito disso, mas não faço nenhum comentário.

Estou num estado alterado, sob o efeito dos remédios e do choque das descobertas de Revel. Sinto duas enormes garras se fechando sobre mim. O tenente sabe trabalhar, as conexões e as provas se desenham em sua mente. Em pouco tempo ele vai chegar a mim.

Engulo um comprimido, debruço-me para frente e pego o vasilhame de gasolina cujo conteúdo despejo no topo da pilha de lixo, respingando o líquido sobre minhas mangas e meus sapatos. Acendo um fósforo e o jogo na minha frente. Dou três passos para trás. A gasolina pega fogo, imediatamente as chamas sobem a quatro ou cinco metros de altura, devorando o muro e a grama úmida. Dez anos de trabalho dissipando-se em fumaça. Um calor reconfortante toma conta de mim.

*

Duas horas depois, ainda estou diante do fogo quando Richard Revel aparece. Ele pigarreia para me avisar de sua presença, aproxima-se e assopra em meu ouvido:

– O cadáver encontrado no carro é o de Sartis.

Penso: você chegou a mim e veio me pegar.

– Você encontrou o assassino?

– Ainda não.

Perscruto seus olhos à procura de algum indício, mas eles não revelam nada.

– Não estou a fim de falar de trabalho. O dia foi longo.

– Então, por que está aqui?

Ele evita a pergunta e diz:

– O que está queimando?

– Papéis velhos.

Duas listas de nomes giram sem parar em minha cabeça. De um lado, os mortos: Hervé Sartis, Vincent Fournier, Patrick Soulier e Marc Vasseur. De outro, os vivos que almejam não mais sê-lo: Cyril Caül-Futy, Sylvie Mangione, Salima Yacoubi, Christine Pastres. E eu.

Consulto Revel com o olhar, perguntando-me em que lista ele entraria. Agasalhado em sua jaqueta, ele parece cansado. Sua mão está crispada na fivela do cinto. Um tique lhe percorre a parte inferior do rosto.

Provavelmente em nenhuma das duas, mas quem sabe? Eu o conheço tão mal.

– Não está com frio?

Meneio a cabeça. Ele se aproxima, quase a ponto de me tocar. Um cheiro suave de sabonete e creme de barbear barato chega a mim. Só agora vejo que seu cabelo está úmido. Acabou de tomar banho. Relaxo e deixo meus olhos percorrerem seus traços sem pudor. Ele me faz perder a cabeça.

– Não sei...

Revel ignora minhas palavras, levanta a mão e acaricia meu rosto.

– Está bonita.

– Não fale bobagem.

– Você foi o que me aconteceu de mais bonito hoje.

Ele acaricia as maçãs do meu rosto, o contorno dos meus olhos, meu cabelo. Minhas pálpebras estão fechadas. Sinto arrepios, estou louca para lhe pedir que nunca mais pare. Seus dedos descem até minha nuca, ele encosta o rosto no meu. Sinto a pele formigar. Não penso mais nos papéis virando fumaça, nem nos laudos que mandei pelo correio. Não penso mais em Patrick, Vincent, Hervé e Marc. Em Salima, Cyril, Sylvie, Christine e em mim. Vejo apenas o tenente Revel, sua mão em meu quadril, o cheiro agridoce de uma gota de água pendendo no alto de seu torso.

– Quero você.

– Pare.

Minha lamúria. Não mais que um sopro. Inaudível.

– O tira encarregado da investigação não transa com os suspeitos.

Lentamente, Revel me empurra para um canto, sob a escadaria que leva ao terraço. Da minha nuca, sua mão desce por baixo do pulôver e sobre a minha pele.

– Carole, Carole.

Penso: fique calado, fique calado, por favor, não me obrigue a dizer não.

– Você também me deseja.

De costas contra a parede, deixo-o desatar um botão, outro, abaixar minha calça, subir ao longo de minhas coxas, procurar sob o tecido de minha blusa e puxar minha calcinha com um gesto firme. Meu sexo ardente contra a palma de sua mão, úmida. Fecho os olhos, ele imagina que sou sua. Sem os mortos que gritam para pararmos, sem os vivos que violam nossos desejos e sugam nossa vida. Sem Vincent, o rosto ensanguentado. Sem o *call center*. O consultório, a mesa de trabalho, a cama dos pacientes, os comprimidos e as drogas que tomo sem parar desde que não aguento mais o tranco, há meses, diante do vergonhoso silêncio de meu reflexo no espelho. Sem gritos, nem choros. A vergonha e a culpa. O trabalho feito às pressas, malfeito, e as injunções paradoxais. O medo de perder o emprego e a negação.

Seu olhar alucinado ainda está cravado no meu, como se preso por uma corrente invisível. Revel gruda o baixo-ventre contra o meu, desata o cinto, baixa a calça e me penetra violentamente. Abafo um grito, deixo o desejo e o efeito das anfetaminas me invadirem sem inibição.

Ele diz:

— Somos apenas nós dois.

Penso: você nunca esteve tão sozinho.

Os segundos, os minutos, minhas unhas cravadas em suas costas, debaixo da jaqueta. O ruído rouco de nossa respiração, o estalo seco de seu cinto contra os ladrilhos a cada movimento. Seu sexo duro, e o meu engolindo-o.

Murmuro:

— Não devíamos.

É tão bom, tão bom, tão bom.

Minhas lágrimas, meu corpo suado, o dele em transe. O sangue de Revel sob minhas unhas enquanto gozo. O de Vincent Fournier que corre no linóleo do *call center*, uma poça de sangue na qual pisamos, poça de sangue em que o esperma cai, respingando em nossos pés, nas paredes e nos ladrilhos.

O esperma da mentira e da culpa, escorrendo entre minhas coxas. O sangue da libertação.

Subo a calça e arrumo o cabelo com um gesto da mão. Meus saltos estalam nos ladrilhos e depois no concreto da escadaria, levando consigo minhas lágrimas e meu gozo. Nenhum olhar, nenhuma atenção, acima de tudo não demorar.

Revel levanta a cabeça e, surpreso, depara-se com a distância que acabo de impor entre nós. Observo-o de soslaio. Ele ajusta a calça, com um nó no estômago. Uma densa neblina cai sobre ele.

Atravesso o terraço, chego à sala e puxo a porta de correr.

Revel levanta os olhos em minha direção e me encara, imóvel. Morro de desejo de lhe dar um sinal com a mão, mas consigo segurar o gesto. Permanecemos assim durante um momento, observando-nos em silêncio, depois tiro do bolso uma caixa de comprimidos à base de fenfluramina e coloco dois deles sob a língua.

Fecho os olhos.

Meus pensamentos flutuam, flutuam durante longos minutos, em busca de uma saída. O cérebro revirado, um nó no estômago e a bexiga prestes a estourar. Continuo firme, mexo e remexo em minhas lembranças. Encontro, extirpo, assopro para tirar o pó, perscruto, avalio o peso com uma mão. Com a outra, separo, classifico, e então volto a remexer. Cada nome na lista de nomes, cada história na História, cada vida roída por outras vidas. No fim de um momento indefinido, minha mente se acalma e a imagem de minha filha aos poucos domina todas as outras. Penso: lamento. Outra foto, mais antiga, representando minha mãe e minha avó, posando para sempre, com um sorriso fixo nos lábios, as mãos calosas e os traços cansados, num apartamento em algum lugar de um subúrbio de Alès. Mortas e enterradas.

Murmuro:

– Lamento tanto.

36

Quando finalmente emerjo de meu coma emocional, o tenente Revel desapareceu e o fogo não passa de um monte de cinzas e brasas fumegantes.

Dou uma olhada no relógio da cozinha.

Penso: daqui a algumas horas, todos os envelopes vão ser distribuídos nos devidos endereços e, com eles, todas as provas coletadas e classificadas.

A contragosto afasto-me da porta envidraçada, o ventre ainda agitado por leves tremores, e vou tomar uma ducha. Água quente, água fria. Esfrego a pele com sabonete de Marselha para tirar o cheiro de Revel e da morte que paira. Uma vez limpa, junto minhas forças e jogo na privada todo o estoque de comprimidos. Anorexígenos, psicoanalépticos, estimulantes, soníferos e psicotrópicos. Respiro profundamente e dou a descarga. Ainda sobram: adrenalina e dopamina. Em menos de doze horas, a sensação de abstinência será tamanha que estarei prestes a matar para conseguir um derivado de morfina.

Daqui a doze horas, não vou mais precisar disso.

Uma vez vestida com calça *jeans*, meias grossas e pulôver com gola rulê, sento-me à mesa de trabalho. Pego uma caneta e uma folha no meio da qual traço uma linha vertical. Duas colunas, duas listas de nomes, dois motivos para acabar o trabalho começado na sexta-feira passada na sala de Vincent Fournier. Guardo-a no bolso e então verifico que a Beretta está na bolsa.

Uma arma de fogo e uma lista com duas colunas.

O preço de minhas mentiras.

Minha contribuição à gangrena que rói a todos nós.

Terceira parte

37

Valence, 18 de novembro de 2008

Caros e caras colegas,
Senhoras e senhores, membros da comissão de reforma,

Na impossibilidade de falar pessoalmente de minha paciente, a sra. Carole Matthieu, endereço-lhes esta carta para tentar traduzir como fiquei impressionado pelo estado clínico dessa senhora que foi encaminhada a meu consultório por seu clínico-geral, o dr. Sarthes, em 15 de novembro de 2008.

Ela me explicou com muita emoção ter sido informada, por telefone, enquanto viajava a trabalho e após ter perguntado a seus superiores se precisava estar presente à reunião organizada naquele dia, de uma só tacada: da transferência de seu colega de trabalho, o dr. Martin, e da nomeação do diretor de unidade do call center em que ela trabalha à premiação de Gerente do Ano 2008.

Sua volta ao escritório foi difícil e perigosa porque estava desatenta ao volante e vários motoristas lhe fizeram sinais de luz e buzinaram por causa dela.

Ela teve que parar várias vezes à beira da estrada.

Assim, correu o risco de um acidente na via pública que poderia ter tido consequências dramáticas.

Na qualidade de médico, quero chamar sua atenção não para o caráter justo ou injusto das reestruturações econômicas e das transferências profissionais – que não são de minha compe-

tência –, mas para as modalidades de anúncio destas, que, a meu ver, devem ser feitas em um contexto apropriado.

Até hoje, a sra. Matthieu ainda apresenta recordações permanentes, flashbacks de sua volta de carro e dos riscos que correu, pesadelos de temática profissional, angústias de expressão somática do tipo dermatológico e asmatiforme. Isso corresponde a um quadro clássico e patognomônico de psicotraumatismo, daí minha decisão de estabelecer um atestado médico descritivo inicial de acidente de trabalho, considerando-se a evolução da jurisprudência que permite incluir nos acidentes de trabalho e de serviço as agressões verbais, os vexames, o anúncio de modificações do conteúdo da atividade profissional em um contexto inapropriado...

Quero agradecer-lhes pela atenção que darão a minha carta e permaneço a sua disposição para tratarmos do assunto. Quero ainda acrescentar que a sra. Matthieu não apresenta nenhuma anterioridade psiquiátrica, segundo o que me disse.

Sinceramente,

Dr. Gigau, médico parecerista

38

O prédio em que Sylvie Mangione vive está localizado no começo da Avenue Léon-Gambetta, com vista aberta para o Parc Jouvet. Fachada cinza, plátanos centenários plantados em frente, avenida vazia, postes de luz inúteis e porta principal com senha. O relógio do carro marca meia-noite e trinta e quatro minutos. Passo para o ponto morto diante do número 13, desço até o farol, dou meia-volta na Avenue du Tricastin, de frente para o rio Ródano, e então subo tranquilamente em segunda marcha até a Avenue du Champ-de-Mars, onde estaciono. Duas vias duplas, cortadas por uma via de acesso à Ponte Frédéric-Mistral, que cruza o rio e leva ao Ardèche.

Originária da Bretanha, tem trinta e três anos, cabelo loiro-platinado, e sofre de depressão. O pai trabalha num armazém; a mãe, num cargo público. É filha única. Não apresenta nenhum antecedente psiquiátrico ou pessoal. Diz ter tido uma infância e uma adolescência agradáveis. Cursou uma escola de engenharia em Nantes. É titular de um DESS* em matemática e outro em administração. Teve duas experiências profissionais antes de seu emprego atual: nenhum problema de adaptação foi constatado.

A primeira de minha lista, coluna da direita.

---

* Diploma de Estudos Superiores Especializados. (N. do T.)

                  *

Recebo-a pela primeira vez em meu consultório em 20 de agosto de 2008. Canícula, risco de trovões e tensões na unidade após o suicídio do atendente de *telemarketing* Marc Vasseur, nove dias antes. É pontual, tem boa apresentação, suas pálpebras estão inchadas pelas lágrimas e insônias. A finalidade da consulta foi entendida. Ela está mal. Muito mal. Entendo, assim que ela chega à sala de espera, que já está assim há meses.

Naquele dia, deixo-a primeiramente falar de maneira espontânea. Ela me explica que as dificuldades começam em abril de 2007, quando a empresa terceirizada em que trabalha, que emprega duzentos e oitenta funcionários, entre os quais trinta indiretamente no *call center* de Valence, decide fazer uma redução do quadro de funcionários estimada em noventa pessoas.

Diz ter sentido uma pressão muito forte sobre o pessoal com reuniões "enérgicas". Anoto em meu caderno o trecho de uma conversa que ela teve com um diretor do RH do Ródano-Alpes: "A situação está catastrófica, tem consciência de que não vai haver mais missões para você em Valence?" Ela se esforça para ficar otimista e valorizar suas competências – dois diplomas, Bac** + 5. O diretor do RH lhe teria dito para *ficar aberta para oportunidades externas, pelo sim, pelo não*. Ela sai da reunião chorando, achando a situação injusta porque *sempre investiu em seu trabalho*.

Essas são suas próprias palavras.

Confessa ter participado de um fórum de conversas confidenciais organizado por alguns funcionários, a respeito dessa redução de quadro. Na época, não há nenhum sindicato na em-

---

** Abreviação de *baccalauréat*. Na França, trata-se do exame obrigatório para os alunos no final do ensino médio. (N. do T.)

presa. Soluções para sair da crise são apresentadas, alguns funcionários começam a ir embora. As *jovens forças* já procuraram outro trabalho. Em setembro, cerca de trinta deles pedem demissão. A empresa propõe transferências, para Lille, por exemplo. Alguns aceitam. Ela, não.

A partir de novembro de 2007, a situação piora rapidamente. Ela me informa que, em cada reunião de funcionários, a diretora tenta ouvir o que se diz. Curiosamente, *webcams* ficam ligadas, portas são deixadas entreabertas. Funcionários ficam com o celular ligado. A tensão cresce na equipe. A partir daí, Sylvie Mangione é convocada várias vezes pela diretoria da unidade. Fala-se de *seu formidável potencial de trabalho*, mas também de *sua reputação de pentelha*. É gentilmente intimada a se aproximar da diretoria e a aderir ao discurso da empresa. Ela aceita tudo – ou quase tudo. Apesar de "pentelha", Sylvie é bastante dócil.

Chega o mês de junho de 2008. Um cargo de consultora lhe é proposto, algo com que ela sonha desde sua contratação, mas em contrapartida deverá fazer viagens frequentes e repentinas por toda a França. Mais uma vez, ela aceita. Alguns dias depois, antes que sua transferência seja efetivada, ela participa de uma reunião organizada pela diretoria para todos os funcionários. O responsável pelos Recursos Humanos anuncia que *dezessete pessoas não têm mais lugar no grupo*.

Obviamente, Sylvie está entre elas.

O contrário teria sido surpreendente.

Ela me explica não entender mais nada a partir daí. Apagão total. Insônias, enxaquecas, diarreias, vodca ou gim de noite para tentar dormir.

Alguns dias depois, ela se sente mais firme e solicita uma reunião com o diretor da agência, que se recusa a recebê-la. Resultado: é posta em licença médica em 27 de julho de 2008, por estado depressivo reacional.

De volta ao trabalho em 28 de julho, começa a tomar nota dos mais ínfimos atos de seus responsáveis e colegas, a conselho de amigos membros de comitês da empresa. Espiral paranoica. Reflexo de sobrevivência.

A empresa é algo secreto.

Finalmente, ela consegue marcar um encontro com seu superior hierárquico e cai na armadilha. Seu responsável a insulta profusamente por mais de uma hora. "Você é nula, burra demais, age por trás, é manipuladora..." A diretora do RH está presente, mas permanece na porta da sala, aberta para que todos os funcionários do andar possam ouvir.

Em um relâmpago de lucidez, Sylvie entende que essa raiva tem relação direta com o fórum privado na internet do qual participou com vários funcionários. Depois de uma hora e dez minutos desse tratamento, ela quer sair da sala, mas se sente *fisicamente* impedida pela diretora do RH, que ainda bloqueia a porta. Então ela tenta se jogar pela janela – a sala fica no segundo andar. Seu responsável consegue impedi-la.

A reunião acaba com esta frase, que me foi relatada por outra funcionária presente no corredor e que pouco tempo depois passou por meu consultório por causa de ideias suicidas:

– Hoje é sexta-feira. Segunda-feira, quero sua carta de demissão na minha mesa.

A diretora do RH teria completado dizendo:

– Com certeza, você não vai permanecer numa empresa que não a quer mais!

Desde essa data, Sylvie Mangione tem distúrbios profundos do sono com pesadelos de temática profissional. Perda total da libido e do pragmatismo. Não é mais capaz de fazer compras sozinha e percebeu há pouco que havia se tornado agorafóbica. Doravante não consegue mais passar por lugares públicos, sob o risco de crises nervosas, de perda de consciência, pânico, angústia. Vê a diretora do RH e sua própria superiora em todo lugar, imagina assassinos atrás de si, acredita entrever atiradores de elite nos telhados. Está convencida de que carros tentam atropelá-la ou que alguns motoristas de ônibus foram pagos para derrubá-la. Recentemente, esbofeteou uma criança de doze anos que esbarrou nela ao atravessar a faixa de pedestres: achou que ela tentava enfiar uma faca em sua coxa esquerda. Tradução: ela estava se defendendo.

Ninguém acredita nesse tipo de história quando contada. As pessoas imaginam um delírio mórbido de médico, discursos mitomaníacos ou exageros de mulher histérica.

Entretanto, o relatório que redigi no final de nosso último encontro é eloquente. Sylvie Mangione apresenta um quadro clínico característico daqueles encontrados em decorrência de sofrimentos no trabalho com propensão ao alcoolismo. Engordou trinta e cinco quilos em dezoito meses, não menstrua há dez, não tem relações sexuais há dezesseis e bebe diariamente há catorze. Esses são os resultados. Agora, os fatos: esse estado começou com a implementação de um plano de reestruturação na empresa.

Não há outro evento de vida intercorrente.

Nenhum, e insisto nesse ponto.

E nenhuma saída positiva pode ser imaginada.

Sei disso, ela sabe disso e se deixa morrer aos poucos.

Só penso nisso ao digitar os quatro números da senha de entrada do prédio. Dois, três, sete, zero. Sei de cor. Seis emergências no decorrer dos quatro últimos meses, cinco das quais à noite. Sylvie tem meu número de celular. Nunca o deixo desligado. Também tem medo da solidão. Ao contrário de mim, que só almejo isso.

Uma rajada de vento mais forte que as outras varre meu rosto e puxa meu cabelo para trás. Uma dor atroz aperta meu ventre, garras comprimem minha cabeça, mas nunca me senti tão forte e determinada.

Um clique.

Empurro a porta e entro no saguão.

*

No primeiro andar, silêncio sepulcral. No segundo, uma televisão despeja suas inépcias em algum lugar atrás de uma das quatro portas do andar. No terceiro, ruídos de vozes, provavelmente uma festa entre amigos. No quarto, na porta da esquerda, um simples pedaço de papel azul no qual está escrito em letras maiúsculas: Sra. Sylvie Mangione.

Suspiro, murmurando:

— Senhora...

Sylvie nunca foi casada.

Nesse horário é provável que ela já esteja totalmente bêbada. Aperto demoradamente a campainha duas vezes. Deixo passar trinta segundos. Recomeço antes de ouvir um estalo atrás da porta e depois uma voz pastosa resmungar:

— Quem é?

— Carole.

Dez segundos se passam antes que ela diga, o rosto colado no olho-mágico:

— Doutora Matthieu?

— Sim.

— O que está acontecendo?

— Abra.

Um tinido de chaves na fechadura. Meu ritmo cardíaco

trava. A porta se abre para um rosto corado e inchado. Um forte cheiro de haxixe misturado com álcool traça um caminho até a escadaria.

— Fico feliz em vê-la.

— Eu também — respondo, entrando e fechando a porta atrás de mim.

Eu também.

Observo-a de soslaio. Roupão rasgado aberto sobre o peito caído, pés descalços, unhas roídas até sangrarem e pernas crivadas de hematomas.

— Você fez a festa, hein?

Ela franze as sobrancelhas e baixa a cabeça.

— A senhora sabe que não.

— E essas marcas em suas pernas?

Ela balbucia:

— Eu... eu devo ter batido em algum lugar. Não se preocupe, não é nada.

Ela sorri com ar tolo e me convida com um sinal a segui-la até a sala de estar, desculpando-se pela falta de arrumação. Garrafas vazias, cinzeiros transbordando, pó e roupas jogadas no chão. O lugar está fedendo, está feio, tem cheiro de morte — é o que me vem à cabeça ao passar por cima de uma caixa de pizza e me acomodar diante da televisão, ligada em uma série policial de fim de noite.

Sylvie se apressa a pegar o controle remoto e desligar o aparelho. Ela se desequilibra, escorrega sobre uma revista. Mal consigo segurá-la.

— Lamento.

Afasto suas desculpas fazendo um gesto com a mão. Visualizo a arma em minha bolsa. Digo a mim mesma que deveria ter atirado nela assim que abriu a porta e que agora não tenho mais coragem. É difícil demais. Realmente, difícil demais.

Sylvie bamboleia de um pé para o outro, esforçando-se para não perder o equilíbrio. Acaba desmoronando no sofá em que devia estar dormindo antes de eu chegar. Lágrimas escorrem por suas faces.

— Lamento mesmo. Eu não esperava a visita da senhora.

Bebeu tanto que minha vinda já não a surpreende mais.

— Eu já disse para me chamar de você.

— Eu tinha esquecido.

Ela meneia a cabeça. Sinto a irritação tomar conta de mim. *Não quero* que tome conta de mim, mas deixo-a crescer porque é o único sentimento que vai me ajudar a ir até o fim de meu ato.

Fecho os olhos para não ver mais seu sorriso bobo e seu pescoço de vaca gorda. A irritação dá lugar à cólera. Repenso em todos os meus esforços, em tudo o que fiz por ela há meses. Revejo-a engordar, engordar, ao mesmo tempo que sua cabeça e as esperanças esvaziavam-se de qualquer tipo de vida. Aspiro todo o ar viciado que meus pulmões podem aguentar. Enfio a mão na bolsa e atiro.

Sylvie me encara, incrédula. Atiro mais uma vez. Ela emite um guincho semelhante ao grito de um animal, mas não grita, em parte anestesiada pelo álcool e pelo haxixe.

A informação da dor acaba encontrando um caminho até o cérebro confuso de Sylvie, e vejo seus olhos, que, acompanhando o sangue que corre ao longo de suas pernas, arregalam-se de terror. Ela leva a mão até o abdômen, retira-a, levanta-a até os olhos e fica observando com uma careta. Em seguida, desaba sobre a televisão, que oscila e tomba contra a parede e a estante com barulho de vidro quebrado. Atiro mais uma vez em suas costas.

— É por você. Para o seu bem.

Uma vez, duas vezes.

— Para salvá-la.

Recuo, perco o equilíbrio e caio para trás sobre a mesa de centro, em uma nuvem de cinzas de cigarro.

Fico imóvel e presto atenção: nenhum ruído vindo da porta de entrada. Meus olhos param em Sylvie, com as nádegas para cima, as costas largas, o roupão rasgado, o carpete encharcado com seu sangue e o cabelo grudento.

Sinto-me feia, viro a cabeça. Aspiro e expiro um bocado de vezes antes de encontrar energia para deslocar o corpo de Sylvie, instalá-la no sofá em uma posição decente e lavar minhas mãos com água sanitária na pia da cozinha. Bato a porta, desço as escadas correndo. No apartamento de baixo, a música e os ruídos de vozes cessaram. A sensação de abstinência chega a meu sistema nervoso.

Sylvie Mangione e eu trabalhávamos na mesma empresa.

*

Retorno ao Audi. Um carro de vigilância está estacionado perto dali. Um cão enorme me observa, o focinho grudado no vidro traseiro do veículo. Empresa privada de vigilância. Trabalho de vigilância noturna das ruas comerciais de Valence. Dinheiro demais nas vitrines, tentações demais. Meu celular emite uma série de vibrações desagradáveis. Tiro-o do bolso.

Richard Revel, duas chamadas em minha ausência. A primeira à meia-noite e quarenta e cinco, a segunda dez minutos depois. Enquanto eu estava com Sylvie. Agora, não vai mais me largar, posso sentir isso. Está comigo, meu sol negro. Não vai dormir esta noite.

Meu sofrimento.

Uma dor diferente das outras me atormenta à esquerda, abrigada pela caixa torácica. Como uma infinidade de ferrões de vespas nanoscópicas plantadas em meus pulmões e meu coração, em ondas regulares, a cada dois ou três segundos. Como um alerta.

Um movimento a minha direita. O homem sai do carro, uma mão no cinto. Deixo-o mover-se sem virar a cabeça, para não encorajá-lo. A dor em meu peito diminui. O vigia dá uma olhada em seu cachorro, hesita, enche o peito e então vem em minha direção. Imagino que esteja me confundindo com uma puta. Ou uma mulher sozinha prestes a se tornar puta.

Introduzo a chave na partida, giro-a e saio da Avenue du Champs-de-Mars.

*

Valence dorme profundamente. Os traficantes e os notívagos são os únicos que ainda andam pelas ruas. Dou voltas nas ruas do centro durante cerca de uma hora, sem saber muito bem a onde ir. Rue des Alpes, Rue Faventines, Avenue du Docteur-Paul-Santy, o hospital, depois o Boulevard du Maréchal-Juin, antes de voltar às proximidades da estação de trem. Silhuetas escuras perambulam nas calçadas, alguns sem-teto bebericam latas de cerveja na praça, as janelas iluminadas nas fachadas dos prédios vão ficando cada vez mais raras.

Passo várias vezes diante do apartamento de Sylvie, como se estivesse esperando um milagre. A cada ruído do motor eu me assusto, esperando, involuntariamente, que se trate da viatura de Richard Revel, vindo me prender, ou que furgões da CRS[***] ou de brigadas especiais estejam montando uma armadilha a meu redor para pôr um ponto final nesta noite de loucura. Espreito os

---

[***] A Companhia Republicana de Segurança é um órgão da polícia francesa que cuida da segurança pública, especialmente durante manifestações. (N. do T.)

olhares que espiam atrás das persianas fechadas, imagino homens de gorro, escondidos em cada esquina, prestes a atacar, a todo momento aguardo que surja um esquadrão de policiais, as armas viradas para mim, mas nada acontece. Sou apenas uma mulher ao volante de um Audi, em uma cidade francesa banal. Uma médica do trabalho à procura do caminho de seu consultório sem nunca encontrá-lo. Não passou das duas horas e já estou ansiosa para que o dia nasça e tudo tenha acabado.

Enquanto isso, resisto à vontade de abandonar tudo e rememoro. O fim de Hervé Sartis. O de Patrick Soulier e o de Marc Vasseur. O desespero de Vincent Fournier. A deriva de Sylvie Mangione. Os suicídios, as ideias sombrias, as neuroses, os distúrbios bipolares, as crises de nervos, o *burnout*, o estresse, as tramas homicidas, as pulsões de morte. O trabalho, o trabalho, o trabalho. Meu lugar nessa grande merda. Então, como sempre, volto a meu próprio sofrimento, e uma questão está girando sem parar em minha cabeça: quem se encarrega de escrever a outra história?

Meus dedos se crispam no volante.

Viro à esquerda e entro na Avenue de Provence rumo ao sul. Sigo por três ou quatro quilômetros, passo debaixo da autoestrada, por um momento acompanho a beira do Ródano, então estaciono numa área de descanso de caminhoneiros ladeada por amoreiras e maciços de tuias. Tranco as portas, atravesso a Estrada Departamental 7 e penetro no bosque. Álamos descarnados, arbustos silvestres, poças de lama e ratos que fogem quando me aproximo. A Beretta na bolsa, o celular no bolso. O chão está forrado de sacolas plásticas, copos descartáveis e latas. Tem cheiro de mijo, de merda e de óleo automotivo usado. Apresso o passo.

Após um minuto de caminhada, encontro um muro de concreto. Atrás, a autoestrada, o rugido do motor dos caminhões, o zumbido das motos e as luzes dos faróis que, intermitentemente, iluminam o topo das árvores. Sigo o muro por alguns minutos até encontrar uma passagem subterrânea na qual entro. Do outro lado, deparo com a entrada de um loteamento padrão. Casas idênticas perfeitamente alinhadas, persianas azuis, gramados impecáveis, postes de luz iluminados a lutar contra as sombras e os carros educadamente estacionados nas alamedas.

Fico imóvel.

Meu celular volta a vibrar. Levo-o ao ouvido, aperto duas teclas para ouvir.

Uma voz melosa:

— Você tem um recado novo. Hoje, à uma e cinquenta e nove.

— Carole, é Richard, ligue-me de volta, é urgente. Sei que não está em casa. Passei lá e procurei por você em todo lugar. Eu...

Silêncio, o tempo de respirar, como se ele se esforçasse para escolher entre uma e outra opção, o tenente de polícia encarregado da investigação sobre dois homicídios ou o cara que transou comigo duas horas antes. Um chiado e depois:

— Posso ajudá-la.

Outro momento de silêncio.

— Diga-me onde está.

Digo para mim mesma: pronto, está dada a largada.

Digo num suspiro:

— Finalmente!

Desligo, tremendo.

*

Avanço para o centro do loteamento. Cerca de quarenta casas e um número, o 37. Finalmente, entrevejo o Scénic azul-turquesa com a lateral direita riscada e placa registrada na Drôme.

Atrás, uma caixa de correio com os nomes de Mickaël e Christine Pastres.

Abaixo a maçaneta do portão e entro na alameda. À direita, uma mesa de jardim e quatro cadeiras; à esquerda, vasos de plástico ou de barro mal pintados. Aproximo-me da porta. Não há chave, nem senha.

Contorno a casa em busca de uma janela ou porta aberta. Nada. As vidraças que dão para o jardim estão completamente fechadas. Recuo, procuro uma solução, meu olhar acaba encontrando um monte de entulho perto da cerca viva, mas uma olhada para as casas ao lado me faz entender que, ao quebrar um vidro, eu alertaria a vizinhança. Volto para a entrada e, após breve hesitação, toco a campainha com toda a minha força.

A porta se abre, mostrando um homem de aproximadamente quarenta anos, quase calvo, com uma calça de pijama ridícula e olhos inchados de sono. Olho à direita, depois à esquerda, levanto a mão em sinal de impotência e fujo correndo.

O cara grita:

— Ei! Quem é você?

Um ruído de passos atrás de mim, uma série de xingamentos. O homem começa a me perseguir e me alcança antes que eu chegue ao portão. Sua mão bate no meu ombro esquerdo, obrigando-me a dar meia-volta num movimento brusco, então ele agarra meu braço e começa a me sacudir.

— O que deu em você para tocar a campainha da porta da gente, assim, no meio da noite?

Fico calada, todo o meu corpo treme, sei que o homem não vai demorar a ver as manchas de sangue sujando minhas mangas, a barra de minha calça e meus sapatos. Observo seu olhar, tento me soltar, ele me segura mais firmemente. Debato-me com o vigor do desespero. Ela acha que sou louca. Agora, a única coisa que desejo é que ele me deixe ir embora, que não me identifique, que Christine Pastres nunca saiba que vim tocar a campainha da casa dela no meio da noite. Eu me debato, bato os pés, grito, dou-lhe um chute na tíbia. Ele me solta por uma fração de segundo, eu me solto, mas ele me alcança de novo e me segura mais firmemente.

Uma voz ecoa na alameda. Viro a cabeça e a vejo, de camisola, braços cruzados para se proteger do frio, vulnerável. Penso na Beretta escondida na bolsa e revejo as lágrimas de Vincent Fournier, Hervé Sartis e Sylvie Mangione na minha cabeça, e nesse momento entendo que não sei mais o que estou fazendo.

Ela diz:

— Doutora Matthieu?

Os dedos do marido dela em meu braço me machucam. Ele nos encara, uma por vez.

— Você a conhece?

— É a médica do trabalho da minha empresa.

Ela fica na soleira da porta, tremendo de frio e de surpresa.

— O que está fazendo aqui?

Sou incapaz de responder. O homem me empurra em direção à escadaria, para a luz de teto fixada acima da porta de entrada.

— Essa louca trabalha com você?

Digo para mim mesma: não posso, não posso, não posso.

Mais uma vez, tento me convencer a pegar a Beretta e atirar agora em sua camisola, mas meus braços se recusam a se mexer um milímetro sequer, como se estivessem paralisados.

Murmuro:

— Solte-me.

Mas o sujeito não me solta e me arrasta até Christine como se não tivesse ouvido minha súplica. Reteso os músculos e me endireito, sem resultado; ele é mais forte do que eu. Christine se aproxima.

– Tudo bem?

– Solte-me.

– A senhora está tão pálida.

Grito, antes que seja tarde demais.

– Solte-me, caralho!

É então que eles *veem*. Ambos, quase ao mesmo tempo. As manchas de sangue em minhas roupas. Eles congelam.

– A senhora sofreu algum tipo de acidente?

Aceno a cabeça para lhes dizer que sim, que é isso mesmo. Sofri um acidente, e agora precisam me deixar ir embora, sem mais tardar. Peço desculpa por ter tocado a campainha da casa deles, peço desculpa por tê-los acordado no meio da noite, peço desculpa pelos gritos e pelo sangue. Porém, meus olhos em estado de pânico expressam exatamente o contrário, e eles estão percebendo isso. A informação abre caminho como um trator até o cérebro deles. Christine Pastres abre a boca para falar, porém as palavras travam em sua garganta.

O marido exclama:

– Precisamos chamar a polícia.

Entro em pânico, minhas costas se retesam, minha visão está turva. Digo:

– Solte-me, solte-me, solte-me...

O marido repete:

– Porra, vá chamar a polícia!

Com violência, lanço minha cabeça contra sua têmpora. Outro golpe com o pé em sua tíbia, soco-o com a mão livre. Ele desaba sobre os ladrilhos, dobrado, gemendo. Não sinto mais minhas articulações, não sinto mais nada. Consigo me soltar e corro, corro em direção ao portão. Desta vez, ninguém me persegue. Atravesso a pequena praça, passo entre os carros e alcanço a extremidade do loteamento, a descoberto.

Pouco antes de entrar de novo na passagem subterrânea, ouço alguém gritar:

– Essa safada fugiu pelo túnel até o outro lado da autoestrada!

Nada mais senão o ruído abafado dos carros e caminhões que passam, indiferentes, acima de minha cabeça, e o sopro do vento penetrando em mim e me empurrando em direção à saída.

Diminuo o passo, sem fôlego.

Rezo ao céu, à terra e ao inferno para que o túnel nunca acabe.

39

A saída da passagem sob a autoestrada me causa o efeito de uma ducha gelada. O mistral embaralha meus pensamentos. Os fatos e resultados se mesclam e se confundem. Surpresa, sinto vontade de dar meia-volta e ir pedir desculpas a Christine Pastres, mentir-lhe de novo, como faço com todo mundo há meses, porém minhas pernas me empurram até o carro sem que eu consiga tomar qualquer outra decisão. Enquanto abro a porta e me acomodo atrás do volante, repito para mim mesma: "Você é forte, você é forte, você é forte", sem acreditar nisso. Repito para não ceder, sou forte, sou forte. Mais e mais para não desabar aqui, agora.

Respiro profundamente, pego uma garrafa de água com gás no porta-luvas. Penso que um cigarro seria bem-vindo. Tiro a lista de duas colunas do bolso e leio, com todas as letras, traçadas com escrita convulsiva e hesitante: *Cyril Caül-Futy, Pont-d'Isère, Estrada de Lyon, 112.*

Meu celular continua vibrando. Richard Revel está ligando a cada dez minutos. Não me arrisco a ouvir os recados.

Digito o número de minha filha, a ligação cai na caixa postal. Não deixo recado.

Sinto que preciso dirigir.

Ligo o carro.

O granizo começa a cair. O termômetro do carro indica menos dois graus. Aumento o aquecedor até o máximo, ligo o rádio e sigo rumo ao sul para encontrar a autoestrada.

*

Quando retomo a consciência, já estou dirigindo há mais de uma hora. A ideia de seguir até a costa e – por que não? – até a Espanha me seduz por um momento, mas a reconsidero ao me lembrar de Vanessa. A próxima saída, Bollène, fica a onze quilômetros. Uma vez no destino, pago com cartão de crédito e paro o carro no estacionamento que fica logo depois do pedágio, para descansar. Fecho os olhos e logo caio no sono, esgotada.

Umas batidas no vidro me acordam de sobressalto. Dou uma olhada para o relógio do carro. Três e vinte e cinco. Viro a cabeça. Um funcionário do pedágio me observa impassível. Cerca de trinta anos, traços cansados, cabelo raspado, jaqueta verde-militar, um homem bastante bonito. Seus olhos brilham com uma luz estranha. Reconheço o efeito do haxixe. Ele me diz algo que não ouço. Faz um sinal para que eu baixe o vidro, o que faço.

– A senhora não deveria ficar aqui.

Gaguejo:

– Estou descansando um pouco. Eu me senti muito cansada de repente.

– Entendo, mas a temperatura está caindo e a senhora corre o risco de não acordar mais.

Com o dedo, aponto para sua guarita.

– O senhor também não deve sentir muito calor lá dentro.

– Estou bem equipado.

– Eu também, minha roupa esquenta bastante.

Ele olha para minha roupa e dá de ombros.

– Faça como quiser, senhora, mas não quero ser responsável, e este estacionamento fica sob minha guarda à noite.

– Eu não pretendia demorar.

– Lamento, mas, se não for embora, vou ser obrigado a chamar a segurança.

Levanto a mão para mostrar que entendi.

– Vou embora.

– Prefiro assim.

Ele aponta para dois BMW que estão chegando ao pedágio.

– E ainda mais, o lugar não é muito seguro para uma mulher. Tem caras estranhos nos arredores. Não passo de um funcionário, e se for agredida não vou poder fazer muita coisa.

Reprimo uma careta. Quatro assassinatos em cinco dias. Quem deveria estar com medo era ele.

– Já estou indo.

– É para o seu bem que digo isso.

– Obrigada.

Penso: você faz seu trabalho do jeito que pode, não?

Guardo esse comentário para mim. Cumprimento-o, subo o vidro e dou meia-volta no aterro. Levo o Audi até o pedágio automático e desta vez sigo rumo ao norte. Piso no acelerador e permaneço na faixa da esquerda. Consulto meu celular para ver se minha filha tentou me ligar de volta e constato que Revel está silencioso há cerca de vinte minutos, sem saber se devo me preocupar ou não com isso. Digo a mim mesma que ele provavelmente já deve ter sido informado de minha visita à casa dos Pastres, que essa safada da Christine e seu marido babaca devem ter entrado em contato com ele logo depois de minha fuga. Também penso que hoje em dia os tiras têm meios para rastrear qualquer pessoa, seja pelo celular, seja pelo cartão de crédito. Revejo-me pagando o pedágio com meu Mastercard. Imagino as câmeras de vigilância acima das guaritas e nas vias rápidas. Talvez estejam pensando que fui para o sul da França. Nem percebo o duplo clarão de luz que ilumina a traseira de meu carro no momento em que passo diante do radar automático de Valence. O Audi ultrapassa os cento e oitenta quilômetros por hora, e estou concentrada demais em não perder o controle do veículo, varrido por rajadas sucessivas de vento. O motorista de um caminhão faz sinais com os faróis. Diminuo a velocidade ao chegar perto da área de descanso da autoestrada, em Pont-d'Isère.

Estou com enxaqueca, sono e abstinência. Isso é fato.

Cada poro de minha pele transpira medo. Isso é resultado.

*

Um Golf preto para diante da loja de conveniência. Dentro, três rostos cansados me observam manobrar para estacionar o carro. São adolescentes saindo de um bar ou de uma balada e que vêm se abastecer de cigarros e *croissants*. A área de descanso da autoestrada em Pont-d'Isère: o único ponto de venda de cigarros na madrugada em cerca de quarenta quilômetros. Procuro uns trocados no bolso e entro na loja, cruzando na porta com o motorista do Golf, cerca de vinte anos, os olhos injetados de sangue, cabelo perfeitamente engomado e com um pacote de Marlboro *light* na mão. Um cheiro de álcool me envolve quando ele passa sem cambalear. O caixa, um homem ruivo de cerca de cinquenta anos e barba por fazer, boceja sem parar atrás do balcão. Pergunto-me: que erros ele estará pagando para estar aqui às quatro horas, vigiando gôndolas e fazendo contas para outra pessoa? Num reflexo profissional, disseco seus gestos e atitudes à procura de sintomas de estresse ou esgotamento. Maquinalmente, ele dá uma olhada para a tela de vigilância e me encara com ar cansado.

– Qual é o carro?

Meneio a cabeça.

– Um maço de Camel, por favor.

Pago e saio imediatamente. Uma vez fora, arranco a proteção de plástico, tiro um cigarro e o levo à boca. Percebo então que não tenho isqueiro nem fósforos. Viro a cabeça. O motorista do Golf me faz um sinal convidando-me a me aproximar e, sorrindo, estende um Zippo. Atrás da vidraça, com os dois cotovelos apoiados no caixa, o funcionário acompanha a cena. Dou três passos em direção ao carro, o rapaz aciona o isqueiro, uma chama azul aparece. Debruço-me e dou duas tragadas no cigarro. A fumaça queima minha garganta, fazendo-me tossir um pouco. Seu sorriso aumenta.

Ele diz:

– É uma hora esquisita para sair e comprar cigarros, senhora.

– Eu não fumo.

Ele acena a cabeça, surpreso, sem saber se deve rir de minha piada ou se estou tirando sarro dele.

Entrego-lhe o maço.

– Não vou precisar mais disso.

Ele hesita. Dou mais duas tragadas e apago o toco com o salto. Ele pega o maço sem me agradecer. Nos assentos de trás, seus amigos dão risada. Contorno o carro e vou em direção aos fundos da loja. Dois caminhões bloqueiam a passagem, cabines com cortinas fechadas e cheiro de gasolina enjoativo. Passo entre os dois, deixo o estacionamento e entro em um maciço de acácias, no final do qual deparo-me com uma cerca. Sigo-a por uns vinte metros antes de encontrar a passagem usada pelos moradores do lugar para vir comprar cigarros. Parte da cerca de arame foi derrubada num trecho de alguns metros, a terra está pisada. Atrás, uma vereda atravessa um campo de árvores frutíferas e leva à estrada principal.

Dez minutos depois, alcanço o portão da casa de Cyril Caül--Futy. Agarro a maçaneta da grade e a abaixo. Não está trancada. Entro e deixo o portão entreaberto. Antiga casa reformada, persianas azul-lavanda, canteiros de roseiras, piscina, vista para o restaurante quatro-estrelas ao lado e um carro sedã na aleia. Brinquedos de cores berrantes estão espalhados debaixo de um plátano que domina a varanda e a entrada. Carrinhos, triciclo, balde, boneca de plástico desbotada e sem cabeça e um aparelho de jantar de brinquedo. Paro e me debruço para pegar a reprodução em miniatura de uma escavadeira amarela parcialmente enferrujada. Minha filha tinha uma igual quando criança. Revejo-a passar horas a fio empurrando-a e imitando barulhos de motor em um montão de areia que meu ex-marido havia colocado para ela no fundo do jardim. No exato lugar em que queimei meus arquivos ontem à noite.

Viro-me para a fachada. As persianas estão fechadas. Atrás de uma delas, o quarto de Cyril Caül-Futy, talvez dormindo ao lado da mulher, talvez de olhos abertos, contando as rachaduras do teto e lutando para não se levantar, tomar duas caixas de aspirinas e se enforcar no plátano.

Aproximo-me da entrada. O dedo na campainha, prestes a tocar, porém impedido por uma força invisível. Outras persianas, outros cômodos. Quantos filhos, mesmo? Acho que três – duas filhas e um menino. Sete, cinco e dois anos. Não posso fazer isso. Acredito ouvir um grito. Talvez o meu.

O brinquedo cai de minhas mãos. Não posso, não posso, não posso. Fujo ofegante como uma cadela. Atravesso a rua, subo a trilha e alcanço meu carro, no qual procuro refúgio como se nele eu me sentisse protegida da violência do mundo externo. De minha própria violência. Fracassei. Sei que fracassei. Sei disso desde o começo.

Um ruído à esquerda me faz girar a cabeça. Alguém batendo no vidro. O funcionário da loja. Constato que o Golf deixou o estacionamento. A porta está trancada, sua voz chega até mim, abafada.

– Tudo bem?

Não, não.

– Algum problema?

Não, não, não.

– Está se sentindo bem?

Grito:

– Deixe-me em paz.

Dou a partida sem avisar. O cara dá um pulo de lado para evitar que o carro lhe passe sobre os pés. No espelho, vejo-o gesticular e me xingar. Acelero. Não vejo mais nada senão: a via de acesso à autoestrada, uma linha branca intermitente, a próxima saída, meia-volta antes de passar pela viatura, o para-choque bate em um cone de trânsito, um pneu patina, giro o volante à esquerda, perco o controle, recupero-o, e então aparece uma nova via de acesso, a autoestrada no sentido contrário, outra linha branca intermitente, de novo o clarão de um radar automático, a saída para o sul de Valence, a enésima saída, um pedágio. Pedaços da barreira de segurança voam pelos ares, o funcionário de plantão sai da guarita, incrédulo, as câmeras registram o número da placa de meu carro, os aparelhos eletrônicos estão funcionando a mil, minha identidade já deve aparecer em algum lugar, na tela de um posto da Polícia Rodoviária. Um agente talvez já esteja lançando um aviso.

Não sei o que faço, estou pouco me lixando para os fatos e resultados, estou perdida e ignoro aonde vou. Limito-me a seguir adiante, rápido, cada vez mais rápido, reto, cada vez menos reto.

Por uns instantes, ziguezagueio nas avenidas da periferia de Valence, passo por um sinal fechado, por outro, ignoro um sinal de parada obrigatória e desrespeito a preferência, pego uma rua na contramão, passo por uma rua de pedestres e me esqueço de frear antes de uma lombada. Agarrando o volante, cantarolo em voz alta:

– Venham me pegar! Venham me pegar e me encarcerar porque matei quatro pessoas desde sexta-feira e não consegui acertar duas outras!

Alcanço o rodoanel leste, o velocímetro do Audi indica cento e oitenta quilômetros por hora. Digo a mim mesma que seria mais simples soltar o volante e relaxar. Passo rente a um pilar e mais outro. Quase posso sentir o zumbido do vento entre a ferragem e o concreto. Imagino o chiado da lateral esquerda raspando o metal da rampa de segurança. Chego até a fantasiar sobre o metal amassado, os cacos de vidro e meu corpo voando, voando antes de bater em um muro ou no para-choque de outro carro vindo em sentido oposto. É tão fácil se entregar, tão óbvio. Meus olhos encharcados de lágrimas, a estrada que se tornou líquida, os pilares, as rampas e as linhas brancas que se aproximam, cruzam-se e se afastam. Uma buzina berra furiosamente diante de mim e depois à minha direita. Um cara faz gestos amplos atrás do vidro, com o rosto vermelho de raiva. Respondo com uma guinada do volante. Sinto dor e sede, preciso tomar algo que me estimule. Inconscientemente, espero que minha louca corrida acabe mal, mas meu pé direito finalmente solta o acelerador, o motor ruge antes de brutalmente desacelerar, giro à direita e me encontro no milésimo acesso de saída da noite.

A avenida na qual entro é familiar. Sigo-a sem refletir. Não controlo mais nada. Um cruzamento, viro à direita, outro cruzamento, viro à esquerda. Reconheço a rua e a fileira de prédios. Subo na calçada antes do último número, desligo o motor, bato a porta e vou até o prédio número 18. Teclo a senha da entrada, meus dedos sabem que números devem digitar. A porta se abre com um clique abafado. Terceiro andar, porta da direita.

Tomo consciência do lugar em que me encontro ao bater na porta com as duas mãos.

Meu celular toca, minha mão mergulha no bolso. O nome de Richard Revel aparece na tela. Não atendo.

Nesse exato momento, minha filha aparece pela porta entreaberta. Empurro a porta com todas as forças que me restam e desabo em seus braços.

40

— Você não vai responder?

Meu celular sobressai na mesa de centro da sala. Estou deitada no sofá, a cabeça no colo de Vanessa, que afaga meu cabelo. Uso seu roupão. Meu cabelo ainda está molhado da ducha que ela me obrigou a tomar. O cheiro de minha filha me envolve com seu calor. Meneio a cabeça sem responder e fecho os olhos para não ter que enfrentar seu olhar crítico. Ouço-a suspirar.

— Quer que eu veja quem está ligando para você?

— Sei quem é.

Abro um olho. Ela dá de ombros. Tento mudar de assunto.

— Você deveria voltar para a cama. Posso ficar aqui sozinha.

Preocupada, ela consulta o relógio.

— Saco. São quase cinco e meia.

Então, ela segura minha cabeça, desliza de lado e se levanta sem mais formalidade.

— Vou fazer café.

*

Cinco minutos depois, ela está de volta com duas xícaras fumegantes na mão. Endireito-me e estendo a mão, mas ela demora a me dar a xícara.

— Diga-me o que está acontecendo!

— Estou bem melhor, fique tranquila.

— Mamãe, porra!

Ela deixa as xícaras na mesa de centro, agacha-se diante de mim e pega minhas mãos entre as suas.

— Você não pode aparecer aqui no meio da noite, à beira do esgotamento, com as roupas manchadas de sangue, e me dizer que nada aconteceu! E, antes de mais nada, de quem é esse sangue?

— Não...

— Porra, diga-me de onde ele vem, saco!

— Não posso.

— Mas não pode o quê?

Estou com um nó na garganta e no estômago. Deixo meu olhar se perder na fumaça que sai em espiral das xícaras.

— Alguém a agrediu?

— Não.

— Foi um de seus pacientes, é isso?

— Não!

— Mas, puxa, você é médica, mamãe, e sabe muito bem que é preciso falar nessas situações.

— Por favor.

Minha voz está quase inaudível. Vanessa solta minhas mãos e se levanta de repente.

— Ok, vou chamar a polícia!

— Não faça isso!

Meu grito ao mesmo tempo a pegou de surpresa e a assustou.

— Nesse caso, vou levá-la até o pronto-socorro para que seja examinada. Você tem marcas de queimadura nas mãos e...

— Não é nada. Aconteceu quando queimei papéis velhos, mais cedo.

Ela se agacha de novo, aproximando seu rosto do meu.

— Mamãe, mamãe, mamãe.

— Lamento fazer você passar por isso.

Ela não ouve minhas desculpas.

– O que fizeram com você? Olhe em que estado está. Incapaz de falar com a própria filha. Somos bem próximas, a gente costuma se contar tudo, não é mesmo? Fale comigo, mamãe.

Ela encosta o rosto no meu e sussurra em meu ouvido, com soluços na voz:

– Fale comigo, eu lhe imploro.

Abro a boca. Quero falar sobre Vincent Fournier e a Beretta, sobre Richard Revel, sobre a corda e Patrick Soulier, sobre Hervé Sartis e o penhasco, e sobre Sylvie Mangione. Ou seja: eu quero *mesmo*, mas nada sai.

Penso: ajude-me, Vanessa, ajudem-me, Vincent, Patrick e Sylvie. Ajude-me, meu sol negro.

O celular volta a tocar.

Vanessa corre até o aparelho antes de mim e, ao pegá-lo, dá uma olhada para o nome que aparece na tela.

– Richard.

Estendo a mão.

– Largue esse telefone.

– Esse cara tem algo a ver com o que está lhe acontecendo?

– Dê-me isso.

– E, antes de mais nada, quem ele é?

– Dê-me isso, Vanessa!

– Não antes de você me contar quem ele é!

Tento pegar o aparelho, mas ela se esquiva e minha mão só agarra o ar.

– O tenente de polícia encarregado da investigação sobre a morte de Vincent Fournier. Está satisfeita? Agora, devolva meu celular.

Mas Vanessa tem um trunfo do qual não vai abrir mão tão facilmente.

– Qual é a relação entre vocês?

– Tivemos um lance ontem à noite.

– Com o tira encarregado da investigação sobre o assassinato de seu paciente?

– Uma paquera, nada mais.

Surpresa, ela me deixa pegar o celular de volta. Mas, ao ver como ela franze as sobrancelhas, já sei que não vai se dar por satisfeita.

– Se for uma simples paquera, com certeza você pode me explicar por que ele liga a cada cinco minutos às cinco horas.

Não digo nada. Não tenho mais nada a responder.

Revelar tudo, confessar, deixar de mentir, mentir e mentir mais uma vez e para sempre.

O celular finalmente para de tocar. Vanessa cai em prantos, escondendo o rosto com as mãos.

– Fale comigo, mamãe! Fale comigo!

Penso: você não entenderia. Assim como os outros, veria uma culpada e suas vítimas. Como os outros, você começaria a me julgar e procurar os motivos de meus atos. Como os outros, aceitaria a história oficial. Como os outros, não escutaria a outra história, aquela dos fatos e de seus resultados cotidianos, aquela dos homens e das mulheres que chegaram ao limite do que podem aguentar e que preferem se enforcar a continuar a sofrer, mentir, calar, negar e sublimar. Mais cedo ou mais tarde, você vai saber tudo, e juro que vai agir como eles. Os tiras, a imprensa e as famílias vão cuspir minha culpa na sua cara, e você não terá outra escolha senão adotar o ponto de vista deles e começar a sofrer.

Levanto-me e tento abraçá-la.

– Lamento.

Ela não se entrega e se afasta com um movimento brusco.

– Solte-me!

Penso: está vendo! O processo já começou, minha filha, meu coração, a carne de minha carne, embora você ainda não saiba de nada.

Tento uma segunda vez, mas ela me rechaça de novo.

– Vanessa, minha pequena Vanessa!

– Sua falta de confiança me dá nojo!

Eu a esbofeteio. Ela me encara com os olhos brilhando de estupor e depois de raiva. E me devolve o tapa. Com mais violência. Minha pele arde. Ela me desafia, não baixo os olhos, porém me afasto dela, pego minha calça *jeans* manchada de sangue que estava na poltrona e da qual retiro as chaves do carro, que coloco em suas mãos.

Uma voz em minha cabeça grita para que eu fique calada. Outra, mais grave, sussurra para que eu vá em frente.

– O Audi está estacionado em frente, na calçada. Abra o porta-luvas.

– Que besteira é essa?

– No porta-luvas, como eu lhe disse. Vá até lá e você vai entender.

Ela abre a boca para protestar, mas entende que eu nunca estive tão séria. Fecha a mão sobre a chave, dá meia-volta, vai até o armário e veste um casaco. Olha para mim ainda uma última vez antes de sair do apartamento.

O celular volta a tocar insistentemente. Atendo a ligação.

Está na hora de pôr um fim nisso.

*

A voz de Richard Revel é dura e cortante.

– Onde você está?

– É o fim, não é?

Ele se irrita:

– Onde você está?

Respondo:

— O que você sabe?

Ele hesita.

— O que deu em você?

E então é o tira que começa a falar:

— Encontramos o corpo de Sylvie Mangione.

— Como adivinhou?

— É a única coisa que você tem a me dizer?

— Saco! O que mais você quer que eu diga?

— Recebi uma ligação de Christine Pastres às duas horas, e faz três horas que minha equipe examina as pastas de seu consultório para me dar os endereços e telefones de todos os seus pacientes.

Já sei da história. Eu o corto:

— Mas você já havia entendido antes, não é?

— Não! Claro que não!

— Confesse que já suspeitava disso depois de me visitar em casa, na frente da fogueira.

Dessa vez ele fica calado.

— Mas você não conseguia aceitar, e agora é tarde demais.

— É tarde demais desde o começo! Você matou esses homens e essa mulher.

— Mas você está envolvido.

— Quer me chantagear?

— Você transou comigo, e agora está totalmente envolvido.

— Não estou envolvido em nada!

— Queira ou não, estamos ligados. Porque, se eu falar sobre nós dois, sua investigação não vale mais nada e sua credibilidade cai a zero.

Ele não responde de imediato. Ouço sua respiração se acelerar. Sua voz está cheia de nojo:

— Você calculou isso também?

– Não seja grosseiro.

– Você está completamente louca!

Reflito e digo:

– O que vamos fazer?

– Você se entrega agora mesmo.

– Você sabe muito bem que não posso fazer isso.

– Diga-me onde está.

Fico calada.

– Pelo menos, diga-me por quê.

– Está envolvido, mas ainda não quer admitir esse fato.

– Diga-me!

– Todos nós estamos envolvidos.

Encerro a ligação. Logo tudo vai acabar. Devo sair daqui o quanto antes. Tiro o roupão e vou até o quarto de minha filha para achar alguma roupa. Encontro um agasalho, um par de tênis e uma jaqueta grossa. Enquanto troco de roupa, ouço em algum lugar do apartamento o toque de um telefone que não é meu. Acabo de amarrar os tênis e volto à sala para pegar o celular. Percebo então que o telefone parou de tocar. Um ruído de chaves na entrada. Volto a cabeça. A porta da entrada está aberta. Lá se encontra minha filha, com o telefone numa mão e a Beretta na outra. As chaves do meu carro estão no chão, a seus pés.

Vanessa está pálida. Uma máscara horrorizada lhe cobre o rosto, deformando seus traços. Ela acena com a cabeça num movimento mecânico, levanta a Beretta à altura dos olhos e então me olha como se de repente eu tivesse me tornado uma estranha.

Ela consegue articular.

– Ela está aqui.

Richard Revel me encontrou.

Corro para pegar minhas chaves, recupero a arma e saio do apartamento às pressas. Os gritos arrepiantes de minha filha me acompanham até que o motor do Audi volta a rugir e consegue romper o silêncio opressor da rua.

Lamento, lamento, lamento.

Agarro o volante, engato a primeira e vou embora.

41

Deixo o bairro às cinco e quarenta e cinco em ponto. O medidor mostra que a gasolina está quase acabando. Uma luz indica que está na reserva, e três toques irritantes ecoam intermitentemente a cada minuto. A abstinência se torna intolerável. Crises de lágrimas escurecem minha visão em intervalos regulares. Ondas de calor. Pulsões agressivas. Meus punhos estão doloridos de tanto que martelei o painel do carro para me acalmar e controlar minha impaciência. O rádio chia. Logo as primeiras pessoas vão seguir o caminho do trabalho. Um caminhão de lixo já está operando. Duas silhuetas com uniformes amarelos e verdes gesticulam na traseira, coletando de lixeira em lixeira como estranhos insetos. Ainda é noite. Ninguém consegue vê-las e ouvi-las tão bem quanto eu. Sou médica do trabalho. É minha função, que exerço da melhor maneira possível.

Estou de barriga vazia.

E com as ideias claras.

Uma voz assobia sem parar nos meus ouvidos: ajude-me, ajude-me, ajude-me. Porém, já faz dois quilômetros que não a escuto mais. O celular também está gemendo em algum canto. Por enquanto, só atendo para desligar em seguida. Richard Revel pode se ferrar por mais uns minutos.

Que eu saiba, minha filha me odeia, todos os policiais de Valence estão atrás de mim, as câmeras de vigilância perscrutam cada avenida, doravante o tenente Revel trata o caso como se fosse pessoal, e, em poucas horas, tornei-me a inimiga pública número 1. Revejo os cinco últimos dias passando depressa.

Digo para mim mesma que eu poderia ter agido de outra maneira. Como meus pacientes, eu poderia ter bebido durante meses até não acordar mais. Poderia ter me submetido e sofrido em silêncio, para acordar um belo dia com uma corda na mão diante de uma árvore ou de uma viga. Poderia ter me jogado sob um trem ou rezado numa igreja, todas as manhãs, antes de ir trabalhar. Poderia ter perambulado pelos pisos dos *shopping centers* para me fartar de produtos baratos e prazeres ilusórios. Poderia ter feito malabarismo entre as licenças médicas, os finais de semana num *spa* e as festas de família. Ter praticado um esporte, corrido, nadado, escalado, percorrido o Vercors de bicicleta, desfrutado das alegrias da canoagem e do rapel. Praticado ioga, caminhado no sul de Marrocos, aprendido a navegar com veleiro ou a remar. Feito como todos os médicos do trabalho e me especializado, fechado os olhos, trabalhado, ouvido sem escutar. Listado os sintomas sem nunca chegar a conclusão alguma, esperado a aposentadoria tranquilamente. Ter me casado de novo, assinado o jornal *Le Figaro*, a revista *Paris Match* e qualquer outra sobre casa e decoração. Ter tido outros filhos. Comprado uma casa nova. Mandado construir uma piscina. Planejado minhas férias com um ano de antecedência e juntado os bônus. Ter me cadastrado em redes ditas sociais e contado minha vida a desconhecidos que vivem do outro lado do mundo. Arrumado um amante ou dois, talvez. Experimentado transar com uma garota, para ver como é. Parado de ler a imprensa, fora as páginas econômicas ou os artigos médicos. Ter vivido. Balido. Latido. Relinchado. Consumido. Passado as noites diante da televisão, após o trabalho, afagando com a mão a cabeça de meu cachorro ou o pau de meu marido. Nada mais, nada menos. Apenas o que é preciso para passar o tempo e esperar até a crise cardíaca ou o câncer de mama.

Teria sido tão simples.

Talvez até agradável. Não o tempo todo, mas agradável, afinal de contas.

Em vez disso, fiz meu trabalho. Da melhor maneira que podia. Fiz o que se esperava de mim, no meu lugar e no meu cargo. Fiel como um labrador, com cabeça erguida e as mãos na merda. Tratei e curei. Ouvi e escutei, esgotei o cálice da amargura. Assim como Vincent Fournier, que lutou com suas armas até o fim. Como Sylvie Mangione, que aguentou mais tempo do que eu teria sido capaz. Como Hervé Sartis, que se jogou no precipício quando outros preferem continuar a dizer amém e vão trabalhar todos os dias, fingindo não estar roídos por dentro por sua própria podridão.

Fiz meu trabalho, acreditei, e hoje ainda continuo.

Meneio a cabeça.

*

O toque de meu celular ecoa no momento em que chego ao centro da cidade. Por pouco não bato num poste.

Murmuro:

— Revel, Revel, você nunca vai largar do meu pé.

Piso na embreagem, passo para a terceira marcha e atendo depois do sexto toque. Digo com uma voz que nunca foi tão calma:

— Estou pronta para responder a suas perguntas, Richard.

42

O único objetivo do tenente Revel é ganhar tempo. Faz seu trabalho de policial. Sei disso, e ele também. O tom de sua voz ao telefone não diz outra coisa, enquanto atravesso Valence e chego às margens do Ródano para alcançar o Ardèche pela Represa de Glun. Ele não quer que eu desligue. Está em pânico. Também começa a contar os mortos e os vivos. Uma coluna à esquerda, uma coluna à direita.

Não tenho mais forças. Fiz o que pude. Dei tudo de mim. Separei e xeroquei os laudos e as notas de serviço, que enfiei em envelopes e mandei pelo correio.

Ouço:

– Não faça besteira, Carole! Preciso de você para validar minhas hipóteses e completar tudo que sei a respeito de Vincent Fournier, de Roger Vidal, de Salima Yacoubi e de Patrick Soulier.

– Matei quatro pacientes.

– Preciso de você para preencher as lacunas.

Penso nos envelopes que serão distribuídos hoje de manhã para todos os endereços. Ao abrir o seu, espero que ele saiba fazer bom uso do conteúdo, e que se lembre de tudo o que eu disse a respeito das regras da profissão, das condições de trabalho e das histórias de cada um de meus pacientes.

– Não há mais nada que você possa fazer por mim.

– Ainda podemos evitar o pior. Você vai se defender, alegando insanidade e pressão no trabalho. Haverá uma investigação para ver se a responsabilidade deve ser dividida, vou apoiar seu caso, vou dar um jeito para que a mídia fale dele e para que tudo seja revelado publicamente. As diretivas gerenciais que levaram alguns funcionários ao suicídio, as agressões contra Patrick Soulier, o estupro de Salima Yacoubi, os grampos telefônicos, a persistência dos superiores hierárquicos em não fazer nada. Prometo-lhe que farei tudo que for possível. Em seu processo, você vai depor perante o tribunal. Poderá defender seu ponto de vista e contar a história de seus pacientes. Eles vão escutá-la da mesma forma que eu quero escutá-la. E também irei testemunhar.

— Não posso.

— Claro que pode! Não desista! Pense em tudo que já fez e nas razões pelas quais agiu! Pense em tudo pelo que está lutando há anos. Não pode desistir agora.

— Não tenho mais forças.

Atravesso Châteaubourg a mais de cento e dez quilômetros por hora, invado a pista da esquerda na curva seguinte, um carro faz sinais com os faróis, giro de repente o volante para a direita, evitando por pouco o acidente. Ouço buzinas e ignoro. Piso no acelerador ao chegar à última linha reta antes da entrada de Cornas, quatro quilômetros adiante. A luz do medidor de gasolina do tanque brilha. Já faz quanto tempo que estou usando a reserva? Quantos quilômetros ainda posso percorrer? Dez, vinte, trinta?

Ele diz:

— Não desista.

— Estou vazia, Richard.

— Pense em nós dois.

— Que *nós dois*?

— Você não quer dizer isso.

Ele ainda está ganhando tempo. Tenta usar os sentimentos. Sei que é sincero, mas desligo para não desabar, e reduzo a velocidade ao me aproximar de uma sequência de curvas.

*

Já são mais de seis e meia no relógio do carro. O céu ainda está escuro. O trânsito se intensifica. Em menos de um quilômetro, cruzo os faróis dos carros de cerca de dez trabalhadores matinais. Lamento não ter guardado o maço de Camel.

Revel já está me ligando de volta.

Deixo tocar.

Freio bruscamente. Um Peugeot 205 se arrasta na minha frente. Buzino, faço um sinal com os faróis, mas ele não se mexe. Linha branca contínua, curva à direita, visibilidade quase nula. Não vejo luzes de faróis. Engato a terceira, ultrapasso-o, um carro vem de frente, acelero e volto para minha faixa no último momento.

O celular para e logo volta a tocar.

Atendo.

— Você é um funcionário igual aos outros, tenente Revel.

— O que isso tem a ver?

— O que isso tem a ver?!

Dou uma risada amarela. Engulo saliva, comprimo os glúteos e dou uma olhada em meu reflexo no espelho central.

— Quantos suicídios houve na polícia este ano?

— Não sei, eu...

— Quantas horas por noite você dorme?

— Porra, isso não tem nada a ver!

— Quantos antidepressivos você tomou nos últimos meses?

— O quê?

— De que marca? Prozac? Norset? Effexor? Deroxat? Citalopram? Stablon? Ixel? Floxyfral? Diga-me, Richard! Diga-me qual! Com que frequência? Que posologia? Que sintomas?

— Não estamos aqui para falar sobre mim!

Uma placa me avisa que estou a apenas dois quilômetros de Cornas. Continuo:

– Em que estado você deve se encontrar por ter decidido transar com a principal suspeita de sua investigação...

– Não me trate desse jeito.

– Então? Ludiomil? Seroplex ou Zoloft?

– Nenhum, eu...

– Venlafaxina, Quitaxon ou Sertralina? Qual impede que tenha pesadelos? Qual faz com que você aguente? Qual você toma quando olha sua arma e sente que as ordens que recebe são incoerentes ou imorais? Qual você engole ao ser chamado para um caso de estupro de menor? Qual é seu preferido? Qual lhe dá aquela viagem? Qual ainda o impede de fazer justiça com as próprias mãos? Qual vai impedi-lo de me matar quando eu finalmente estiver na sua mira e um de seus superiores hierárquicos lhe murmurar no ouvido que sou a inimiga pública número 1? Qual, diga-me! Estou muito curiosa para saber. Sou médica. Conheço todos os efeitos indesejáveis dessas porcarias. Sei *exatamente* o que provocam. Seus limites. Sei *exatamente* o momento preciso em que não vão mais lhe bastar e você vai precisar de mais, sempre mais, antes de voltar sua arma contra si mesmo ou contra o coitado que estiver na sua mira naquele momento. Ou você não sabe ou se recusa a ver, mas eu sei.

– E você, Carole? Onde se situa em tudo isso?

Penso: decidi tomar conta das coisas.

A placa de Cornas está visível. Há obras na via. Um desvio foi feito. Um sinal amarelo me informa que a estrada principal está fechada. Saco. Viro à esquerda, em direção à ferrovia. Não há escolha. Uma estrada mal calçada antes de uma via estreita. Em ambos os lados há loteamentos com luzes nas janelas, despertadores tocando. A vida antes do inferno. Sinto um leve pânico. Meus gestos estão mais bruscos; minha maneira de dirigir, mais caótica. Obrigada a diminuir a velocidade em cada cruzamento ou cada rotatória. Surpreendo-me dando olhadas para a Beretta, no intuito de verificar se ainda está aqui, ao alcance da mão, para me proteger.

– Nós dois somos iguais! Você ainda pode parar tudo e esperar eu chegar.

Nem pior, nem melhor. Assim como você. Como Patrick, como Vincent, como Sylvie, como Christine. Como os mortos de ontem e os mortos de amanhã. Coluna da direita, coluna da esquerda.

Ele não desiste e diz:

– Li o laudo pericial do doutor Albert Vitalis de 8 de agosto de 2008, enviado à Inspeção do Trabalho da Drôme. Aquele que menciona que você foi agredida. Também li o atestado médico do doutor Sarthes de 10 de julho de 2008 e o laudo pericial do doutor Stihl de 27 de julho. Sei o que você teve que aguentar nestes últimos meses.

– Como conseguiu isso?

– Sua enfermeira enviou os documentos à polícia. Você já deve ter pensado nisso. Aliás, era seu mais caro desejo, não? Acabar com o muro de silêncio do sigilo médico, deixar seus pacientes falar, quebrar as correntes da negação do sofrimento, falar, falar, falar, não é o que você mais deseja no mundo?

– Sabe disso desde quando?

– Acabo de lê-los.

Um breve silêncio. Não sei o que pensar. Revel repete que pode me ajudar, que vai me ajudar, que devo me entregar e não fazer besteira, mas não o escuto mais. Largo o celular, que cai no chão, sobre o tapete.

Cerca de duzentos metros diante de mim, o desvio encontra a estrada principal, no centro de Cornas.

43

As ruas e os cruzamentos se sucedem. Não penso mais, não respiro mais, minha bexiga está comprimida por uma terrível vontade de urinar e minha garganta está obstruída por um bolo de angústia.

Repito mentalmente para mim mesma: estou com medo, estou com medo, estou com medo.

Digo a mim mesma: você fez um bom trabalho, Richard. Fez mais do que as regras profissionais o obrigavam, e tenho orgulho de você, meu tenente, porque viu as coisas de forma clara. Agora, vou embora e você vai precisar me substituir.

Atravesso uma rotatória, ultrapasso um carro e engato a terceira marcha.

A voz do tenente, ao fundo, grita meu nome e me implora para parar. E atrás dela, a de meus pacientes, coluna da direita, coluna da esquerda, e, fora das colunas, as de minha filha e dos fantasmas do passado. Minha própria voz, perdida no meio desse barulho, a de minhas crises de angústia, de minhas cóleras durante os últimos meses.

Olho à esquerda. Entrevejo a fachada de uma casa cuja janela da cozinha está com a luz acesa. Silhuetas que se movimentam em volta de uma mesa. Crianças sentadas. Em menos de uma hora, essas pessoas vão tirar o carro da garagem, levar os filhos à escola e bater ponto no trabalho. Como eu, muito tempo atrás. Acima, pouco a pouco, o céu está ficando mais claro. Não paro.

Levo o Audi para a estrada de Saint-Romain-de-Lerps.

Nas pegadas de Hervé Sartis.

*

Imagens do filme *A noite dos desesperados*, de Sydney Pollack, passam e repassam na minha cabeça. Uma maratona de dança na qual meus pacientes, Revel e eu formamos estranhos casais nas pistas de dança da Califórnia. Robert e Gloria têm mil rostos diferentes. Christine Pastres e Vincent Fournier, Salima Yacoubi e Patrick Soulier. Revel e eu.

Aos poucos, a encosta leste da montanha está ficando mais clara. Logo serão sete horas. Os sintomas de estresse desvanecem progressivamente. O nó do estômago se desata, as garras em volta do meu crânio se abrem, meus músculos relaxam. Guio cada vez melhor, meus movimentos são mais flexíveis e minha direção, mais precisa.

Entro num vale mais escuro, passo por uma pequena ponte de pedra, abaixo da qual corre um improvável riacho, meio invadido pela vegetação. Engato a segunda, entro numa curva fechada e então volto a acelerar.

Dez minutos depois, finalmente chego à curva da qual Hervé Sartis se jogou na véspera. Barreiras de segurança escondem a brecha da mureta de proteção. Sigo reto na direção delas, giro bruscamente o volante. Freio com os dois pés pouco antes de arrebentá-las e acabo no meio da estrada, de frente para o penhasco.

Com um gesto rápido abro a porta e pulo na estrada, de cara para o buraco. Atrás de mim, carros estão chegando. Viro a cabeça. O tenente Revel sai do primeiro. Ele murmura algo no ouvido do primeiro policial que o alcança. Este confirma com a cabeça e dá um passo para trás. Revel lhe dá um tapinha no ombro antes de avançar e seguir a linha branca em minha direção, como se se tratasse de um vínculo físico que nos unisse.

Epílogo

Revel está lívido. Espero que ele percorra cerca de dez metros antes de apontar minha arma em sua direção, com o braço tremendo. Intimo-o a ficar parado.

Ele cumpre a ordem e me encara com ar de quem quer dizer: "E agora?".

Um primeiro raio de sol surge no alto da montanha, atrás dele, e desce rapidamente pela encosta. O ar está gelado. Ouve-se o rumor de um trem abaixo, no vale, e o zumbido dos carros na autoestrada. As sirenes se calaram, os motores são desligados, os homens estão imóveis e silenciosos, olhando fixo em minha direção, sem nenhuma expressão, com uma mão encostada no quadril ou sobre o capô do carro e a outra segurando a coronha da arma, à espera de um sinal de Revel.

O tenente crava os olhos nos meus. Pestanejamos. Uma estreita intimidade se imiscui entre nós. Afasto-me do Audi e me aproximo das barreiras de segurança. Passo por cima delas e fico de costas para o vazio. Revel fala, mas não estou escutando.

Penso: no mundo do trabalho atual, quem pode diferenciar os mortos voluntários dos que foram levados ao matadouro?

Eu, não.

Debruço-me para a frente. Revel grita e corre em minha direção.

Caio no precipício.

*

Minha queda parece durar uma eternidade. Distingo o torso de Revel, acima de mim, em plena luz. Ele segura a cabeça com as mãos e grita palavras que não chegam até mim. O facho de sol acompanha minha descida ao longo da encosta, metro após metro, sem nunca me alcançar. Mais rápida, fico na sombra. Revel, no alto, iluminado pela história oficial. Eu, abaixo, de costas para o sol, na escuridão da outra história, já sei o que ele vai escrever em seu relatório.

Os fatos: em abril de 2005, Carole Matthieu, médica do trabalho no *call center* de Valence, recebe Vincent Fournier pela primeira vez em seu consultório. Três anos depois, em 23 de junho de 2008, o mesmo Vincent Fournier tenta estrangular sua superior hierárquica, Christine Pastres, antes de entrar num longo período de depressão. No dia seguinte, às dezoito e quarenta e cinco, a própria Carole Matthieu é vítima de uma agressão por parte de um de seus pacientes. A história se repete. Ambos os eventos terão uma influência decisiva sobre seu futuro comportamento. Ela entra em depressão como quem vai à missa. Pulsões auto e heteroagressivas, reações paranoicas, angústia, medo da multidão, ciclotimia bipolar, dependência de anfetaminas. Revel anotará: *burnout*, drogada, perversa, potencialmente perigosa e mitômana.

Não estou mais caindo, porém pairando. Melhor: estou voando. De cara para o céu.

No alto do penhasco, Richard Revel já não é mais do que uma minúscula silhueta e uma vaga lembrança.

Cantarolo:

— Adeus, Richard. Trabalhe bem, meu sol. Trabalhe bem, meu sol negro.

Continuo fazendo seu balanço.

Os fatos.

Ainda mais fatos:

15 de novembro de 2008. Carole Matthieu pela primeira vez pensa em pôr fim aos seus dias.

Sexta-feira, 13 de março de 2009. Às vinte horas e vinte e oito minutos, Carole Matthieu assassina Vincent Fournier com uma arma de fogo. Ele morre na hora.

Terça-feira, 17 de março de 2009. Às nove horas, Patrick Soulier entra num coma do qual nunca mais vai sair, em decorrência de sua tentativa de suicídio, por volta da meia-noite. Logo depois, durante a tarde, na estrada de Saint-Romain-de-Lerps, Carole Matthieu ajuda Hervé Sartis a pular do penhasco.

Quarta-feira, 18 de março de 2009. Carol Matthieu vai até o domicílio de Sylvie Mangione e a mata com três balas nas costas e no tórax. A vítima falece após cerca de vinte minutos em decorrência de seus ferimentos. Jacqueline Vittoz, enfermeira e assistente de Carole Matthieu, entra em contato com o tenente Richard Revel para lhe comunicar os laudos periciais da médica do trabalho que conseguiu salvar e recuperar na casa dela. Seguem-se duas tentativas de assassinato fracassadas nas pessoas de Christine Pastres, às duas horas, e de Cyril Caül-Futy, às quatro e dez, ambos pacientes, e ameaças a suas respectivas famílias. Nesse intervalo, o cartão do banco de Carole Matthieu registrou um débito de 11,40 euros na saída 19, em Bollène, da autoestrada A7, e depois um de 1,70 euro às quatro e trinta e cinco na saída do sul de Valence. Seu carro foi encontrado no quilômetro 13, estrada de Saint-Romain-de-Lerps, curva número 37. Apesar dos esforços do tenente Richard Revel para impedi-la, Carole Matthieu pôs fim aos seus dias, jogando-se do penhasco às sete e trinta e seis. O falecimento foi oficialmente constatado às sete e cinquenta e oito, após uma queda de cerca de cento e setenta metros.

Carole Matthieu não se limitou a fazer seu trabalho. Tudo foi cuidadosamente registrado em três grandes envelopes de papel pardo, todos com o logotipo do *call center*, contendo os laudos periciais de seus pacientes e os seus. Dezenas de laudos, em vinte cópias, aos cuidados de: Inspeção Departamental do Trabalho, Previdência Social, Diretoria de Riscos Profissionais, Conselho da Ordem, Richard Revel, Pierre Penain, jornalista do canal de televisão France 3, sindicatos, AFP, sua filha.

Vinte envelopes, postos no correio na terça-feira, dia 17 de março, e distribuídos pelos serviços postais na quarta-feira, dia 18 de março de 2009, entre as dez e as doze horas.

A outra história.

As perícias detalhadas de Vincent Fournier, Patrick Soulier, Christine Pastres, Sylvie Mangione, Hervé Sartis, Marc Vasseur, Salima Yacoubi, Cyril Caül-Futy e Carole Matthieu. Os diagnósticos e as receitas médicas de outros. As datas das licenças médicas, do começo ao fim dos tratamentos. A duração das consultas, a frequência, o conteúdo. As anotações de serviço. As cartas dos superiores hierárquicos. As ordens de transferência e de encerramento de serviços. Os gritos e as lágrimas. As esperanças decepcionadas e a cólera. O medo e a negação.

A morte como única solução.

O exame médico de admissão como nova forma de organização do trabalho.

Eis o que eles vão escrever. Eis o que lerão. Eis o que a imprensa vai relatar. Os fatos, nada mais que os fatos. Jamais os resultados. Provavelmente estarão errados, mas o que fazer? O que responder a alguém que lhe diz que está prestes a morrer porque não aguenta mais trabalhar? Chamá-lo de covarde ou ignorá-lo? Será que é culpado ou doente? Nada mais que um assalariado sofrendo? Vamos parar aqui?

Acho que não.

É necessário colocar os pingos nos is.

Os resultados: não sou diferente de Vincent Fournier e de Hervé Sartis. De Christine Pastres e Sylvie Mangione. Do agente de limpeza ao chefe do departamento. Da secretária ao gerente. Do responsável comercial ao diretor da unidade. Do carneiro ao lobo.

É nisto que acredito: a médica do trabalho Carole Matthieu nunca foi tão bela quanto naquela quarta-feira, 18 de março de 2009, perto das oito horas, quando os braços do tenente Richard Revel deslizaram debaixo de sua coluna vertebral quebrada, carregando-a, e quando ele a segurou contra seu peito, salmodiando que ela não passava de uma funcionária como os outros.

Este livro, composto com tipografia Warnock
e diagramado pela Alaúde Editorial Limitada, foi
impresso em papel Norbrite sessenta e seis gramas
pela Bartira Gráfica no centésimo sexagésimo
ano da publicação de *Bartleby, o escrivão –
Uma história de Wall Street*, de Herman Melville.
São Paulo, novembro de dois mil e treze.